Jan Zweyer

Persilschein

Kriminalroman

Bibliografische Information der Deutschen Nationalbibliothek: Die
Deutsche Nationalbibliothek verzeichnet diese Publikation in der
Deutschen Nationalbibliografie; detaillierte bibliografische Daten sind
im Internet über http://dnb.dnb.de abrufbar.

Die Originalausgabe erschien 2011 im Grafit-Verlag, Dortmund

Herstellung und Verlag:
BoD – Books on Demand, Norderstedt

ISBN: 978-3-753-40371-7

Covergestaltung: Jan Zweyer

Der Autor

Jan Zweyer wurde 1953 in Frankfurt am Main geboren. Mitte der Siebzigerjahre zog er ins Ruhrgebiet, studierte erst Architektur, dann Sozialwissenschaften und schrieb als ständiger freier Mitarbeiter für die Westdeutsche Allgemeine Zeitung. Er war viele Jahre für verschiedene Industrieunternehmen tätig. Heute arbeitet Zweyer als freier Schriftsteller in Herne. Nach zahlreichen zeitgenössischen Kriminalromanen hat er sich mit der Goldstein-Trilogie (Franzosenliebchen, Goldfasan, Persilschein) das erste Mal historischen Themen zugewandt. Es folgte die fünfbändige Linden-Saga, eine historische Familiengeschichte aus dem Ruhrgebiet, ein Thriller zur Flüchtlingsproblematik (Starkstrom) und 2020 ein Ökothriller (Der vierte Spatz).

In der **Reihe Wiederaufgelegter Bücher** werden verlagsseitig vergriffen Texte von Jan Zweyer als Buch und eBook neu veröffentlicht. Der Originaltext unterliegt jetzt den neue Rechtschreibregeln. Inhaltliche Veränderungen wurden nur in Ausnahmefällen vorgenommen.

1

Ihr Mann war in Russland geblieben. Lange Zeit hatte Mechthild Krafzyk geglaubt, er sei gefallen und irgendwo in dem riesigen Land verscharrt worden. Das Grab ohne Kreuz und Inschrift. Ein namenloser Toter, so wie Millionen andere auch. Ihre Suchanfragen beim Roten Kreuz endeten immer gleich: mit einem kurzen, lapidaren Antwortschreiben, welches alle Hoffnungen zerstörte. *Uns liegen leider keine Hinweise auf den Verbleib des Vermissten vor.* Immer wieder dieser eine Satz. Irgendwann hatte sie sich damit abgefunden, zukünftig allein für ihr Kind sorgen zu müssen.

Doch dann war eine Postkarte von ihrem Liebsten eingetroffen. *Ich lebe. Mir geht es gut. Ich liebe dich.* Ohne Absender, lediglich mit einer Ortsangabe in kyrillischer Schrift, daneben in deutschen Großbuchstaben: *Karabasch.* Sie hatte im Atlas nachgeschaut. Westsibirien, südlicher Ural. Ein Kriegsgefangenenlager.

Diese neun Worte gaben ihr neue Zuversicht. Aber leichter wurde ihr Schicksal deshalb nicht. Zur Ungewissheit gesellte sich nun das Warten.

Ein halbes Jahr später hatte sie die nächste Karte erreicht. Auf ihr stand endlich eine Adresse. Sie hatte geantwortet, lange Briefe geschrieben. Briefe, von denen sie nicht wusste, ob sie ihren Mann je erreichen würden. So ging es Jahr für Jahr. Zwei Karten. Ihre Briefe. Die Ungewissheit. Und das Warten.

Mechthild Krafzyk arbeitete als Verkäuferin in einem Bochumer Kaufhaus. Sie war froh, diese Stelle gefunden zu haben, sicherte sie ihr doch ein bescheidenes Auskommen. Sie war mit ihrer Situation zufrieden. Andere Frauen mussten für weniger Geld als Ziegelsteinputzerinnen arbeiten. Sie waren Wind und Wetter ausgesetzt, trugen alte Arbeitskleidung und reinigten die Steine der Trümmergrundstücke.

Während sie tagsüber arbeiten war, musste ihre Tochter Ursula allein zurechtkommen. Morgens ging sie zur Schule, kam mittags nach Hause zurück und wärmte sich das vorbereitete Essen auf. Danach erledigte sie ihre Schularbeiten und blieb den Rest des Tages allein. Ein Schlüsselkind ohne Vater. Wie so viele.

Noch einsamer wurde der Tagesablauf des Mädchens, wenn im Kaufhaus, in dem Mechthild beschäftigt war, die monatliche Inventur anstand. Dann endete ihr Arbeitstag erst spät und Ursula war auch in den Abendstunden sich selbst überlassen. So wie heute.

Mechthild war zunächst mit der Straßenbahn von der Bochumer Innenstadt Richtung Wanne-Eickel gefahren. Dann stieg sie in Nähe der Stadtgrenze aus, um zu ihrer Wohnung im Stadtteil Hordel zu gelangen. Dazu musste sie einige Hundert Meter Straße passieren, deren Häuser fast vollständig durch Bomben zerstört worden waren. Die Trümmer türmten sich links und rechts ihres Weges zu beachtlichen Bergen auf. Dazwischen verblieben schmale Wege, die auf die Grundstücke führten.

Der Herbst kam früh in diesem Jahr. Es war bereits dunkel. Immer wieder riss der auffrischende Wind die

Wolkendecke auf, sodass die Trümmerberge in fahles Mondlicht getaucht wurden. Die Ruinen der Wohnhäuser schienen jeden Moment auf die Straße stürzen zu wollen, um alles unter sich zu begraben. Ein leises Heulen war zu vernehmen, wenn der Wind durch die verbliebenen Maueröffnungen blies.

Sie beschleunigte den Schritt, um die ihr bedrohlich vorkommende Umgebung möglichst schnell hinter sich zulassen. Ihr fröstelte und sie schlug ihren Mantelkragen höher.

Plötzlich vernahm sie ein Geräusch. Was war das? Sie blieb stehen und spitzte die Ohren. Nichts – sie musste sich geirrt haben. Einige Meter weiter hörte sie es wieder. Lauter, deutlicher. Es klang wie ... Sie lauschte erneut in die Dunkelheit. Ja, jetzt war sie sicher, da war ein dumpfes Röcheln! Ein Tier?

Mechthild machte einige Schritte von der Straße fort auf einen der Wege, die die Schutthaufen trennten. Das Röcheln war nun unüberhörbar. Das konnte kein Tier sein – diese Geräusche stammten von einem Menschen!

Sie fasste sich ein Herz und ging weiter. Als sie die Reste einer Hausecke erreichte, verharrte sie für einen Moment und lugte in den dunklen Garten. Zunächst waren nur Schemen auszumachen. Dann aber fegte der Wind die Wolken beiseite und Mechthild konnte die Szene im Mondlicht deutlich erkennen. Im Garten stand ein Mann, der sich mit einem blitzenden Messer in der Hand über einen Körper beugte.

Die junge Frau wich entsetzt zurück und stieß einen erstickten Schrei aus. Sofort presste sie ihre Hand auf den Mund, aber es war zu spät.

Der Mann fuhr herum. Für einen Moment sah sie sein Gesicht. Und er ihres. Sie kannte ihn. Und er, das wurde ihr mit Schrecken klar, kannte sie auch. Ihr schien, als ob er sich nach kurzem Zögern auf sie zubewegte. Mechthild stockte der Atem. Dann hörte sie von der Straße her Stimmen, die sich unterhielten. Andere Passanten. Schutz! Rettung! Sie drehte sich um und rannte so schnell sie konnte. Nur weg von hier!

Die Gestalt, die das Geschehen aus dem Dunkel der Ruine beobachtet hatte, blieb von beiden unbemerkt.

2

Freitag, 22. September 1950

Wer hat den Toten gefunden?« Hauptkommissar Peter Goldstein wandte sich seinem Kollegen Heinz Schönberger zu.

»Spielende Kinder. Heute Mittag.«

Die beiden Polizisten grüßten den uniformierten Beamten, der den Zugang zum Grundstück sicherte, mit einem Kopfnicken.

»Genau genommen war es kurz nach ein Uhr, als der Anruf bei uns einging. Die Kinder mussten erst zu einer Gaststätte laufen, die glücklicherweise über ein Telefon verfügte. Der Wirt hat uns dann benachrichtigt.«

»Haben wir die Namen der Kinder?«

»Ja.«

Der fünfundfünfzigjährige Goldstein blieb stehen, um sich einen Überblick zu verschaffen. Links und rechts befanden sich Hausruinen, vor ihnen lag ein verwilderter Garten von beachtlicher Größe. In der Mitte des Gartens wuchs ein Busch, unter dem eine leblose Person lag. In einiger Entfernung standen zwei weitere Polizisten und rauchten.

Goldstein ging zu ihnen. »Guten Tag. Ist die Spurensicherung schon verständigt?«

»Ja. Müsste jeden Moment hier sein«, antwortete einer der Männer. »Und die Gerichtsmedizin ist auch informiert.«

»Prima.« Goldstein nahm den Toten näher in Augenschein und achtete darauf, wohin er seine Füße setzte. Der Mann lag auf dem Rücken, war etwa fünfzig Jahre alt, von untersetztem Körperbau und hatte volles, dunkles Haar. Seine Augen waren geschlossen, der Mund weit aufgerissen. Die Goldzähne waren nicht zu übersehen. Der Tote trug einen teuer aussehenden Mantel mit Pelzbesatz, einen grauen, scheinbar neuen Anzug und schwarze Lederschuhe. Zwei Finger seiner rechten Hand schmückten protzige Ringe. Am auffälligsten jedoch war der breite Schnitt, der seine Kehle von einem bis zum anderen Ohr durchtrennt hatte. Sein Blut hatte Anzug und Mantel durchtränkt und rotbraune Spuren in der Erde hinterlassen.

Der Hauptkommissar richtete sich mit einem leichten Stöhnen wieder auf. Obwohl er immer noch schlank war und von Zeit zu Zeit sogar Sport betrieb, plagten ihn immer häufiger Rückenschmerzen. Das Alter, dachte er. Wenigstens konnte er sich noch seiner vollen Haarpracht erfreuen. Es gab jüngere Kollegen, deren Mittelscheitel halb so breit waren wie ihre Köpfe. »Was können Sie mir sonst noch mitteilen?«, fragte er die Beamten.

»Wir haben die Tatwaffe entdeckt«, antwortete der zweite Polizist und trat seine Zigarette im hohen Gras aus. »Ein Messer.«

Goldstein warf ihm einen missbilligenden Blick zu. Der Mann verstand sofort, bückte sich und schob die Kippe in die Uniformjacke. »Verzeihung«, murmelte er.

Goldstein ignorierte die Entschuldigung. »Wo?«

Der Beamte zeigte auf einen Reisighaufen. »Da hinten. Soll ich Ihnen den Fundort zeigen?«

»Damit wir noch mehr hier herumtrampeln? Natürlich nicht. Erst lassen wir die Spurensicherung ihre Arbeit tun.« Goldstein schüttelte den Kopf. »Haben Sie das Messer angefasst?«

Die beiden verneinten. »Spuren sind jedenfalls keine mehr zu finden«, ergänzte der Beamte diensteifrig.

»Hm. Die Suche nach Spuren sollten wir doch besser den Experten überlassen, meinen Sie nicht?«

»Selbstverständlich.«

»Gut. Sorgen Sie dafür, dass das Grundstück gesichert bleibt. Ich will hier keine Schaulustigen sehen.« Als die Uniformierten außer Hörweite waren, warf Goldstein einen Blick auf seine Armbanduhr und drehte sich zu Schönberger um. »So wie es aussieht, wirst du diese Sache allein weiter bearbeiten müssen.«

»Warum?«

»Es ist gleich drei Uhr. Feierabend.«

»Seit wann hältst du dich an geregelte Arbeitszeiten?«

»Heute ist mein letzter Tag. Ab Montag bin ich wieder in Herne.«

Drei Wochen zuvor hatte sein Vorgesetzter Wilfried Saborski, Kriminalrat in Bochum, Goldsteins zeitweilige Versetzung von Herne nach Bochum angeordnet. Grund für diese Maßnahme war akuter Personalmangel in der dortigen Dienststelle gewesen. Zu viele Bochumer Kollegen hatte eine ansteckende Magen-Darm-Erkrankung außer Gefecht gesetzt. Goldstein musste diese Entscheidung Saborskis zähneknirschend akzeptieren. Mittlerweile hatte sich die Personalsituation wieder entspannt und Goldstein konnte in sein vertrautes Büro in Herne zurückkehren.

»Na und?«, erwiderte Schönberger. »Ich wette eine Kiste Bier, dass du diesen Fall behalten wirst. Herne hin oder her.«

Goldstein grinste und hielt ihm die Hand hin. »Einverstanden.«

Schönberger schlug ein.

Motorengeräusch war von der Straße zu hören, Türen schlugen. Kurz darauf standen zwei Beamte der Spurensicherung im Garten. Goldstein wies sie ein und sein uniformierter Kollege zeigte ihnen die vermutliche Tatwaffe.

Dann begannen die Männer mit ihrer Arbeit. Sie stellten kleine Metallschilder mit Nummern neben den Spuren auf, die sie meinten gefunden zu haben, fotografierten alles, nahmen Gipsabdrücke diverser Fußspuren, durchsuchten die Bekleidung der Leiche, ohne diese in ihrer Lage zu verändern, sicherten das Messer nebst anderen Fundstücken in Beuteln aus Pergaminpapier und hielten ihre Erkenntnisse schriftlich fest.

Etwa dreißig Minuten später erstattete einer der beiden Bericht: »Das Messer ist anscheinend tatsächlich die Tatwaffe. Ein handelsübliches Haushaltsmesser würde ich sagen. Wir haben bei dem Toten keine Papiere gefunden. Auch keine Schlüssel. Absolut nichts. Das ist sehr ungewöhnlich. Ein Raubmörder nimmt so etwas in der Regel nicht mit. Das spricht meines Erachtens dafür, dass der Täter uns über die Identität des Toten möglichst lange im Unklaren lassen will. Vielleicht wusste er auch, wo der Tote gewohnt hat und möchte sich dort in aller Ruhe und vor allem ungestört umsehen. Nur ein Streichholzbriefchen haben wir in seiner Manteltasche gefunden. Anscheinend war das für den Täter uninteressant.« Der Mann öffnete einen der Beutel. »Ein Werbegeschenk von einer Gaststätte namens *Die Ritze.*«

Goldstein kannte den Laden. Eine ziemlich schlecht beleumundete Kaschemme in der Nähe des Herner Hauptbahnhofs, die sich großspurig als Nachtklub bezeichnete.

»Ansonsten mit Ausnahme des Messers kaum Brauchbares. Nach unseren ersten Untersuchungen sind an der Tatwaffe keine Fingerabdrücke zu finden. Wir werden das Messer allerdings im Labor noch einmal genauer unter die Lupe nehmen. Auf jeden Fall scheint der Täter ziemlich umsichtig vorgegangen zu sein.«

»Handschuhe?«, vermutete Goldstein.

Sein Kollege nickte. »Wir wären dann fertig.«

»Danke«, erwiderte der Kriminalkommissar.

»Guten Tag, die Herren.« Doktor Werner Gerber, der Gerichtsmediziner, war zu ihnen getreten. Der Arzt trug einen dunklen, nicht mehr ganz neuen Anzug, ein weißes Hemd, Krawatte und darüber einen leichten Regenmantel. Er sah aus, als ob ihn die Leichenmeldung während einer Opernaufführung erreicht hätte. »Eine Leiche am Freitagnachmittag verdirbt einem das ganze Wochenende, finden Sie nicht?« Ohne eine Antwort abzuwarten, öffnete Gerber seine Aktentasche, zog ein zusammengefaltetes Tuch hervor und breitete es neben dem Toten auf dem Boden aus. Dann kniete er sich darauf und begann mit der Untersuchung der Leiche. Goldstein und Schönberger sahen schweigend zu.

»Wie lange ist der Mann schon tot?«, wollte Goldstein wissen, als sich Gerber wieder aufgerichtet hatte.

»Die Livores – Entschuldigung, das sind die Totenflecken – sind nicht sehr ausgeprägt. Das liegt mit Sicherheit am großen Blutverlust. Als Erstes sind diese eigentlich am Hals sichtbar. Dummerweise«, Gerber lächelte schief, »hat der Täter genau diesen durchgeschnitten. Das Blut hat die Umgebung des Schnittes verschmutzt. Dort ist momentan nichts zu erkennen. Aber an den Unterarmen finden sich kleine blassrote Flecken, die sich nur unvollständig wegdrücken lassen. Der Rigor Mortis ...«

»Der was?«, fragte Schönberger.

»Totenstarre. Sie ist vollständig ausgebildet und lässt sich nicht lösen. Beide Indizien sprechen für einen Todeszeitpunkt, der wenigstens zwölf Stunden, vermutlich aber länger zurückliegt. Ich tippe auf mindestens einen Tag. Die Todesursache jedoch ist eindeutig: glatte Wundränder, klaffende Wunde, kein Probierschnitt. Die Tiefe des Schnitts reicht fast bis zur Wirbelsäule. Mord,

15

ohne jede Frage. Der Schnitt verläuft von rechts oben nach links unten. Das bedeutet, der Täter hat das Messer mit der linken Hand geführt und von hinten geschnitten.«

»Linkshänder?«, warf Goldstein ein.

»Mit großer Wahrscheinlichkeit.« Der Mediziner machte einen Schritt auf die Polizisten zu. »Haben Sie eine Zigarette für mich? Ich habe meine im Auto liegen gelassen.«

Schönberger reichte ihm eine und gab Gerber Feuer.

»Danke.« Der Rechtsmediziner nahm einen Zug. »Sie sehen ja das verfärbte Erdreich. Das Blut ist trotz des Regens der letzten Tage noch deutlich zu erkennen. Die Tat wurde zweifellos hier verübt. So, das ist im Moment alles, was ich Ihnen sagen kann. Näheres in meinem Bericht.« Er klemmte die Zigarette in den Mundwinkel, bückte sich, hob die Decke auf, schüttelte sie sorgfältig aus, faltete sie zusammen und verstaute sie in seiner Tasche. Dann deutete er mit seiner rechten Hand einen militärischen Gruß an und ging wortlos.

Goldstein rief einen der Uniformierten zu sich. »Der Tote kann jetzt abtransportiert werden. Und lassen Sie den Tatort reinigen.«

3

Freitag, 22. September 1950

Kriminalrat Wilfried Saborski sah sich erstaunt im Salon der Villa um. »Wo sind denn die anderen Gäste?«

»Du bist der einzige.«

»An der Feier zu deinem siebzigsten Geburtstag nehme nur ich teil? Haben deine Freunde abgesagt?«

»Nein. Ich habe sie nicht eingeladen.«

»Warum nicht, wenn ich fragen darf?«

»Ich wollte mich ungestört mit dir unterhalten.« Wieland Trasse hob den Champagnerkelch. »Aber zunächst lass uns anstoßen.«

»Gerne. Auf dich! Herzlichen Glückwunsch.« Saborski ließ das prickelnde Getränk über die Zunge laufen.

Für einen Moment standen sich die beiden Männer schweigend gegenüber.

Wieland Trasse, Besitzer mehrerer Kaufhäuser im Ruhrgebiet, wirkte trotz seinen Alters noch immer drahtig und gesund. Sein Anzug saß perfekt und seine Art zu sprechen verriet, dass er es gewohnt war, Befehle zu erteilen. Trasse verkörperte den Typus Mensch, der sich seiner gesellschaftlichen Stellung sehr wohl bewusst war: Elite. Geldadel. Reich geworden mit fragwürdigen Geschäften vor, während und auch nach dem Krieg. Aber jetzt hatte er ein Problem. »Sie haben mich vor den Entnazifizierungsausschuss zitiert.«

17

Saborski lachte auf. »Wundert dich das? Ich hatte dich gewarnt, dass es entsprechende Überlegungen gab. Du hast dir in deinem Leben zu viele Feinde gemacht.«

»Ich nahm an, dieser Kelch würde an mir vorübergehen.«

»Warum sollte es dir anders ergehen als mir?«

»Du musstest dir doch keine Sorgen machen. Die Briten benötigten nach dem Krieg tüchtige Polizisten. Unsere junge Republik ebenso.«

»Kaufleute werden auch gebraucht.«

»Sicher.«

Sie tranken wieder. Dann zeigte Trasse auf die Sitzgruppe in einer großen Nische vor den Fenstern. »Lass uns dort hinübergehen.«

Die schweren, mit dunkelbraunem Leder bezogenen Sessel standen in einem Kreis um den runden Tisch, über dem ein Lampenschirm aus Meißner Porzellan hing. Ein dicker Teppich dämpfte jeden Schritt. An den Nischenwänden hingen Ikonenmalereien in verschiedenen Größen. Der Kriminalrat wusste, dass sie echt waren. Kriegsbeute.

Trasse griff den Sektkühler und trug ihn zu einem Beistelltisch. Er wartete, bis sich sein Gast gesetzt hatte, und nahm danach ebenfalls Platz.

»Wann ist es denn so weit?«, fragte Saborski.

»Übernächste Woche. Ich möchte von dir wissen, wie das Verfahren abläuft, um mich vorbereiten zu können.«

»Die Ausschüsse sind mit Vertretern der SPD, KPD und CDU besetzt, wobei die Christlichsozialen in Herne in der Minderheit sind. Sie befragen dich nach deiner Tätigkeit im Dritten Reich und holen gegebenenfalls

Zeugenaussagen ein. Hast du dir eidesstattliche Erklärungen besorgt?«

»Persilscheine? Jede Menge.«

»Gut. Sind auch welche von verfolgten Nazigegnern dabei? Die sind besonders glaubwürdig.«

Trasse lachte auf. »Das glaube ich gern. Daran habe ich schon selbst gedacht. Einer meiner Mitarbeiter, er hat ein Jahr im KZ gesessen, hat mir bestätigt, dass ich mich im privaten Rahmen schon immer gegen den Nationalsozialismus ausgesprochen habe.«

Saborski nickte. »Was hast du ihm dafür versprochen?«

Sein Gastgeber schüttelte den Kopf. »Nicht doch, mein Lieber. Habe ich dich gefragt, woher du deine Persilscheine hast? Sie müssen wirklich glaubwürdig gewesen sein. Wie sonst konnte der Ausschuss ein ehemaliges SA-Mitglied, einen Gestapoangehörigen und SS-Offizier wie dich lediglich als Mitläufer einstufen? Respekt, wirklich.«

Der Kriminalrat grinste. »Waren sie. Ein katholischer Priester, der 1940 für einige Tage in Untersuchungshaft saß, hat mir bescheinigt, dass ich ihm das Leben gerettet habe.«

»Ein Priester?«

»Ja. Er hatte eine dumme Vorliebe für kleine Jungs. Ich habe ihn damals vor dem KZ bewahrt. Da war er mir etwas schuldig. Und außerdem haben sich seine Neigungen bis heute nicht geändert. Ich musste ihn nur daran erinnern, dass sein Verhalten auch jetzt noch strafbar ist.«

»Verstehe.«

»Und dann gab es noch einige Leute, deren Westen nach 1933 auch nicht sauber geblieben sind, die sich aber nur ungern daran erinnern. Ich habe dafür gesorgt, dass sie es wieder tun mussten. Und damit ich mein Wissen schnell vergesse, sind sie mir eben auch behilflich gewesen. So einfach ist das.« Saborskis Grinsen wurde breiter. »Immerhin darf ich für drei Jahre nicht mehr befördert werden und muss die Kosten des Verfahrens begleichen.«

»Wie viel war es denn?«

»Dreißig Mark.«

»Mir kommen die Tränen. Das sind doch Kinkerlitzchen. Für mich steht leider mehr auf dem Spiel.«

»Warum? Du warst doch nie Parteimitglied, oder?«

»Nein. In der NSDAP war ich nie. Aber ...« Er griff zum Champagner.

»Aber was?«

»Ich bin im Gau ein- und ausgegangen. Schließlich war ich führendes Mitglied der Reichsgruppe Handel, wie du weißt. In dieser Eigenschaft war ich sehr häufig bei Besprechungen in der Reichswirtschaftskammer anwesend.«

»Gibt es Aufzeichnungen darüber?«

»Sicher. Briefe, Protokolle, Verträge, Gutachten ...«

»Könnten sie dich bbelasten?«

Trasse Stimme klang bitter. »Du machst mir Spaß. Wir haben uns schließlich auch mit der wirtschaftlichen Lage der besetzten Gebiete befasst.«

»Verstehe.« Saborski nippte am Glas. »Und jetzt hast du Angst um deine Kaufhäuser.«

»Natürlich. Meine Geschäfte in der Vergangenheit …
Immerhin kann der Ausschuss die Beschlagnahme meines gesamten Vermögens empfehlen, sofern dieses als Kriegsgewinn eingestuft wird. Mindestens aber schicken sie mir einen Buchprüfer auf den Hals, den ich dann auch noch selbst bezahlen muss.«

»Na ja. Wenn's mehr nicht ist«, bemerkte Saborski.

»Schon wahr. Aber ich mag es nicht, wenn Fremde in meinen Geschäftsunterlagen herumschnüffeln.« Er seufzte. »Wenn ich meinen Wohnsitz nicht nach Herne verlegt hätte …« Trasse machte eine Pause.

»Was wäre dann?«

»In Recklinghausen hatte ich gute Kontakte. Vor allem zur Zentrumspartei. Viele der Mitglieder sind anschließend bei der CDU gelandet. Du warst doch auch vor dem Herner Ausschuss, oder?«

»Ja.«

»Warum eigentlich? Du bist doch in Bochum zu Hause.«

»Schien mir günstiger. Schließlich bin ich auch für Herne verantwortlich. Hier kenne ich einige wichtige Leute. Auch aus den Parteien. So wie du in Recklinghausen.«

»Aber wie hast du das angestellt?«

Saborski senkte seine Stimme, als ob er heimliche Mithörer befürchtete. »Ein langes Gespräch mit den Briten.«

»Wäre es dir möglich, deine guten Kontakte auch für mich spielen zu lassen?«

»Wie meinst du das?«

21

»Wie ich es sagte. Könntest du mit den Sozis und den Christlichen im Ausschuss sprechen?«

Saborski tat so, als müsste er nachdenken. »Das kommt darauf an.«

»Worauf?«

»Zum einen müssen deine Entlastungserklärungen hieb- und stichfest sein. Wenn ich mich für dich starkmache, muss ich sichergehen, dass später niemand umfällt und ich in den Sumpf mit hineingezogen werde.«

»Dafür werde ich sorgen, das garantiere ich. Und was noch?«

Saborski trank schweigend.

Trasse schaute dem Polizisten in die Augen. »Du willst Geld«, stellte er fest.

»Geld? Nein.«

»Was dann?«

»Anteile.«

»Aber du hältst doch schon fünfundzwanzig Prozent an meiner Firma.«

»Stimmt. Aber es könnten mehr sein.«

Trasse seufzte. Nach einer Weile fragte er: »Dreißig?«

»Ich sehe, wir verstehen uns«, antwortete Saborski kalt.

4

Die Anweisung Saborskis war eindeutig und Schönberger hatte die Wette gewonnen: Goldstein behielt den Fall und war um einen Kasten Bier ärmer.

Die Ritze lag etwa zweihundert Meter südlich des Herner Bahnhofs in einer Nebenstraße. Als Peter Goldstein am frühen Nachmittag den Laden betrat, schlugen ihm Tabakrauch und der Geruch billigen Parfüms entgegen. In der Kneipe verkehrten Nutten mit ihren Luden, Freier, Schieber aller Größenordnungen und britische Soldaten auf der Suche nach dem schnellen Glück. Nur selten verirrten sich biedere Herner Bürger in den Schuppen. Und wenn, verließen sie ihn meistens eilig wieder.

Die Fenster der *Ritze* waren mit blickdichten, speckigen Vorhängen bedeckt. Runde Holztische gruppierten sich im Halbkreis um eine kleine Bühne, auf der nicht mehr als drei spärlich bekleidete Damen tanzen konnten. Pin-ups aus amerikanischen Herrenmagazinen, eingerahmt hinter Glas, dienten als Wandschmuck. Die kleine Theke rechts neben der Bühne wurde von tief hängenden Lampen beleuchtet.

Am Morgen hatten die Berichte von Spurensicherung und Obduktion auf Goldsteins Schreibtisch gelegen. Wie befürchtet, hatten seine Kollegen nicht viel mehr gefunden als das, was sie ihm am Tatort schon mitgeteilt hatten. Lediglich zwei Fußspuren, die nicht den Beamten oder dem Toten zuzuordnen waren, konnten sie sicherstellen. Es handelte sich um einen Schuh mit Absatz, Größe siebenunddreißig, der sich in den weichen Boden gedrückt hatte, wahrscheinlich getragen von einer Frau oder einem Mädchen. Die andere Spur stammte von einem Herrenschuh der Größe fünfundvierzig. Die Fingerabdrücke des Toten befanden sich nicht in ihrer Kartei, der Mann war also im Raum Bochum noch nicht erkennungsdienstlich erfasst worden. Die Tat wurde zweifellos mit dem Messer, das sie in der Nähe der Leiche gefunden hatten, verübt.

Gerber wiederholte in seinem Bericht im Wesentlichen schon Bekanntes. Neu war jedoch, dass der Tote eine Narbe in der rechten Brust hatte. Ein Lungendurchschuss, vermutete der Mediziner. Der Mann hatte derzeit ziemliches Glück gehabt, diese Verletzung zu überleben. Außerdem hatte er an Leberzirrhose im Endstadium gelitten. Er hätte ohnehin nur noch drei Monate zu leben gehabt. Der Mörder hätte sich die Tat demnach sparen können und hätte nur abwarten müssen. Den Todeszeitpunkt konnte Gerber etwas konkreter fassen: zwischen Mittwochabend und Donnerstagmorgen.

Das war alles in allem ziemlich dürftig.

In einer Ecke der *Ritze* hockten einige Männer, die ihr Gespräch bei Goldsteins Eintreten sofort beendeten, ihn für einen Moment neugierig musterten, tuschelten, sich dann besorgt anschauten, um anschließend wortlos in ihre Gläser zu starren. Goldstein kannte einen der Kerle. Er hatte ihn vor drei Jahren mehrmals wegen Schwarzhandels verhaftet. Ein notorischer Schieber.

Der Polizist ging zur Theke, wo ein gelangweilter Barkellner, der auf den Spitznamen Hering hörte, bereits auf ihn wartete.

»Herr Kommissar«, krächzte der Hering zur Begrüßung. »Privat oder dienstlich?«

Goldstein zog das Foto des Toten aus der Tasche. »Natürlich dienstlich.« Er streckte dem Kneipier das Bild entgegen. »Kennen Sie den Mann?«

»Tot?«

»Sieht ganz so aus, würde ich sagen.«

Der Barmann kratzte sich am Kinn. »Da müsste ich nachdenken.«

»Tun Sie das. Aber nicht zu lange.«

Hering wiegte den Kopf hin und her. »Ich bin mir nicht sicher.«

Goldstein lächelte müde. »Lassen wir die Spielchen. Sie wissen, bei mir ist nichts zu holen. Ich zahle grundsätzlich nie für Informationen.«

»Das ist sehr schade, Herr Kommissar. Manchmal hilft ein Heiermann beim Erinnern.«

»Ach, da gibt es andere, weit wirkungsvollere Methoden, finde ich. Habe ich schon erwähnt, dass meine Kollegen und ich gerade heute Abend bei Ihnen einkehren wollten?« Er machte eine Pause. »Was ist nun mit Ihrem Erinnerungsvermögen?«

Sein Gesprächspartner gab sich geschlagen. »Der Mann war einige Male hier. Hat immer auf Großkotz gemacht. Lokalrunden gegeben, auf den Putz gehauen. War aber kein Stammgast. Er wurde von seinen Freunden Uwe genannt.«

»Uwe? Und weiter?«

»Keine Ahnung. Nur Uwe.«

»Wer waren diese Freunde?«

Der Barmann begann zu schwitzen. »Weiß nicht.«

Goldstein beugte sich vor und gab seinem Gesprächspartner mit einer Fingerbewegung zu verstehen, dass auch er seinen Kopf senken sollte. Dann flüsterte Goldstein ihm ins Ohr: »Vielleicht kommen wir aber auch erst am Wochenende. Samstags soll es doch ziemlich voll bei Ihnen sein, habe ich gehört?«

»Herr Kommissar«, bettelte der Hering. »Bitte!«

»Oder jedes Wochenende. Wie würde Ihnen das gefallen?«

»Ich kenne nur zwei von ihnen. Einer ist der Kaufmann Krönert.«

»Und der andere? Nun machen Sie schon!«

Die Stimme des Herings wurde noch leiser. »Baron von Hohenfeld.«

Goldstein schluckte überrascht. »Sicher?«

»Ich kenne doch meine Stammgäste.«

»Wann war Uwe das letzte Mal hier?«

»Warten Sie, vor drei, nein, zwei Wochen.«

»Alleine?«

»Nein.«

»Also mit seinen Freunden?«

Der Kneipier nickte. »Sie werden doch nicht erzählen, wer ...«

Goldstein lächelte beruhigend. »Machen Sie sich keine Sorgen.«

»Und die Razzia?«

»Wer hat hier von Razzia gesprochen?«, grinste der Kommissar. »Die Rede war von einem geselligen Abend unter Kollegen. Aber ich sehe schon, wir sind hier nicht willkommen. Vielleicht ein anderes Mal.« Er machte sich auf den Weg zum Ausgang. Bevor er das Lokal verließ, drehte er sich um und rief vernehmlich: »Ihnen allen noch einen schönen Tag!«

Der Hering wischte sich den Angstschweiß von der Stirn.

Auf der Straße zündete sich Goldstein eine Zigarette an. Der Baron von Hohenfeld, alias Hoffmann, alias Brillanten-Bos, mit bürgerlichem Namen Johann Bos, war im Ruhrgebiet kein Unbekannter. Die Nazis hatten Bos nach einigen kleineren Delikten als Gewohnheitsverbrecher für vier Jahre in ein KZ gesteckt. Nach dem Krieg hatte er Frauen, deren Männer von den Briten wegen des Verdachts auf Naziverbrechen interniert waren, aufgesucht. Er versprach ihnen, ihre Gatten freizubekommen, indem er die Kommandanten der Internierungslager bestach. Dazu benötigte er lediglich die finanziellen Mittel. Und die Frauen wollten glauben. Sie gaben ihm Geld, Schmuck, Fotoapparate. Kurz nachdem Bos in den Besitz der Wertsachen gekommen war, wurde ihm angeblich der Wagen gestohlen und damit verschwanden auch die Preziosen. Der selbst ernannte Baron wurde mehrmals verhaftet. Stets erklärte er, aus Hass auf die Nazis gehandelt zu haben, konnte sich so immer wieder herauswinden. Insgesamt sieben Mal. Von Bestechung war die Rede, und von vertraulichen Verbindungen zur Polizei. Hinter vorgehaltener Hand tuschelten Kollegen, dass Bos angeblich einen Dienstausweis der Polizei besaß und manchmal sogar mit einem Polizeiwagen zu seinen Fischzügen aufbrach. Außerdem soll es nicht bei Betrug geblieben sein. Von Einbrüchen erzählte man sich in Polizeikreisen, bei denen Krönert als Chauffeur diene und Schmiere stehen würde.

Genau dieser Baron von Hohenfeld organisierte mittlerweile seine Geschäfte von Herne aus. Sein »Büro« unterhielt er im *Central Café* auf der Bahnhofstraße.

Goldstein trat die Zigarette aus und machte sich auf den Weg dorthin.

Das Kaffeehaus erstreckte sich über zwei Etagen des Jugendstilgebäudes. Im Erdgeschoss lag der Schankraum, darüber der Tanzsaal mit der kleinen Bühne und den angrenzenden Separees. In der Nachkriegszeit diente das *Central* zunächst als Offizierskasino der britischen Armee, später als bekannter Treffpunkt für Schwarzmarkthändler und Schieber. Razzien der Militärpolizei waren an der Tagesordnung. Das *Central Café* war der geeignete Ort für Heiratsanträge, runde Geburtstage oder erfolgreiche Geschäftsabschlüsse und galt als eine der besten Adressen Hernes. Entsprechend waren die Preise. Jeder Gast musste Wein bestellen, weswegen sich Herner Bürger ohne dicken Geldbeutel einen Besuch dort nur selten leisten konnten. So wie die Goldsteins.

Auf dem Weg überlegte der Kommissar, wann er seine Frau Lisbeth zum letzten Mal dorthin ausgeführt hatte. Kurz nach der Währungsreform vor knapp zwei Jahren musste das gewesen sein. Von einem der ersten Gehälter in Deutscher Mark. Lange her.

Der Kellner hinter der Theke wies Goldstein, nachdem dieser seine Polizeimarke präsentiert und sich nach Bos erkundigt hatte, den Weg zu einem der Räume im Obergeschoss.

Goldstein stieg die Treppe hinauf und öffnete die Tür, ohne anzuklopfen. Der Raum lag im Halbdunkel, da die Vorhänge zugezogen waren. Nur eine kleine Lampe über dem Tisch in der Mitte spendete spärliches Licht. An einer Wand stand ein rotes, plüschiges Sofa, darüber hing ein Dürer-Replikat. Eine Anrichte an der Wand gegenüber vervollständigte das Interieur.

Am Tisch saßen drei Männer, keiner über vierzig Jahre. Sie schreckten auf, als Goldstein den Raum betrat. Zwischen Kaffeetassen und Cognacschwenkern lagen mehrere Fotoapparate vor ihnen.

»Wir wollten doch nicht gestört werden!«, blaffte einer, der mit weißem Hemd, farbigem Halstuch und gestreiftem Anzug den Eindruck eines Lebemanns vermittelte. »Lassen Sie uns allein.«

»Das wird wohl nicht möglich sein«, erwiderte Goldstein ungerührt und zeigte seine Marke. »Kriminalpolizei. Wer von Ihnen ist Johann Bos?«

»Was wollen Sie von ihm?«, fragte der Anzugträger zurück.

»Wer ist Bos?«, beharrte der Kriminalkommissar auf einer Antwort. Dieses Mal war sein Tonfall gereizt.

»Ich bin Bos.« Der Lebemann hatte sich erhoben und stand Goldstein, der näher an den Tisch herangetreten war, nun direkt gegenüber. Die anderen beiden Männer beobachteten den Polizisten mit eisiger Miene.

»Ich möchte mich mit Ihnen über einen Ihrer Freunde unterhalten.« Goldstein deutete auf die Kameras auf dem Tisch. »Oder störe ich Sie bei dringenden Geschäften?«, fragte er spöttisch.

Einer der Sitzenden griff zu einer Aktentasche, die neben seinem Stuhl gestanden hatte, und machte Anstalten, die Apparate darin zu verstauen.

»Nee, das lassen Sie mal«, ordnete Goldstein an. »Vielleicht brauchen wir die ja noch.«

»Um wen geht es?« Bos fingerte eine Zigarette aus einem Etui und zündete sie sich an.

Goldstein reichte Bos das Foto des Toten. »Um ihn.«

Bos verzog das Gesicht und gab dem Kommissar das Bild zurück. »Schrecklich. Und was habe ich damit zu tun?«

»Kennen Sie den Mann?«

»Nein.« Bos nahm einen tiefen Zug.

»Tatsächlich nicht? Sie wurden aber in der *Ritze* mit ihm gesehen. Sie sollen ihn Uwe genannt haben. Aber wenn Sie sich nicht erinnern … Woher stammen diese Kameras?«

»Ich habe sie rechtmäßig erworben und beabsichtige, sie mit Gewinn weiterzuverkaufen.«

Der Kommissar zückte sein Notizbuch. »Dann können Sie mir doch sicher sagen, wer Ihnen die Geräte verkauft hat, oder?«

»Warum ist das wichtig?«

»Nun, es könnte sich ja um heiße Ware handeln. Dann müsste ich sie beschlagnahmen und Sie drei vorläufig festnehmen. Wegen des Verdachts der Hehlerei.

Aber eigentlich interessiere ich mich momentan nicht für Fotografie. Mich beschäftigt der Tote hier.«

Bos verstand. »Dürfte ich ihn noch einmal sehen?« Er musterte das Foto einen Moment und meinte dann: »Wenn ich mich nicht täusche ... Ja, ich kenne den Mann. Aber ein Freund von mir ist er nicht. Eher ein, sagen wir, flüchtiger Bekannter.«

»Schön, dass Sie sich wieder erinnern. Und wie heißt Ihr Bekannter?«

»Uwe Schmidt.«

»Schmidt. So, so. Ein Allerweltsname. Sind Sie sicher?«

»Natürlich.«

»Und wo wohnt dieser Uwe Schmidt?«

»Da bin ich wirklich überfragt.« Bos wandte sich an seine Kumpane. »Weiß einer von euch, wo Schmidt gewohnt hat? Paul, du hast doch häufiger mit ihm rumgehangen.«

»Ich?« Der Angesprochene rutschte unruhig auf seinem Stuhl herum. »Woher soll ich ...«

»Nun spuck es schon aus!«, zischte Bos. »Das meine ich ernst.«

»Ich glaube ...«

»Wird's bald«, drängte Bos.

»In der Feldstraße. Kurz vor der Ziegelei.«

Goldstein wusste, wo das war. »Hausnummer?«

»Keine Ahnung. Ehrlich, Herr Kommissar. Uwe wohnt im dritten Haus rechts, wenn Sie von der Wiescherstraße kommen. Erster Stock. Zur Untermiete. In seinem Zimmer war ich nie.«

Goldstein nickte. »Womit hat Uwe Schmidt seinen Lebensunterhalt verdient?«

Bos grinste breit. »Das kann ich Ihnen beim besten Willen nicht genau sagen. Irgendetwas mit Import-Export hat er angedeutet. Wie gesagt, wir waren nur flüchtig bekannt.«

»Und was ist mit Ihnen?«, wandte sich Goldstein an Paul, der ihm Schmidts Adresse verraten hatte. »Was wissen Sie?«

»Nichts«, beeilte sich dieser zu versichern. »Wie Herr Bos schon sagte. Import-Export.«

»Hatte Schmidt Feinde?«

Bos' Grinsen wurde noch breiter. »Herr Kommissar, wir waren doch nur ...«

»Ja, ich weiß. Flüchtig bekannt.«

»Eben.«

»Wo haben Sie sich in der Nacht zum Donnerstag aufgehalten?«, wollte der Kommissar von Bos wissen.

»Welchen Donnerstag?«

»Den letzten natürlich«, blaffte Goldstein.

»Hier im Café. Bis vier Uhr morgens. Diese Herren hier«, Bos deutete auf die anderen beiden am Tisch, »waren auch anwesend. Danach sind wir in meine Wohnung gegangen und haben dort die Nacht ausklingen lassen.«

»Sie haben doch sicher noch weitere Zeugen?«

»Natürlich. Die Bedienung. Die halbe Gaststätte. Ach ja, und natürlich zwei Ihrer Kollegen von der Herner Kripo. Den einen kannte ich nicht persönlich. Der andere heißt Schönberger, wenn ich mich recht erinnere.«

Heinz Schönberger. Sein Kollege! Der Kommissar holte tief Luft. »Ich werde das überprüfen. Die Namen Ihrer beiden Freunde, bitte.«

»Paul Krönert. Und Wolfgang Müller.«

»Adressen?«

Goldstein notierte sich die Anschriften und verließ grußlos den Raum.

5

Montag, 25. September 1950

Der diensthabende Beamte in der Polizeiwache Eickel studierte die Fußballberichterstattung in der Zeitung. Schalke stand in der Oberliga West am siebten Spieltag vor einer schweren Begegnung gegen Erkenschwick. Würden die Blau-Weißen dieses Derby verlieren, liefen sie Gefahr, die Tabellenspitze an den alten Rivalen Fortuna Düsseldorf abgeben zu müssen. Wachtmeister Georg Linck hegte aber keine solche Befürchtung. Schalke würde selbstverständlich gewinnen.

Er legte die Zeitung beiseite. Erst jetzt bemerkte er die junge Frau, die still vor der Glasscheibe stand und darauf wartete, ihr Anliegen vorbringen zu können.

»Ja?« Linck rückte seinen Stuhl zurecht und machte ein wichtiges Gesicht.

Die Frau flüsterte etwas.

Linck beugte sich vor und meinte: »Kommen Sie näher an die Scheibe. Sie müssen durch diese Öffnung hier sprechen. Und etwas lauter bitte.«

»Ich möchte jemanden als vermisst melden.«

»Zunächst Ihren Namen und Adresse.« Linck griff zum Vordruck. »Sie heißen?«

»Anneliese Schaller.«

Nachdem der Polizist die Personalien der Frau aufgenommen hatte, lehnte er sich zurück. »Dann erzählen Sie.«

»Ich war gestern mit meiner Freundin verabredet. Sie ist aber nicht gekommen. Jetzt mache ich mir Sorgen. Bestimmt ist ihr etwas passiert.«

»Der Name Ihrer Freundin?«, fragte der Beamte gelangweilt.

Anneliese Schaller sagte es ihm.

»Wann sollte Ihr Treffen stattfinden?«

»Zum Kaffee. Um vier Uhr bei mir.«

»Das ist doch erst zwanzig Stunden her. Ihre Freundin hat Sie versetzt, würde ich vermuten. Bestimmt meldet sie sich noch heute oder morgen bei Ihnen. Sollte das nicht der Fall sein, melden Sie sich wieder.« Linck machte Anstalten, das eben ausgefüllte Formular zu zerknüllen und in den Papierkorb zu werfen.

»Das glaube ich nicht. Ich komme gerade von ihrer Wohnung. Sie war nicht da. Deshalb habe ich mit ihren Nachbarn gesprochen. Keiner von ihnen hat Mechthild seit vergangenem Freitag mehr gesehen. Und sie hatte Flurwoche.«

»Wie bitte?«

»Sie musste den Flur putzen. Doch das hat sie nicht getan. Mechthild ist sonst sehr korrekt in diesen Dingen. Man will sich ja nichts nachsagen lassen.«

Linck nickte gezwungenermaßen. »Vielleicht ist sie in den Urlaub gefahren?«

»Ohne mir etwas davon zu erzählen? Als ich letzten Donnerstagabend bei ihr war …«

»Donnerstags war sie also noch zu Hause?«

»Ja. Es war ihr erster freier Abend seit Wochenanfang. Das Kaufhaus, in dem sie arbeitet, hatte Quartalsinventur, deshalb war sie bis in die Abendstunden beschäftigt. Wenn sie vorgehabt hätte wegzufahren, hätte sie es mir gesagt. Ganz sicher! Ich bin ihre beste Freundin. Außerdem musste Ursula, das ist ihre Tochter, zur Schule. Die Herbstferien sind vorbei. Und …« Sie zögerte.

»Ja?«

»Irgendwie wirkte sie bei unserem Gespräch bedrückt. Fast so, als ob sie Angst hätte.«

»Angst?« Der Wachtmeister machte sich nun doch wieder Notizen. »Hat sie Ihnen etwas darüber erzählt?«

»Kein Wort. Vielleicht bilde ich mir das ja auch nur ein. Aber ich hatte an dem Abend diesen Eindruck.«

»Hm. Wäre es möglich, dass Ihre Bekannte nur über das Wochenende weggefahren ist?«

»Nein. Das glaube ich nicht. Sie ist seit Freitag verschwunden, da bin ich mir sicher.«

»Warum?«

»Ursula war an den vergangenen drei Tagen nicht in der Schule.«

»Woher wissen Sie das?«

»Ich bin ihre Lehrerin.«

»Gut. Sollten Sie von Ihrer Freundin in der nächsten Zeit etwas hören, benachrichtigen Sie uns bitte. Und jetzt gehen Sie dort durch die Tür und warten auf dem Flur. Ich komme sofort zu Ihnen und wir nehmen im Besprechungszimmer das Protokoll auf. Das wird später an die Kriminalpolizei weitergeleitet, die sich dann um die Angelegenheit kümmert.«

6

Montag, 25. September 1950

Schmidts Vermieterin war eine fast Achtzigjährige, die, wie sie Goldstein ungefragt mitteilte, halb blind war.

»Der Herr Schmidt. Ein feiner Mann, Herr Kommissar«, erklärte sie, nachdem sich Goldstein nach ihrem Untermieter erkundigt hatte. »Ich habe ihn schon seit bestimmt einer Woche nicht mehr gesehen oder gehört.«

»Aber er wohnt in Ihrer Wohnung zur Untermiete?«

»Bei mir?« Die alte Frau schüttelte den Kopf. »Nein.«

Goldstein fluchte innerlich. »Sie haben mir doch eben bestätigt, dass er Ihr Untermieter ist.« Der Kommissar hatte es vorgezogen, die Ermordung Schmidts zu verschweigen und lediglich von einer Vermisstenanzeige, der er nachginge, zu sprechen.

»Ja, das stimmt auch. Aber er wohnt nicht in meiner Wohnung«, bekräftigte sie mit Bestimmtheit. »Wissen Sie, ich habe noch eine Dachkammer. Mein verstorbener Mann hat sie manchmal benutzt, wenn er in Ruhe seine Briefmarken sortieren wollte. Da konnte er sie auch liegen lassen. Einmal hat er seine Sammlung nämlich auf dem Wohnzimmertisch ausgebreitet, ich habe die Tür aufgemacht, es ist Durchzug entstanden ...« Sie kicherte. »Die ganzen dummen Briefmarken sind durch das geöffnete Fenster geflogen. Danach ...«

»Eine Mansarde also?«

»Ja. Sie hat zwar kein Bad, aber ein Waschbecken. Die Toilette ist eine halbe Treppe ...«

»Könnte ich mir das Zimmer ansehen?«

»Natürlich.« Sie nahm erschreckt die Hand vor den Mund. »Meinen Sie, dass er ... Dass er da drin liegt?«

»Nein, ganz bestimmt nicht. Ich möchte mich nur einmal umsehen. Haben Sie einen Schlüssel?«

»Natürlich. Warten Sie.« Die Alte schlurfte zurück in den Flur. Wenig später drückte sie Goldstein den Schlüssel in die Hand. »Ich muss doch nicht mitkommen, oder? Das Treppensteigen fällt mir immer schwerer.«

»Nein, ist nicht nötig.«

Die Einbruchsspuren an der Mansardentür waren nicht zu übersehen. Hier hatte sich jemand mit brachialer Gewalt Einlass verschafft.

Goldstein drückte die Tür auf und betrat einen winzigen Flur, an dessen gegenüberliegender Seite sich eine weitere Tür befand. Sie stand halb offen.

Das Zimmer dahinter sah aus wie nach einem Bombenangriff. Kleidungsstücke, die sich offensichtlich im Schrank befunden hatten, lagen auf dem Boden verteilt. Die Schubladen eines Vertikos waren herausgezogen und deren Inhalt ausgekippt worden. Die hochgerollte

Matratze des Bettes war mit Federn bedeckt, die aus dem zerschnittenen Oberbett quollen. Bei jedem Luftzug wirbelten sie auf. Nichts in diesem Raum war mehr an seinem Platz.

Zu Goldsteins Überraschung fand sich unübersehbar auf einem kleinen Tisch unter dem Fenster eine teuer aussehende Uhr. Diese Einbrecher schienen es nicht auf Wertsachen abgesehen zu haben. Aber hatten sie das gefunden, wonach sie suchten?

Goldstein schob mit dem linken Fuß einen Stapel Unterwäsche beiseite. Ein zusammengeknüllter Zettel war etwas unter den Schrank gerutscht. Er bückte sich und hob ihn auf. Auf dem Papier klebten Buchstaben, die anscheinend aus einer Zeitung ausgeschnitten worden waren.

Geld gegen Schweigen. Denk an

Eine Erpressung? Aber warum war der Text unvollständig? Stammte er von Schmidt? Was hatten die letzten zwei Worte zu bedeuten?

Nachdenklich faltete Goldstein das Blatt zusammen und steckte es ein. Um den Rest würde sich die Spurensicherung kümmern.

7

Dienstag, 26. September 1950

Peter Goldstein hatte die halbe Nacht wachgelegen. Dass Bos ausgerechnet Schönberger als Zeugen benannt hatte, ließ ihm keine Ruhe. Entsprechend unausgeschlafen saß er an seinem Schreibtisch und sortierte seine Gedanken. Dann hatte er eine Entscheidung getroffen. Er griff zum Telefon und bat Schönberger zu sich.

»Setz dich«, sagte er, nachdem sein Kollege das Büro betreten hatte. »Ich muss mit dir reden.«

»Worüber?« Schönberger zog einen der Stühle zu sich hin.

»Ich war gestern im *Central Café*.«

»Und?«

»Es geht um einen Johann Bos.«

»Ach, daher weht der Wind.« Schönberger lehnte sich zurück.

»Bos hat mir erzählt, dass du mit ihm und seinen Freunden an dem Abend zusammen warst, als Schmidt ermordet wurde.«

»Wer?«

»Entschuldigung, das kannst du ja nicht wissen. Der Tote, den wir am Freitag gefunden haben, heißt Uwe Schmidt. Bos hat ihn anhand des Fotos der Spurensicherung identifiziert.«

»Wie bist du auf Bos gekommen?«

»Der Barmann aus der *Ritze* hat mir den Tipp gegeben. Als ich Bos nach seinem Alibi fragte, meinte er, du wärest sein Alibi. Stimmt das?«

»Ich habe mit Bos im *Central* gefeiert, das ist richtig.«

»Wie lange?«

»Keine Ahnung. Bis zum Morgen. Ich war ziemlich betrunken. Wie du weißt, hatte ich mir am Donnerstag freigenommen, weil ich Geburtstag hatte. Wir haben reingefeiert.«

»Wer war noch dort?«

»Ist das jetzt ein Verhör?«

»Beantworte bitte meine Frage.«

Schönberger seufzte. »Zwei Kollegen von der Sitte, drei, vier Nachbarn.«

»Und Bos?«

»Er war nicht eingeladen, falls du das annimmst. Meine Freunde und ich haben uns im *Central* getroffen. Bos hockte an einem der Nachbartische. Wir sind ins Gespräch gekommen, er hat eine Runde geschmissen, dann noch eine ... Irgendwann kam er an unseren Tisch.«

»Ziemlich großzügig von dir, ins teuerste Lokal am Platze einzuladen.«

Schönberger grinste. »Ja, nicht wahr.«

»Später seid ihr dann in Bos' Wohnung gegangen?«

»Keine Ahnung. Ich hatte einen Filmriss. Ich weiß, dass wir das *Central* verlassen und an anderer Stelle weitergetrunken haben, aber wo das war ... Aufgewacht bin ich in meinem Bett. Allerdings mit Schuhen und in voller Montur.«

40

»Wolfgang Müller und Paul Krönert sollen ebenfalls mit von der Partie gewesen sein.«

»Tatsächlich? Wer sind die beiden?«

»Freunde von Bos. Oder Geschäftspartner. Was weiß ich. Kennst du sie?«

Schönberger schüttelte den Kopf. »Wenn ich sie sehen würde, vielleicht.«

»Das war also dein erstes Zusammentreffen mit Bos?«

»Ja. Natürlich kenne ich seinen Namen und das Gerede unter den Kollegen. Ebenso wie die Berichte über seine Verhaftungen wegen der angeblichen Betrugsfälle.«

»Angeblich?«

»Bisher ist es ja noch zu keiner Anklage gekommen, oder?«

»Du hast keine Probleme damit, dich als Polizist von dieser zumindest zwielichtigen Gestalt aushalten zu lassen?«

»Was willst du damit andeuten?«, brauste Schönberger auf.

Goldstein hob resignierend die Hände. Als sein Kollege sich wieder beruhigt hatte, fragte er: »Du kannst also das Alibi dieses Bos bestätigen?«

»Ja, verdammt noch mal!«, schnaubte Schönberger.

»Was ist mit den anderen beiden?«

»An die Namen kann ich mich nicht erinnern. Zeig mir die Kerle und ich weiß vermutlich, ob sie an dem Abend auch anwesend waren.«

»Bos war also die ganze Nacht mit dir zusammen?«, hakte Goldstein nach.

Schönberger sprang auf. »Was soll das hier? Glaubst du mir etwa nicht? Er war im *Central* dabei. Und auch später noch. Jedenfalls so lange, wie ich mich erinnern kann.«

Das Telefon schellte.

»War es das jetzt?« Schönberger drehte sich um und stampfte wütend aus dem Zimmer.

Der Hauptkommissar sah ihm einen Moment nach, bevor er zum Hörer griff. Der Anrufer war Saborski. Der Hauptkommissar kannte den Kriminalrat seit mehr als fünfundzwanzig Jahren. Als Goldstein 1923 ins Ruhrgebiet versetzt wurde, war Saborski noch kein Polizist gewesen. Erst später hatte er in der nationalsozialistischen Diktatur Karriere gemacht. Partei, SA, Gestapo, SS – das ganze Programm. Goldstein hatte sich gewundert, dass ein überzeugter Nazi wie Saborski nach Kriegsende von den britischen Besatzungsbehörden in seiner Funktion belassen worden war. Aber nicht nur das. Der Kriminalrat war damit beauftragt worden, seine Dienststelle von ehemaligen Parteigenossen zu säubern. Ausgerechnet! Die Briten hatten den Bock zum Gärtner gemacht.

Saborski jedenfalls hatte keine Schwierigkeiten gehabt, sich als kleiner Mitläufer darzustellen, der eigentlich schon immer gegen die Nazis gewesen war. Im privaten Rahmen, versteht sich. Schließlich war Krieg. Und auch Polizisten gehorchten nur Befehlen. So war Saborski Ende 1949 in die neu gegründete FDP eingetreten, hatte es bis zum stellvertretenden Vorsitzenden der Partei in Bochum gebracht und war zum Verfechter der parlamentarischen Demokratie mutiert. Als Saborski das Verfahren vor dem Entnazifizierungsausschuss lediglich mit einem blauen Auge überstand, wunderte sich Goldstein schon nicht mehr. Unwillkürlich musste er grinsen. *Und als man ihn dann wiederfand, da fand man ihn im Widerstand.*

»Mir ist zu Ohren gekommen, dass Sie in dieser Mordsache von letzter Woche gegen einen Johann Bos ermitteln.« Wie immer hielt sich der Kriminalrat nicht mit Höflichkeitsfloskeln auf.

Goldstein war verblüfft. Woher wusste Saborski davon?

»Ermitteln wäre zu viel gesagt. Ich habe ihn bisher lediglich als Zeugen vernommen.«

»Und?«

»Er gibt an, für die Tatzeit ein Alibi zu haben. Ich überprüfe es zurzeit.« Saborski musste ja nicht unbedingt wissen, dass sich einer der ihm unterstehenden Beamten von Bos hatte aushalten lassen.

»Halten Sie mich bitte auf dem Laufenden, was diese Sache angeht.«

»Selbstverständlich.«

»Das wäre alles.«

Saborski legte auf und ließ am anderen Ende der Leitung einen irritierten Kriminalhauptkommissar zurück.

8

Dienstag, 26. September 1950

Die beiden Männer begrüßten sich ohne viele Worte. Einer von ihnen war groß gewachsen, trug sein volles Haar links gescheitelt und zog beim Gehen das rechte Bein infolge einer Verletzung etwas nach. Er trug trotz der milden Temperaturen einen Wintermantel, dessen Kragen hochgeschlagen war. Der in die Stirn gezogene Hut verlieh ihm ein verwegenes Aussehen.

Der andere Mann war schlank, hatte ein spitzes Gesicht und einen stechenden Blick. Immer wieder fiel ihm eine dunkle Haarsträhne vor die Augen, die er fahrig beiseitestrich. Auch er trug einen Mantel, allerdings einen modischer geschnittenen als sein Begleiter.

Sie kannten sich seit den Zwanzigerjahren. Sie hatten gemeinsam studiert, waren dann später als Studenten in die NSDAP eingetreten, machten als Juristen im nationalsozialistischen Deutschland Karriere: der eine als Mitarbeiter des Referats IV B 4 im Reichssicherheitshauptamt, dessen Leiter ein gewisser Adolf Eichmann war, der andere als Richter am Volksgerichtshof und später als Vorsitzender eines Militär-gerichts.

Beide Männer lebten mit falschem Namen im Ruhrgebiet und wurden als Kriegsverbrecher von den alliierten und deutschen Behörden gesucht. Jetzt war ihnen der Boden unter den Füßen zu heiß geworden.

Sie hatten sich im Herner Stadtpark verabredet, gingen zunächst einige Meter, setzten sich dann auf eine Bank, um über Belangloses zu sprechen. Mit dem eigentlichen Thema begannen sie erst, als keine unerwünschten Zuhörer mehr in der Nähe waren.

»Wie lange dauert es denn noch, bis wir nach Italien können?«, fragte der Mann, der sich Klaus Glittner nannte. Sein Gesprächspartner schaute sich nervös um. »Ich weiß es auch nicht genau.« Er nannte sich Hans Allemeyer.

»Kannst du denn nicht deinen Onkel kontaktieren?«

»Wie stellst du dir das vor? Dass ich dort hineinspaziere, als wäre nichts gewesen? Mensch, die kennen mich doch von früher.«

»Was ist bei ihm zu Hause?«

»Daran habe ich auch schon gedacht. Aber er hat mir klare Anweisungen gegeben. Wir treffen uns nur, wenn er mich anruft und einen Treffpunkt nennt. Ihn unangemeldet aufzusuchen«, er schüttelte energisch den Kopf, »nein, das Risiko ist einfach zu groß. Wir müssen abwarten. Und vor allem Ruhe bewahren.«

Glittner schob die Haarsträhne aus der Stirn. »Was ist mit den Visa für Argentinien?«

»Sie sind beantragt, sagt mein Onkel. Aber das dauert eben seine Zeit. Erst mussten unsere Ausweispapiere durch die Italiener fertiggestellt werden. Die Visaanträge liegen in der argentinischen Botschaft in Rom. Mein Onkel hat mit Unterstützung seiner Freunde ein wenig nachgeholfen, damit sie schneller bearbeitet werden als üblich.« Allemeyer rieb die Kuppen von Daumen und Zeigefinger der rechten Hand aneinander. »Sobald die Route klar ist, reisen wir ab. Vermutlich geht es zunächst in ein Kloster in Österreich. So war es jedenfalls bei den anderen, hat mir mein Onkel erzählt. Dort werden unsere Identitäten bestätigt. Dann geht es über Rom nach Palermo. Von da nach Barcelona. Später auf das Schiff und über den großen Teich.«

»Österreich? Da sind die Amerikaner.«

»Na und? Hier sind die Briten.«

»Was, wenn die Amerikaner Wind von unserer Flucht bekommen?«

»Mach dir keine Sorgen. Mein Onkel sagt, der amerikanische Militärgeheimdienst CIC nutzt diese Route selbst, um Deutsche möglichst unauffällig nach Südamerika zu schleusen.«

Glittner blickte seinen Freund ungläubig an.

»Ja, es ist so. Die Amerikaner führen Krieg in Korea. Die kommunistischen Rebellen dort werden von China und den Russen unterstützt. Die Franzosen kämpfen in Indochina gegen die Kommunisten. Es dauert bestimmt nicht mehr lange und wir werden gemeinsam mit den Amis gegen den Iwan zu Felde ziehen.« Er schlug Glittner lachend auf die Schulter. »Bald sind wir Deutschen wieder im Rennen. Die Leistungen des deutschen Volkes werden noch einmal anerkannt, glaub mir. Dann haben wir wieder das Sagen. Aber jetzt heißt die Parole: Kopf einziehen und abwarten.« Allemeyer stand auf. »Es wird Zeit. Lass uns gehen.«

9

Dienstag, 26. September 1950

Sie wohnten noch immer im Steigerhaus in der Herner Teutoburgia-Siedlung. Lisbeth Goldstein bereitete das Abendessen zu, während ihr Vater und ihr Mann am Küchentisch saßen, lesend der eine, nachdenklich der andere. Die Einrichtung des Hauses hatte sich in den letzten zwanzig Jahren kaum verändert, lediglich Kaputtes oder Verschlissenes war erneuert worden. Das Sofa und die Sessel im Wohnzimmer, mit rotem Samt bezogen, waren zwar durchgesessen, taten aber nach wie vor ihre Dienste. Und auch die dunklen Schleiflackmöbel schmückten noch immer die gute Stube. Nur die Gipsbüste des Dichterfürsten Goethe und eines der Ölbilder fehlten. Sie hatte Hermann Treppmann in der Nähe von Haltern im Hungerwinter 1946/47 gegen einen Sack Kartoffeln und fünfzehn Eier eingetauscht. Ansonsten hatte die Familie im Krieg Glück gehabt: Während das Haus auf der anderen Straßenseite, nicht mehr als zehn Meter entfernt, ein Opfer der Bomben geworden war, dessen Ruine komplett abgerissen werden musste, blieb ihr Zuhause unbeschädigt.

Hermann Treppmann legte die Zeitung beiseite. »Ich habe heute beim Kaufmann ein Plakat gesehen. Vier SS-Leute waren auf einem Foto abgebildet. Darunter stand: *Das sind sie, die Henker von der schwarzen Schmach. Wer kennt sie? Namen hier aufschreiben.*

Einer stand da schon: *Schmidt. Hausmeister. Jugendherberge Herne.* Da macht jemand seine ganz private Fahndung. Bin gespannt, ob du irgendwann auf so einem Plakat auftauchst.« Er sah spöttisch zu seinem Schwiegersohn hinüber.

»Vater!« Lisbeth Goldstein legte den Rührlöffel beiseite. »Peter ist entnazifiziert worden. Das müsstest du doch am besten wissen.«

»Ich schon«, brummte ihr Vater. »Aber wissen das auch die, die solche Plakate aufhängen?«

»Ich habe nie für ein solches Bild in SS-Uniform posiert.« Peter Goldstein griff zur Bierflasche.

»Aber du hast sie getragen.«

»Selten.«

»Jetzt lasst das endlich bleiben! Immer wieder diese alten Diskussionen.« Lisbeth Goldstein schüttelte wütend ihren Kopf. »Ich will nichts mehr davon hören! Das ist vorbei. Ein für alle Mal.«

»Stimmt.« Auch Hermann Treppmann nahm nun einen Schluck Bier. »Ist nur gut, dass ich das Ende der Nazis noch erleben durfte. Und dass mein Herr Schwiegersohn wieder seinen richtigen Namen angenommen hat. Machte sich ja besser vor dem Entnazifizierungsausschuss als der Name Golsten. Goldstein. Klingt so schön jüdisch. Fast wie ein Verfolgter des Regimes.« Er grinste. »Nur fast.«

»Du musst mich nicht immer wieder daran erinnern, dass es deine Aussage und die deines Freundes Theo Mönch   waren, die zu meiner Einstufung als Mitläufer geführt haben«, brauste Peter Goldstein auf. »Nur dadurch konnte ich weiter als Polizist arbeiten. Und wir alle hier wohnen bleiben. Sonst hätten wir die Miete nämlich nicht mehr bezahlen können. Dann wäre uns nur noch das Asyl an der Weichselstraße geblieben. Das wäre sicher nicht in deinem Sinne gewesen, oder?«

»Nein, das nicht«, räumte Treppmann ein. »Und ein Nazi warst du ja wirklich nicht. Insofern haben Theo und ich noch nicht einmal gelogen. Aber im Widerstand warst du auch nicht. Wenigstens bekennst du dich zu deiner Vergangenheit. Nicht so wie andere. Das rechne ich dir wirklich an.«

»Danke.«

Goldstein wusste, dass sein Schwiegervater es ehrlich meinte. Treppmann hatte 1943 den Juden Rosen in ihrem gemeinsamen Haus versteckt. Und er, Peter Goldstein, hatte Rosen aus dem Versteck gewiesen, ihn quasi seinen Häschern übereignet. Rosen hatte trotz Folter geschwiegen und die Goldsteins nicht verraten. Auch nicht im Angesicht des Galgens. Das beschämte den Hauptkommissar noch immer. Aber er hatte Angst gehabt. Angst um seine Frau Lisbeth, Angst um seinen Schwiegervater und natürlich auch Angst um sich selbst. Er war kein Held. Hatte geschwiegen, sich weggeduckt, wo er hätte aufschreien müssen.

Nach dem Ende der Nazidiktatur wäre ihm seine Mitgliedschaft in der SS beinahe zum Verhängnis geworden. Die Briten interessierten sich nicht dafür, dass er nur eingetreten war, um endlich befördert zu werden und um seinen Beruf weiter auszuüben. SS-Mitglieder waren für sie Verbrecher, allesamt. Und Goldstein konnte es den Siegern noch nicht einmal verdenken. Er hatte den falschen Herren gedient, das war ihm schon während der zwölf braunen Jahre mit erschreckender Deutlichkeit klar geworden. Aber er hatte trotz seiner Skrupel mitgemacht.

Sein Schwiegervater hatte ihn dann rausgehauen, indem er von dem Juden in ihrem Haus erzählt hatte. Und Theo Mönch hatte alles bestätigt. Ohne die beiden alten Männer säße Goldstein jetzt vermutlich in irgendeinem Internierungslager und würde auf seinen Prozess warten.

»Prost, Peter.« Treppmann hielt seinem Schwiegersohn versöhnlich die Flasche entgegen. »Lisbeth hat ja recht. Das ewige Streiten führt zu nichts.«

Goldstein nickte als Antwort. »Prost, Vater.«

Sie stießen die Flaschen aneinander. Lisbeth konnte endlich wieder lächeln.

»Apropos Asyl. Ich habe gehört, dass sich unter die Vertriebenen, die dort Zuflucht gefunden haben, auch einige Nazis gemischt haben sollen. Ganz nach dem Motto: *Ich komm aus dem Osten und such einen Posten, meine Papiere sind verbrannt, Hitler hab ich nicht gekannt.*«

Lisbeth lachte auf. »Wo hast du denn den Spruch her?«

»Erzählte gestern einer im Wartezimmer beim Arzt.«

Peter Goldstein mischte sich ein. »Ihr solltet euch nicht über diese Menschen lustig machen. Die meisten von ihnen haben ein schlimmeres Schicksal hinter sich als wir.«

»Die meisten, ja«, stimmte sein Schwiegervater zu. »Aber eben nicht alle.«

10

Mittwoch, 27. September 1950

Peter Goldstein benutzte wie jeden Tag den öffentlichen Nahverkehr, um in sein Büro in der Herner Innenstadt zu kommen. Er hatte trotz mehrmaliger Aufforderung seiner Vorgesetzten immer noch keinen Führerschein gemacht. Fast dreißig Jahre übte er seinen Beruf aus, ohne selbst hinter einem Steuer gesessen zu haben, und er dachte auch nicht daran, dies zu ändern. Außerdem erlaubte ihm die Fahrt mit der Straßenbahn

oder dem Bus, sich auf den neuen Arbeits-
tag einzustellen, oder, wie heute, einfach die Gedanken
schweifen zu lassen.

Je mehr er über den Einbruch in die Mansarde
Schmidts nachdachte, desto mysteriöser erschien ihm
der ganze Fall. Bei dem Opfer hatten sich keine Schlüssel gefunden, was den Schluss nahelegte, dass der
Mörder diese an sich genommen hatte. Wenn also der
Mord und der Einbruch in einem Zusammenhang standen, warum hatte der Mörder dann die Wohnung nicht
einfach aufgeschlossen?

Waren beide Taten jedoch unabhängig voneinander
begangen worden, konnte der Einbruch nicht lediglich
der Geldbeschaffung gedient haben – schließlich hatten
die Einbrecher die Uhr zurückgelassen. Zu übersehen
war das wertvolle Stück jedenfalls nicht. Was konnte
dann der Grund für den Einbruch sein?

Im Büro fand Goldstein einen Durchschlag des Berichts der Kollegen, die für Einbruchsdelikte zuständig
waren. Er überflog ihn. Doch er enthielt nichts, was der
Kommissar nicht schon selbst festgestellt hatte: Die Tür
war mit einem stabilen Gegenstand, vermutlich einem
Brecheisen, geöffnet worden. Trotz des Lärms, den diese
Aktion verursacht haben musste, gaben die Nachbarn
an, nichts von der Tat mitbekommen zu haben. Auch
waren niemandem in letzter Zeit fremde Personen im
Haus aufgefallen. Und keiner wusste, wovon Schmidt
seinen Lebensunterhalt bestritten hatte.

Goldsteins Kollegen vermuteten, dass die Einbrecher gestört worden waren und den Tatort fluchtartig verlassen hatten. Das erklärte auch die verschmähte Uhr.

Möglich, dachte Goldstein. Aber überzeugt war er nicht.

Es fanden sich Fingerabdrücke der verschiedensten Art, die meisten jedoch vom Bewohner selbst. Von den restlichen Abdrücken konnte keiner identifiziert werden.

Auffällig war, dass in der Wohnung persönliche Gegenstände völlig fehlten. Keine Bilder, Privatbriefe, Bücher, Unterlagen. Nur das Schreiben einer Bochumer Bank hatten die Ermittler gefunden, ein halbes Jahr alt. Darin wurde Schmidt aufgefordert, seine Schließfachgebühr zu begleichen. Das Schreiben hatten die Fahnder durch Zufall in einer Jacke entdeckt, bei der es durch eine zerrissene Tasche zwischen Oberstoff und Innenfutter gerutscht war.

Ein Schließfach!

Goldstein griff zum Telefonhörer. Augenblicke später las ihm der Kollege, der den Bericht verfasst hatte, den Brief der Bank vor. Goldstein bat darum, ihm das Schreiben zur Verfügung zu stellen. Sechzig Minuten später hatte er den zuständigen Staatsanwalt an der Strippe und nach weiteren zwei Stunden war er im Besitz eines richterlichen Durchsuchungsbeschlusses.

Der Bankangestellte, dem Goldstein den Gerichtsbeschluss präsentierte, war ungerührt. »Verfügen Sie über den Zweitschlüssel?«, fragte er nur.

»Nein.«

»Dann dauert es etwas länger. Ich muss zunächst den Generalschlüssel besorgen. Das ist nur mit Genehmigung meines Vorgesetzten möglich. Wenn Sie in einer Stunde wiederkommen würden?«

Goldstein verbrachte die Wartezeit in einem Café in der Nähe und erschien pünktlich wieder in der Bank.

Der Angestellte führte ihn eine Treppe hinunter zu einer Stahltür, die er aufschloss. Dann geleitete er Goldstein in einen Raum, der nur kärglich mit einem Tisch, einem Stuhl und Aktenschränken möbliert war.

»Der Tresorraum befindet sich hinter dieser Tür.« Der Mann zeigte auf ein stählernes Exemplar.

»Bitte nehmen Sie Platz.« Der Banker wartete, bis sich Goldstein gesetzt hatte. Dann zog er einen der Ordner hervor, klappte ihn auf und legte dem Kommissar ein Formular vor.

»Wenn Sie bitte den Zugang hier quittieren«, sagte er.

Goldstein unterzeichnete.

»Wären Sie so freundlich, mir den Gerichtsbeschluss zu überlassen?«, bat er dann. »Und Ihren Dienstausweis.«

Der Kommissar kam der Aufforderung nach.

Der Angestellte vermerkte die erforderlichen Daten säuberlich neben Goldsteins Unterschrift. »Wenn Sie mir jetzt bitte folgen wollen«, meinte er, als alle Formalitäten erledigt waren und öffnete die zweite Tür.

Der Tresorraum war fensterlos und enthielt nur einen Tisch mit zwei Stühlen. Die Schließfächer befanden sich an allen vier Wänden.

Goldsteins Begleiter öffnete mit seinen zwei Schlüsseln ein Fach mit der Nummer 97, zog eine Metallkassette hervor und legte sie auf den Tisch. Lautlos verließ er dann den Raum.

Der Hauptkommissar setzte sich auf den Stuhl und zog die Kassette zu sich herüber.

Dann hob er den Deckel an.

11

Mittwoch, 27. September 1950

Heinz Schönberger schob den Mann unerbittlich vor sich her, bis sie an der Hausecke angekommen waren.

»Du wartest hier«, befahl er und ging selbst zu einem am Straßenrand wartenden Mercedes 170 D. Er öffnete die Beifahrertür und steckte den Kopf ins Wageninnere.

»Das ist Breitschneider?«, fragte Saborski, der hinter dem Steuer saß.

»Ja. Wie sind Sie eigentlich auf ihn gekommen?« Schönberger wunderte sich immer wieder, auf welche Kontakte sein Vorgesetzter zurückgreifen konnte.

»Sorgfältiges Aktenstudium zahlt sich manchmal aus. Er ist der geeignete Mann. Ein Kleinkrimineller. Hat einige Jahre als notorischer Gewohnheitsverbrecher im KZ Dachau gesessen.«

»Wäre ein Politischer nicht besser gewesen?«

»Aus einem grünen Winkel kann doch einfach ein roter werden. Kein Problem. Was haben Sie für einen Eindruck?«

Schönberger dachte einen Moment nach. »Er arbeitet manchmal für Bos.«

»Für diesen Hehler? Das wusste ich nicht. Vielleicht habe ich mich geirrt und er kommt doch nicht infrage. Was meinen Sie, kann er seinen Mund halten?«

»Dürfte kein Problem sein. Bos sagt, der Kerl ist verschwiegen.«

»Auch gegenüber Bos?«

»Bestimmt.«

»Was ist mit dem Geld?«

»Ich bin mir sicher, dass er es dafür macht. Ansonsten werde ich ihn überreden.«

»Gut. Dann tun Sie das Erforderliche.« Saborski drückte Schönberger zwei Umschläge in die Hand. »Hier ist das Schriftstück, das er unterzeichnen soll. Sie müssen noch seine Daten nachtragen und die Erklärung neu schreiben. Erledigen Sie das selbst. Keine Sekretärin! Breitschneider muss sich die Daten einprägen, denn möglicherweise wird er vorgeladen. Im anderen Umschlag steckt das Geld. Eintausend Mark. Dafür erwarte ich erstklassige Arbeit. Machen Sie ihm das klar! Und sagen Sie ihm, dass ich sehr ungemütlich werden kann, wenn er versagt.«

»Jawohl.«

»Noch was.«

»Ja?«

»Keine Namen. Ich habe ihn zwar ausgesucht, möchte aber nicht, dass er mehr von mir weiß als unbedingt notwendig.«

»Selbstverständlich.«

Saborski startete den Motor und fuhr los.

Heinz Schönberger ging zurück zu dem Wartenden. »Also, wenn du willst, kannst du dir fünfhundert Mark verdienen.«

»Wat hab ich dafür zu machen?«, fragte Breitschneider.

»Eine Kleinigkeit. Nur eine Erklärung für einen Entnazifizierungsausschuss und gegebenenfalls eine Aussage.«

»Wat für 'ne Erklärung?«

»Dass du aus dem KZ abgehauen bist und ein alter Freund deines Vaters dich aufgenommen und bis Kriegsende vor den Nazis versteckt hat.«

»Aber ich bin nich abgehauen, sondern entlassen worden.«

»Weiß das jemand?«

»Hier in der Gegend nich.«

»Siehste.«

»Wer soll mich denn versteckt haben?«

»Das kommt später. Was ist nun?«

»Einverstanden. Aber ich will sechshundert.«

»In Ordnung.« Schönberger grinste.

»Wer war dat da im Wagen?«, wollte Breitschneider noch wissen.

»Das geht dich nichts an. In diesem Geschäft gibt es nur eine Regel: Schnauze halten und keine Fragen stellen. So, jetzt hör zu. Du bekommst dreihundert Mark sofort und den Rest, wenn das Verfahren abgeschlossen ist. Erzählst du was rum oder verquatschst dich vor dem Ausschuss, komme ich und hole mir das Geld zurück. Zusätzlich kannst du in einem solchen Fall deine Knochen einzeln nummerieren. Alles klar?«

»Klar«, murmelte Breitschneider.

»Gut. Dann komm. Ich lade dich auf ein Bier ein und erzähle dir, was genau du zu tun hast.«

12

Mittwoch, 27. September 1950

Die Kassette war leer.

Für einen Augenblick war Goldstein enttäuscht. Dann stand er auf und rief den Bankangestellten zurück in den Raum.

»Diese Kassette ist beschlagnahmt. Bitte bringen Sie mir Papier, damit ich sie einschlagen kann.«

Der Mann machte ein Gesicht, als ob er in eine Zitrone gebissen hätte, fügte sich den Anweisungen aber ohne Widerspruch.

Kurz darauf stand Goldstein mit der Kassette wieder im Vorraum. »Sie quittieren jeden Zugriff auf die Schließfächer?«

»Selbstverständlich.«

»Wann wurde dieses Fach zum letzten Mal geöffnet?«

»Einen Moment.« Der Banker griff zu dem Ordner, den er eben erst Goldstein vorgelegt hatte. »Am Montag.«

»Vorgestern?«

»Jawohl. Montag, der fünfundzwanzigste September ist hier verzeichnet.«

»Haben Sie auch Namen und Anschrift desjenigen, der Zugang haben wollte?«

»Natürlich. Es war der Schließfachinhaber selbst. Uwe Schmidt. Wohnhaft in der Feldstraße hier in Herne.«

Goldsteins Mund klappte vor Überraschung auf. »Kein Irrtum möglich?«

»Ausgeschlossen. Es muss sich ja schließlich jeder ausweisen. Und unterschreiben«, fügte er hinzu. »Davor hat Herr Schmidt sein Schließfach Ende August zum letzten Mal geöffnet. Die Unterschriften sind identisch.«

»Lassen Sie mich einen Blick in Ihre Liste werfen.«

Der Angestellte trat beiseite und Goldstein sah sich die Liste genauer an. Ja, Name und Anschrift stimmten. Aber war die Unterschrift tatsächlich identisch? War der letzte Buchstabe nicht weiter geschwungen als bei den anderen auf dieser Liste? Er war sich nicht sicher. Das müssten Experten klären. Fakt war jedenfalls, dass ein Toter keine Bankgeschäfte tätigen konnte. Entweder hatte jemand Schmidts Unterschrift gefälscht, oder auch die anderen Signaturen stammten von jemand anderem.

»Können Sie den Mann beschreiben, der am Montag hier war?«

»Nein.«

»Warum nicht?«

»Ich hatte keinen Dienst. Mein Kollege Hansmeier war an diesem Tag für den Tresorraum verantwortlich.«

»Dann möchte ich mit Herrn Hansmeier sprechen.«

»Ich fürchte, das wird nicht gehen.«

Goldstein blickte sein Gegenüber erstaunt an.

»Hansmeier ist im Urlaub. In Norditalien. Er ist gestern mit dem Zug dorthin gefahren und will dort zelten. Vor Ort wird er mit dem Rad unterwegs sein. Er bleibt mindestens drei Wochen, vielleicht auch länger.«

»Sie wissen nicht, wie lange er Urlaub hat?«, wunderte sich der Kommissar.

»Doch, natürlich. Vier Wochen. Ich habe nur keine Ahnung, ob er die ganze Zeit im Ausland verbringt.«

»Hat er eine feste Adresse? Einen Zeltplatz vielleicht?«

»Nein. Er war im Krieg in der Gegend stationiert und möchte sich nun alles erneut ansehen. Wie gesagt, mit dem Rad und Zelt von Ort zu Ort.«

Pech. Kurz entschlossen klappte der Hauptkommissar den Ordner zu. »Ebenfalls beschlagnahmt.«

Dieses Mal widersprach der Mann energisch.

Es kostete Goldstein einen Anruf beim zuständigen Richter, der sich wiederum mit dem Direktor der Bank in Verbindung setzte. Dann konnte Goldstein mit Kassette und Ordner die Bank verlassen. Zurück im Präsidium übergab er beides der Spurensicherung. Seine Kollegen versprachen, dass er bereits in ein, zwei Tagen mit einem Ergebnis würde rechnen können. Danach nahm Goldstein Kontakt mit der Pressestelle der Bochumer Kollegen auf, um das Bild des toten Schmidt morgen in den heimischen Zeitungen zu veröffentlichen. Goldstein hatte noch einige Fragen, bei deren Beantwortung er sich Hilfe erhoffte:

Wer hatte Schmidt kurz vor seinem Tod gesehen?

Mit wem hatte er Kontakt?

Was für ein Mensch war dieser Schmidt überhaupt?

13

Donnerstag, 28. September 1950

Der junge Mann faltete den ersten Brief vorsichtig auseinander und las ihn zum vielleicht hundertsten Mal.

In einer Stunde ist alles vorüber. Ich bin mir keiner Schuld bewusst. Im Himmel sehen wir uns wieder. Liebste, leb wohl.

Mit dem Handrücken wischte er sich die Tränen aus den Augen. Dann griff er zum zweiten Schreiben, es war ebenso zerlesen wie das andere.

Mein lieber Junge!
Seit Dein Vater tot ist, habe ich Dich in dem Glauben gelassen, er sei gefallen. Aber das stimmt nicht. Bitte verzeih mir diese Lüge. Ich habe gelogen, damit Du in jungen Jahren nicht mit dem Schicksal Deines Vaters belastet wurdest. Jetzt bist Du alt genug, um zu erfahren, welches Verbrechen an ihm begangen wurde. Ich habe Dir nie erzählt, dass Dein Vater noch drei ältere Brüder hatte, Franz, Fritz und Wolfgang. Franz und Fritz gehörten in der Nazizeit der SS an, Wolfgang war Mitglied der SA und der NSDAP. Schon immer gab es unter den Brüdern heftige politische Auseinandersetzungen bis hin zu Handgreiflichkeiten. Ja, die Brüder, die eigentlich füreinander einstehen sollten, haben sich geschlagen. Du musst wissen,

dass Dein Vater Konrad damals mit der KPD sympathisiert hat, aber nie Mitglied war. Das war den anderen Grund genug, ihn zu verprügeln. Obwohl er jedem Einzelnen von ihnen körperlich überlegen war, hat er meistens den Kürzeren gezogen. Denn er wehrte sich nicht, weil er seine Brüder nicht schlagen wollte.

Diese ständigen Streitereien waren auch der Grund, warum Dein Vater mit seiner Familie gebrochen hat und nach Hamburg gezogen ist, wo ich ihn kennengelernt habe. Später haben wir uns verliebt und geheiratet, und dann kamst Du.

Nachdem die Nazis die Macht übernommen hatten, hat Konrad jeden Kontakt zu den Kommunisten eingestellt. Er wollte nicht in einem KZ landen und Dich ohne Vater aufwachsen lassen.

Im September 1943 wurde Dein Onkel Franz fünfzig Jahre alt. Zu der Feier lud Dein Onkel auch Deinen Vater ein, der froh war, seine Verwandten wiederzusehen. Er bekam Fronturlaub und fuhr nach Duisburg. Ich blieb mit Dir in Hamburg.

Auf der Geburtstagsfeier kam es dann, nachdem viel Alkohol geflossen war, doch wieder zum Streit. Konrad hatte seine Brüder gefragt: »Warum grüßt ihr immer noch mit Heil Hitler? Der Krieg ist verloren und wenn die Kommunisten ans Ruder kommen, schneiden sie euch allen die Hälse ab.« Das waren seine Worte.

Er wusste doch nicht, dass ihn dieser Satz, im Zorn ausgestoßen, das Leben kosten würde. Wie sollte er auch ahnen, dass sein eigener Bruder ihn ans Messer liefern würde?

Dein anderer Onkel, Fritz, meldete diese Bemerkung seinem SS-Führer. Einige Tage später wurde Dein Vater in Hamburg verhaftet und vor den Volksgerichtshof gezerrt.

Ich war bei dem Prozess anwesend. Obwohl der Richter Fritz auf sein Zeugnisverweigerungsrecht hinwies, blieb er bei seiner Denunziation. Dieser Mörder! Ja, das ist er in meinen Augen!

Fritz sagte sogar noch: »Ich will und werde aussagen. Menschen wie der da«, und da hat er mit dem Finger auf Deinen Vater gezeigt, »müssen ausgemerzt werden.«

Das reichte. Dein Vater wurde zum Tode verurteilt und kam unter das Fallbeil. Im April 1944 musste er sein Leben lassen.

Nach dem Krieg habe ich Fritz angezeigt und er wurde auch wegen Verbrechen gegen die Menschlichkeit angeklagt. Und verurteilt. Zu zwei Jahren Gefängnis und drei Jahren Ehrverlust. Zwei Jahre für ein Leben! Welcher Hohn! Das wird heute Gerechtigkeit genannt. Zwei Jahre!

Der Richter, der damals das Urteil gegen Konrad fällte, wurde natürlich niemals belangt. Adolf Pauly heißt er. Er lebt vermutlich heute in Frieden und Wohlstand, ohne dass jemand von seinen Verbrechen erfahren hat.

Wie Du weißt, bin ich sterbenskrank und habe nicht mehr lange zu leben. Deshalb dieser Brief. Wenn Du ihn erhältst, bin ich schon tot. Es fällt mir schwer, Dir

all das zu schreiben. Und es zerreißt mir das Herz,
dass ich nicht mehr sehen kann, wie Du eine Familie
gründest, eigene Kinder großziehst. Wie gerne hätte
ich Enkel in den Armen gehalten.

Aber sei deshalb nicht traurig. Ich freue mich darauf,
meinen geliebten Konrad wiederzusehen, genau so,
wie er es am Tag seines Todes geschrieben hat.

So, jetzt weißt Du alles und verstehst vielleicht auch,
warum ich Dir seinen Brief nicht früher gezeigt habe.
Jetzt aber sollst Du ihn bekommen. Es ist das letzte
Lebenszeichen Deines Vaters, sein Erbe. Halte ihn
und sein Andenken in Ehren. Dein Vater Konrad war
ein feiner Mensch. Eifere ihm nach, Konrad. Denn Du
trägst seinen Namen.

Ich liebe Dich.

Deine Mutter

14

Donnerstag, 28. September 1950

Der Wachtmeister, der an der Pforte Dienst tat, meldete sich telefonisch bei Goldstein. »Hier ist ein Herr Udo Bauer. Er gibt an, der Vermieter des Toten zu sein, dessen Bild in der Zeitung veröffentlicht wurde.«

Der Vermieter Schmidts? Der Kommissar stutzte. Hatte die alte Dame nicht gesagt, das sei ihre Mansarde, in der Schmidt wohnte? »Schicken Sie ihn zu mir.«

Wenig später klopfte es. Udo Bauer war ein übergewichtiger Mittfünfziger, der schnaufend im Türrahmen stand.

Goldstein bat ihn, Platz zu nehmen. »Danke, dass Sie unserem Aufruf nachgekommen sind. Ihren Namen und Adresse bitte.«

»Udo Bauer, Schäferstraße. In Herne.«

Eine der besseren Wohngegenden der Stadt.

»Dann erzählen Sie.« Goldstein schaute dem Mann prüfend ins Gesicht.

Bauer rutschte so heftig auf dem altersschwachen Stuhl herum, dass der Hauptkommissar befürchtete, das Möbel könnte dem Gewicht des Zeugen nicht standhalten.

»Als ich das Foto heute in der Zeitung sah, wusste ich sofort, dass das unser Herr Lahmer ist.«

»Lahmer?«, wunderte sich Goldstein an diesem Morgen schon zum zweiten Mal.

»Ja. Knut Lahmer. Er wohnt, also er wohnte in meinem Haus. Er hat dort die erste Etage gemietet.«

»Sie sind sich ganz sicher?«

»Selbstverständlich. Auf dem Bild ist doch der hochgeschlagene Kragen seines Mantels zu sehen. Ich habe noch mit ihm gescherzt, als er mit dem guten Stück angekommen ist. Vornehm geht die Welt zugrunde, habe ich gesagt.«

Bauer zog ein großes, weißes Taschentuch hervor und tupfte sich Schweiß von der Stirn. »Entschuldigung. Aber wenn man von draußen kommt ... Wissen Sie, der Pelz ist mir erst beim genauen Hingucken aufgefallen. Zunächst habe ich nur auf den starren Gesichtsausdruck geschaut. Dieser verzerrte Mund. Schrecklich.«

»Wann haben Sie diesen Knut Lahmer zuletzt lebend gesehen?«

»Am Mittwochmittag letzter Woche. Da haben wir uns im Flur getroffen. Lahmer wollte zu einem geschäftlichen Termin. Er hatte seine Reisetasche dabei und wollte gerade das Haus verlassen. Wir haben uns einen Moment über Fußball unterhalten. Dann hat er mir mitgeteilt, dass er möglicherweise zwei, drei Tage nicht da sein würde. Das war nichts Besonderes, er war häufiger unterwegs.«

»Hat Ihr Mieter irgendwelche Verwandten?«

»Nicht, dass ich wüsste.«

»Freunde?«

»Er lebte sehr zurückgezogen. Ich jedenfalls habe nie Besucher bei uns zu Hause bemerkt. Ein angenehmer Mieter. Machte keinen Lärm, zahlte pünktlich. Manchmal habe ich ihn tagelang nicht gesehen. Deshalb war ich jetzt nicht verwundert, dass er so lange fortblieb.«

»Welchen Beruf übte er aus?«

»Irgendwas mit Im- und Export, hat er mir erzählt. Aus diesem Grund war er ja auch oft unterwegs. Freier Handelsvertreter, vermute ich. Gefragt habe ich ihn nie. Er war immer gut gekleidet und bezahlte, wie gesagt, pünktlich seine Miete. Es schien ihm finanziell bestens zu gehen.«

»Seit wann wohnte Lahmer bei Ihnen?«

»Eingezogen ist er ... Warten Sie, im Sommer 1948. Ja, genau. August 1948. Ich habe eine Anzeige aufgegeben und er war einer der wenigen, die sich darauf gemeldet haben. Ich dachte schon, meine Mietvorstellungen seien zu hoch. Drei Interessenten sind abgesprungen, als sie hörten, wie teuer die Wohnung sein sollte. Aber Lahmer hat nicht mit der Wimper gezuckt und unterschrieben. Wie gesagt, ein angenehmer Mieter.«

Goldstein überlegte fieberhaft. Wenn sich der Zeuge nicht irrte, führte Schmidt alias Lahmer eine Doppelexistenz. Aber warum?

»Haben Sie den Namen Uwe Schmidt schon einmal gehört?«

Bauer überlegte einen Moment. »Nein. Ich kenne zwar einen Schmidt, aber der heißt Werner mit Vornamen.«

»Sicher verfügen Sie über einen Schlüssel zu Lahmers Wohnung?«

»Ja, natürlich.«

»Könnte ich mich dort umsehen?«

Selbstverständlich wusste Goldstein, dass eine förmliche Hausdurchsuchung ohne richterlichen Beschluss gegen das Gesetz verstieß. Mit etwas Kreativität ließe sich ein Grund finden. Gefahr im Verzuge etwa. Und wenn der Wohnungsinhaber tot war und der Vermieter die Tür bereitwillig öffnete …

»Ich weiß nicht …« Bauer wirkte unsicher.

»Haben Sie Angst, ich würde mich nicht ordentlich benehmen?«, versuchte Goldstein einen Scherz.

»Nein, das nicht. Aber Sie so einfach in die Wohnung zu lassen …«

»Ich bin Polizist, Herr Bauer. Und ich möchte den Mord an Ihrem Mieter aufklären. Natürlich kann ich auch einen Gerichtsbeschluss herbeiführen. Allerdings dauert das mehrere Stunden. Sie würden mir wirklich viel Arbeit ersparen.«

Bauer griff wieder zum Taschentuch. Dann sagte er: »Einverstanden. Dann aber sofort. Heute Nachmittag wollen meine Frau und ich für drei, vier Wochen zu Verwandtenfahren. Deshalb bin ich ja unverzüglich zu Ihnen gekommen.«

»Das ist mir sehr recht«, antwortete der Hauptkommissar und erhob sich.

Die Bombenschäden an den Häusern in der Schäferstraße waren schon längst beseitigt. Auch Bauers Villa präsentierte sich im besten Zustand: dunkelroter Klinker, Balkone zur Straße, gepflegter Vorgarten.

Als sie im Hausflur standen, bat der Vermieter Goldstein, einen Moment zu warten, damit er den Schlüssel zur Wohnung Lahmers holen konnte. Kurz darauf standen sie vor der Tür der Mietwohnung.

Udo Bauer schloss auf und wollte gerade eintreten, als der Kommissar ihn zurückhielt.

»Das erledige ich ohne Sie.«

»Sie können doch nicht …«

»Ich dachte, dass wir alles in meinem Büro geklärt hätten. Na gut. Wenn Sie es so wollen.« Er wandte sich zum Gehen. »Ach ja, kommen Sie morgen um acht Uhr ins Präsidium. Ich benötige weitere Auskünfte von Ihnen.«

»Meine Frau und ich wollten doch zu Verwandten …«, jammerte Bauer.

»Tut mir leid. Ich ermittle in einem Mordfall. Auf Ihren Urlaub kann ich keine Rücksicht nehmen. Sie können schließlich auch etwas später fahren.«

Bauer gab den Weg frei.

Goldstein betrat den Wohnungsflur und zog die Eingangstür hinter sich zu. Dann sah er sich um. An den weiß gestrichenen Wänden hingen Ölgemälde. Sie sahen alt aus, aber Goldstein konnte gerade einmal impressionistische Maler von Expressionisten unterscheiden. Damit endete schon sein künstlerischer Sachverstand. An einer der Wände stand ein schmales Vertiko. Der Polizist öffnete es. Leer.

Links von ihm lag das Bad. Eine Wanne, die Toilette. Zahnbürste und Kamm auf der Ablage unter dem Spiegel. Handtücher in dem kleinen Unterschrank. Nicht mehr. Alles war penibel sauber, erschien fast unbewohnt. Keinerlei Schmutzwäsche. Nur bei genauerem Hinsehen ließen sich Spuren eines Menschen entdecken: ein einzelnes Haar neben der Seifenschale, Zahnpastareste im Waschtisch.

Auch die Küche war sorgsam aufgeräumt. Goldstein war irritiert. Wenn Lisbeth seinen Schwiegervater und ihn nur für ein, zwei Tage allein ließ, um eine Freundin zu besuchen, stapelte sich schon nach Stunden das Geschirr im Waschbecken. Kurz darauf fand sich kein sauberes Messer mehr. Aber hier? Alles tadellos. Seltsam.

Goldstein schaute in die Schränke. Teller, Tassen, Töpfe und Pfannen. Die üblichen Gerätschaften. Der Kommissar holte eine der Bratpfannen hervor. Gusseisen. Sorgfältig eingeölt. Wie neu.

Schließlich das Wohnzimmer. Schwere Polster, ein Eichenschrank. Auf einer Anrichte thronte ein Radio, daneben drei Flaschen Likör, Cognac und Rum. Ungeöffnet. Ein dicker Teppich. Weitere Ölbilder an den Wänden. Auf dem Sofa Kissen, wie mit dem Lineal ausgerichtet. In der Mitte eingedrückt, die Spitzen links und rechts in derselben Höhe.

Goldstein öffnete die Schublade der Anrichte und fand einige Papiere. Er nahm sie zur Hand und blätterte sie durch. Ein Kaufhauskatalog. Entwertete Karten für ein Lustspiel mit Heinz Erhardt in der Herner *Lichtburg*. Ein Zeitungsartikel über das Notasyl an der Weichselstraße. Schreiben des Vermieters Bauer. Die Strom- und Wasserrechnung. Banales Zeug. Der Hauptkommissar legte den Stapel zurück an seinen Platz. Er wollte das Fach schon schließen, hob aber dann doch noch die Stoffservietten hoch, die neben den Papieren lagen. Und tatsächlich: Darunter fand sich ein Soldbuch der Wehrmacht. Goldstein schlug es auf. Es handelte sich um eines dieser Soldbücher, die über Einlageblätter verfügten, auf denen die Truppenteile vermerkt waren, bei denen der Ausweisinhaber diente. Solche Blätter konnten jedoch bei einer drohenden Gefangennahme leicht entfernt werden. Auf den fest gehefteten Seiten dagegen waren unverfängliche Einheiten angegeben. Lahmer hatte den Dienstgrad eines Majors. Er war – so stand es auf den gehefteten Seiten – bei dem Nachschubstab z.b.V. 365 eingesetzt. Als letzter Standort war Lemberg angegeben. Früher polnisch, heute zur Sowjetunion gehörend. Als er den Namen der Stadt las, meinte er, sich an etwas zu erinnern. Einen Fall? Aber der Gedankenfetzen lies sich nicht greifen. War wahrscheinlich sowieso unwichtig.

Er blätterte weiter und stutzte. Das war ja interessant. Auf einem der Einlageblätter war ein anderer Truppenteil vermerkt. Einer, der nicht so unverfänglich klang wie ein Nachschubbataillon. Lahmer war Angehöriger der Geheimen Feldpolizei gewesen. Diese war ursprünglich mit Mitarbeitern der Gestapo und der politischen Abteilungen der Kriminalpolizei aufgebaut worden. Später wurden auch geeignete Wehrmachtsangehörige rekrutiert, die ihren militärischen Rang behielten und zu Hilfs-Feldpolizei-Beamten ernannt wurden. Lahmer schien einer von ihnen gewesen zu sein. Dieser Truppe wurde die Beteiligung an Kriegsverbrechen nachgesagt.

Goldstein war sich jetzt sicher, dass der Tote tatsächlich Lahmer und nicht Schmidt geheißen hatte. Das Soldbuch war der Beweis. Und eine Fälschung schloss Goldstein aus. Denn warum sollte jemand das tun? Wer in der Geheimen Feldpolizei gedient hatte, tat gut daran, das zu verschweigen. Sonst fand er sich schneller in einem Internierungslager wieder, als ihm lieb war. Fragte sich nur, warum Lahmer so leichtsinnig war, sein Soldbuch aufzuheben. Hatte er geglaubt, es könne ihm noch einmal von Nutzen sein? Nur wofür? Goldstein wischte den Gedanken beiseite. Vermutlich würde er darauf nie eine Antwort erhalten. Er steckte das Soldbuch in seine Jackentasche und untersuchte das Schlafzimmer. Es fand sich auf den ersten Blick nichts Besonderes: Im Kleiderschrank lagerten Wäsche, akkurat gebügelte

Hemden, verschiedene Anzüge bester Qualität, polierte Lederschuhe und ein leerer Koffer.

Auffällig war in diesem wie in allen anderen Räumen das völlige Fehlen persönlicher Unterlagen, wenn man von dem Soldbuch absah. Wie in der Mansarde existierten auch hier keine privaten Fotos, Bilder oder Erinnerungsstücke.

Der Polizist hob zuerst das Federbett und dann die Matratze am Fußende des Bettes an. Fehlanzeige. Schließlich fuhr er mit der Hand unter das Kopfkissen. Seine Finger ertasteten Stahl. Eine Pistole! Der Kommissar nahm die Waffe genauer in Augenschein. Es handelte sich um eine Walther P 38. Sie war gesichert und geladen. Niemand bewahrte eine scharfe Waffe unter dem Kopfkissen auf, überlegte Goldstein. Es sei denn, er hatte Angst und wollte sich schützen. Doch wovor fürchtete sich Lahmer? Oder besser vor wem? Und warum trug er die Waffe – wenn er sie sogar nachts in seiner Nähe haben wollte – nicht bei sich, als er überfallen und ermordet wurde?

Der Hauptkommissar schob die Walther zu dem Soldbuch in seine Jackentasche und verließ die Wohnung. Im Flur wartete immer noch ein besorgt aussehender Vermieter.

»Hatte Lahmer eine Putzfrau?«, erkundigte sich der Kommissar.

»Nicht, dass ich wüsste.«

»Eine Freundin?«

»Ach wo.«

»Ihr Mieter scheint ein ordentlicher Mann gewesen zu sein«, brummte Goldstein, als sie die Treppe hinunterstiegen.

»Ja, sehr. Ich war zwar nicht häufig in seiner Wohnung, aber immer war alles tipptopp. Allerdings war er ja auch häufiger unterwegs. Da ist es einfacher, Ordnung zu halten.«

Goldstein nickte gedankenversunken.

»Was ist nun mit dem morgigen Termin?«, fragte Bauer hoffnungsvoll.

»Vergessen Sie ihn«, knurrte der Hauptkommissar. »Schönen Urlaub.«

Wer immer auch in Lahmers andere Wohnung eingebrochen war – diese hier hatte er jedenfalls nicht gekannt.

Der Hauptkommissar ging die wenigen Meter zum Präsidium zu Fuß und fragte sich nicht zum ersten Mal in den letzten Stunden, warum Lahmer zwei Wohnungen und auch zwei Identitäten unterhielt.

15

Freitag, 29. September 1950

Erleichtert verließ Wieland Trasse das Sitzungszimmer. Der Ausschuss hatte ihn als ›minderbelastet‹ eingestuft. Man hatte ihn einer Bewährungsgruppe zugeteilt und ihm untersagt, in den nächsten drei Jahren ein öffentliches Amt auszuüben. Aber das hatte er ohnehin nicht vor. Viel wichtiger war, dass sein Vermögen unangetastet blieb. Nichts wurde beschlagnahmt, nichts zerschlagen. Die Kaufhäuser blieben in seinem Besitz. Die ebenfalls verhängte Geldbuße von fünfzig Mark bereitete ihm keine Kopfschmerzen. Sie hatte lediglich symbolischen Charakter.

Der Kaufmann hatte sich die Befragung schlimmer vorgestellt. Genauer, mehr in die Tiefe gehend. Tatsächlich hatten die Ausschussmitglieder die meisten seiner Erläuterungen ohne weitere Nachfragen akzeptiert. Selbst die Vertreter der Kommunisten waren sehr zurückhaltend gewesen. Ihnen allen war anzumerken, dass sie ihre Aufgabe schnell und mit möglichst geringen Konsequenzen für die Betroffenen durchführen wollten. Bei einer strengen Entnazifizierung wären sonst Millionen Deutsche als Mittäter in die Umerziehungslager gewandert. Wer hätte da eine nur halbwegs funktionierende staatliche Verwaltung aufbauen sollen, wenn der größte Teil der sogenannten Eliten hinter Gittern verschwunden wäre? Nur in einem Punkt wäre es beinahe heikel geworden. Der Vorsitzende hatte die Versicherung einer seiner Angestellten aus dem Bochumer Warenhaus verlesen. Darin hieß es, Trasse habe sie vor dem Betriebsobmann der Deutschen Arbeitsfront in Schutz genommen, als sie den deutschen Gruß nicht erwidert habe. Dumm war nur, dass in dieser Erklärung noch der alte, jüdische Name des Kaufhauses benutzt wurde und nicht der, den Trasse nach der Arisierung verwendet hatte. Dieses Detail hatte die Kommunisten aufhorchen lassen. Wie er denn an das Geschäft gekommen sei? Was er dafür bezahlt habe? Ob er Beziehungen zur Kreisleitung der NSDAP unterhalten habe? Was aus den früheren Besitzern geworden sei?

Trasse war es gelungen, all ihre Fragen ruhig zu beantworten. Diese Nachforschungen waren naheliegend und er hatte sich darauf vorbereitet. Schließlich kam ihm der Ausschussvorsitzende zu Hilfe und brach die Befragung zu diesem Punkt ab. Der Eigentumsübergang, so klärte er seine Kollegen auf, sei im Vorfeld durch die britische Besatzungsmacht umfassend geprüft worden. Ein entsprechendes Schriftstück befände sich in den Akten. Trasse kannte den Wisch. Saborski hatte ihn schon vor Monaten besorgt und es irgendwie gedeichselt, dass ihn ein englisches Siegel und eine entsprechende Unterschrift schmückten.

Den Höhepunkt jedoch stellte der Auftritt dieses Breitschneiders dar. Er hatte mit Tränen in den Augen berichtet, wie ihn Trasse, der alte Freund seines Vaters, vor den Nazis versteckt und ihm so das Leben gerettet hatte. Die Kommunisten löcherten Breitschneider mit Fragen nach dem KZ-Alltag, die dieser ohne Zögern beantwortete. Kein Wunder, hatte er diese Erfahrungen doch am eigenen Leibe machen müssen. Zwar war Breitschneider nicht als politisch Verfolgter, sondern als Krimineller inhaftiert gewesen, aber das wusste ja niemand. Die Metamorphose eines grünen zu einem roten Winkel war perfekt gelungen. Und der Mann hatte seine Rolle wirklich gut gespielt. Saborski hätte keinen Besseren auftreiben können.

Der Fahrer wartete mit dem Wagen an der Straßenecke. Trasse setzte sich in den Fond und gab Anweisung, ihn in sein Bochumer Büro zu bringen. Als das Fahrzeug anfuhr, lehnte er sich zurück und lächelte.

16

Freitag, 29. September 1950

Vom Flur drang lautes Stimmengewirr in Goldsteins Dienstraum. Als nach einigen Minuten der Tonfall schärfer wurde, stand der Kommissar auf, um nachzusehen, was dort vor sich ging.

Wenige Meter von seiner Tür entfernt stand heftig gestikulierend eine Frau, die laut rief: »Ich will jetzt sofort einen Kriminalbeamten sprechen! Unverzüglich.« Bei diesen Worten stampfte sie wütend mit dem rechten Fuß auf. Zwei uniformierte Wachtmeister versperrten der Frau den Weg und versuchten, sie zu beruhigen.

Einer sagte: »Sie können nicht so einfach in ein Dienstzimmer spazieren. Sie müssen sich vorher anmelden und ...«

»Was ist hier los?« Goldstein näherte sich der Gruppe.

»Diese Person, Herr Hauptkommissar«, begann der andere Beamte, »ist an der Pforte vorbeigestürmt, ohne ihre Personalien anzugeben.«

»Das stimmt so nicht«, widersprach die junge Frau, die Goldstein auf höchstens dreißig Jahre schätzte. »Ich habe gesagt, wer ich bin und mein Anliegen genannt. Aber ich lasse mich nicht mehr abwimmeln! Als ich auf den Sankt-Nimmerleins-Tag vertröstet wurde, ist mir der Kragen geplatzt. Sind Sie ein Kriminalpolizist?«

»Ja.«

»Würden Sie mich anhören?«, bat sie. »Es dauert nicht lange.«

Goldstein zögerte.

»Bitte!«, flehte sie.

»Also gut. Kommen Sie.« Goldstein nickte seinen Kollegen zu. »Ich übernehme das.«

Die Frau folgte ihm.

In seinem Büro sprudelte es nur so aus ihr heraus. »Ich heiße Anneliese Schaller. Meine Freundin ist verschwunden. Auch ihre Tochter. Und ich bin doch ihre Lehrerin. Vor vier Tagen habe ich eine Vermisstenanzeige aufgegeben. Aber mir hört ja keiner zu! Da ist bestimmt etwas passiert. Mechthild wäre nie ...«

»Langsam«, unterbrach Goldstein die junge Frau. »Erzählen Sie alles von Anfang an.«

Anneliese Schaller holte tief Luft und berichtete Goldstein vom Verschwinden Mechthild Krafzyks. »Und sie ist seitdem nicht wieder aufgetaucht«, schloss sie. »Ich war heute Morgen auf der Polizeiwache in Eickel. Dort hat man mir geraten, nichts zu überstürzen. Vielleicht sei sie ja tatsächlich in Urlaub gefahren.« Sie schüttelte verächtlich ihren Kopf. »Pah! Urlaub. Außerhalb der Ferien? Das würde Mechthild nie tun. Ich habe an ihrer Arbeitsstelle angerufen. Zunächst wollte man mir keine Auskunft geben, schließlich habe ich doch erfahren, dass sie seit Montag nicht mehr zum Dienst erschienen ist. Sie ist verschwunden.« Unvermittelt begann sie zu weinen. »Sicher ist den beiden etwas zugestoßen. Bitte helfen Sie mir.« Anneliese Schaller griff in ihre Handtasche, zog ein Taschentuch hervor und trocknete ihre Tränen. »Verzeihen Sie bitte. Aber ich mache mir wirklich große Sorgen.«

»Wo ist Ihre Freundin zu Hause?«, wollte Goldstein wissen.

»In Hordel. Eigentlich schon fast in Eickel.«

»Wo genau?«

Anneliese Schaller nannte die Adresse.

Goldstein griff zu einem Stadtplan und stutzte. Tatsächlich. Mechthild Krafzyk wohnte nicht weit von dem Grundstück entfernt, auf dem die Leiche Knut Lahmers gefunden worden war.

»Wann waren Sie mit Ihrer Bekannten verabredet?«

»Am letzten Sonntag.«

Lahmer war vermutlich in der Nacht zum Donnerstag ermordet worden. Einige Tage später verschwindet eine Frau die ganz in der Nähe lebt. Zufall? Goldstein fasste einen Entschluss und stand auf. »Kommen Sie«, sagte er zu Anneliese Schaller. »Wir fahren zu der Wohnung Ihrer Freundin.«

Der Fahrer parkte das Dienstfahrzeug und der Hauptkommissar und seine Begleiterin stiegen aus. Anneliese Schaller zeigte auf ein Fenster im Erdgeschoss eines dreistöckigen Gebäudes, von dem immer noch Teile des Dachstuhls fehlten. »Dort wohnt Mechthild«, sagte sie.

Goldstein ließ seinen Blick über die Fassade wandern und für einen Moment glaubte er, etwas hinter einer der Gardinen wahrgenommen zu haben, eine schnelle Bewegung, nicht mehr als ein Schatten. Nein, er musste sich getäuscht haben.

Sie liefen zur Haustür, die mit einem Keil gegen das Zufallen gesichert war. Im Flur war es kalt, feucht und es roch muffig, so wie in vielen Häusern, die nicht ausreichend geheizt wurden.

Sie stiegen die vier Stufen bis zur Wohnungstür Mechthild Krafzyks hinauf.

»Hier ist es«, meinte Anneliese Schaller. Sie blieb in einem Sicherheitsabstand vor der Tür stehen, ganz so, als ob sie sich vor dem, was möglicherweise dahinter verborgen war, fürchtete.

Goldstein zögerte nicht, sondern drückte leicht gegen das Türblatt. Knarrend schwang es auf. Er gab der jungen Frau mit einer Geste zu verstehen, dass sie warten solle. Dann betrat er die Wohnung.

Der Flur war unbeleuchtet. Nur durch eine geöffnete Tür fiel Licht. Goldstein sah in den Raum hinein. Die Küche. Auf dem Tisch zwei Tassen. Teller. Etwas Brot, Margarine und Marmelade. Ganz so, als ob er beim Essen gestört hatte. Er trat näher, berührte eine Tasse. Zu seiner Verblüffung fühlte sie sich warm an.

Sie hatten tatsächlich jemanden aufgeschreckt.

Eilig inspizierte er die anderen beiden Zimmer der Wohnung. Ohne Erfolg. Zurück im Treppenhaus fragte er: »Hat Ihre Freundin einen Keller?«

»Soweit ich weiß, ja«, antwortete Anneliese Schaller. »Dort hinten ist, glaube ich, der Eingang.«

»Warten Sie hier.«

Der Keller bestand aus einem großen Raum, aufgeteilt in einzelne Verschläge, die mit Holzlatten voneinander abgetrennt waren. Langsam ging Goldstein an den

Kammern vorbei, versuchte im funzeligen Licht etwas auszumachen.

Ein Geräusch ließ ihn herumfahren. Anneliese Schaller war ihm trotz seiner Bitte gefolgt. Sie blieb stehen und rief vernehmlich: »Mechthild? Bist du hier? Ich bin's. Anneliese.«

Einen Moment blieb es ruhig. Dann drang ein Rascheln aus den Verschlägen.

17

Freitag, 29. September 1950

In seinem Büro ließ sich Wieland Trasse mit Kriminalrat Saborski verbinden. »Ich wollte mich bei dir bedanken«, begann er, sobald er den Polizisten an der Strippe hatte.

»Ich entnehme deiner Aussage, dass alles zu deiner Zufriedenheit gelaufen ist?«

»Das kann man wohl sagen. Sie haben mich als ›minder belastet‹ eingestuft.«

Saborski lachte kurz auf. »Die Gerechtigkeit siegt fast immer.«

»Das hast du schön formuliert.«

»Die Aufstockung meiner Anteile ...?«

»Habe ich bereits veranlasst. In Kürze wird mein Notar die Überschreibung vornehmen.«

»Vergiss es nur nicht. Ich könnte sonst ...«

»Du musst mir nicht drohen«, unterbrach ihn Trasse. »Auch nicht indirekt. Ich stehe zu meinem Wort.«

»Dann brauchen wir uns ja beide keine Sorgen zu machen.«

Trasses nächster Anruf galt seinem Wirtschaftsprüfer »Wir haben ja vor einigen Tagen bereits darüber gesprochen. Es geht um die Ausgliederung wesentlicher Teile meiner Firma.«

»Ich habe die Angelegenheit geprüft und auch schon weitgehend vorbereitet. Die bisherige Gesellschaft, der jetzt die Warenhäuser in Recklinghausen, Herne und Bochum sowie die Maschinenfabrik in Recklinghausen gehören, zerlegen wir in zwei Geschäftsbereiche. Einem werden die Kaufhäuser zugeschlagen, dem anderen die Fabrik. Letzterer Bereich wird unter dem ursprünglichen Namen weitergeführt. Wie Sie wissen, sind nur die Kaufhäuser werthaltige Bestandteile des Unternehmens. Die Fabrik schreibt eine schwarze Null. Noch. Sie sind zukünftig alleiniger Eigentümer der Kaufhäuser.«

»Welche gesellschaftsrechtlichen Schritte sind dafür erforderlich?«

»Sie berufen eine Gesellschafterversammlung ein, die die Aufteilung genehmigt. Als Hauptgesellschafter sind Sie dazu berechtigt. Das Protokoll der Sitzung legen Sie dem zuständigen Registergericht vor, das die Neuaufteilung im Amtsblatt veröffentlicht. Danach ist sie rechtswirksam.«

»Diese Mitteilung kann von jedem eingesehen werden?«

»Ja. Es wäre jedoch wirklich ein sehr großer Zufall, sollte Ihr Partner davon Kenntnis erhalten.«

»Als Minderheitsgesellschafter muss ich ihn ebenfalls einladen, oder?«

»Selbstverständlich. Aber wenn er nicht zur Versammlung erscheint, können Sie mit Ihren Mehrheitsanteilen allein entscheiden.«

»Er wird kommen«, befürchtete Trasse.

»Nur wenn er die Einladung auch tatsächlich bekommen hat. Sie haben die Verpflichtung, die Tagesordnung der Sitzung rechtzeitig zu versenden. Sollte diese auf dem Postweg verloren gehen – Pech.«

»Verstehe. Was ist mit den Geschäftsberichten? Er wird sie einsehen wollen. Und daraus geht doch klar hervor, dass wir das Unternehmen aufgespalten haben.«

»Das lassen Sie meine Sorge sein. Sie wollten – wenn ich Sie nicht missverstanden habe – ohnehin in spätestens zwei Jahren Ihre Zelte in Deutschland abbrechen.«

»Stimmt.«

»Sehen Sie. Sie zahlen Ihrem Kompagnon wie gehabt seine Dividende und ich liefere dazu den passenden Geschäftsbericht. Später verkaufen Sie die Gesellschaft, transferieren den Erlös in ein Land Ihrer Wahl und Ihr Partner kann sich an seinen Anteilen an der Maschinenfabrik erfreuen. Und alles ist vollkommen legal. Juristisch jedenfalls ist die Transaktion kaum anfechtbar. Anders sieht das in der Tat bei den Geschäftsberichten aus. Aber da wir uns zu diesem Zeitpunkt beide nicht mehr im Lande befinden, ist das Risiko kalkulierbar. In diesem Zusammenhang: Ich erinnere daran, dass ich die ganze Aktion erst durchführe, nachdem Sie meine Honorarnote beglichen haben und das Geld auf meinem Schweizer Konto eingegangen ist. Das können Sie doch sicher nachvollziehen?«

»Selbstverständlich. Ich begleiche Ihre Rechnung jedoch in zwei Tranchen. Die eine Hälfte sofort, die andere nach Vorlage der Geschäftsberichte.«

»Sie trauen mir nicht.«

»Trauen Sie mir?«

Der Wirtschaftsprüfer kicherte. »Nicht mehr als notwendig. Also einverstanden. Sie erhalten in Kürze meine Kostennote. Nach dem Eingang der ersten Hälfte werde ich tätig. Ich freue mich auf unsere Zusammenarbeit.«

»Das beruht auf Gegenseitigkeit.«

Nach dem Ende des Gesprächs rieb sich Wieland Trasse zufrieden die Hände. Wilfried Saborski würde ihn dieses Mal nicht übervorteilen.

18

Freitag, 29. September 1950

Im Halbdunkel war jetzt eine Bewegung auszumachen. Zwei Personen kamen aus einem der Verschläge auf sie zu.

»Mechthild!«, rief Anneliese Schaller und lief auf ihre Freundin zu. Die beiden Frauen fielen sich in die Arme. Ein verschüchtert aussehendes Mädchen verbarg sich hinter dem Rücken seiner Mutter.

»Wer ist das?«, fragte Mechthild Krafzyk ihre Freundin mit leiser Stimme nach einem Blick auf Goldstein.

»Hauptkommissar Goldstein von der Herner Kripo. Er hat mir geholfen. Aber was machst du hier? Warum versteckst du dich? Warum …«

Goldstein schaltete sich ein. »Wäre es nicht besser, wir gingen in Ihre Wohnung, Frau Krafzyk? Dort können Sie alles der Reihe nach erzählen. Außerdem wird Ihr Muckefuck kalt.« Er lächelte. »Wir haben Sie ja vom Essen aufgescheucht.«

Mechthild Krafzyk nickte.

Wenig später saßen sie zu viert am Küchentisch in Mechthilds Krafzyks Wohnung.

»Also, warum haben Sie sich versteckt?«, erkundigte sich Goldstein.

Die junge Mutter machte eine leichte Kopfbewegung in Richtung ihrer Tochter und schaute Goldstein bittend an.

Der verstand. »Frau Schaller, würden Sie mit dem Mädchen bitte einen Moment in das Wohnzimmer gehen? Frau Krafzyk und ich möchten uns ungestört unterhalten.«

Als die beiden mit einem Teller Brote die Küche verlassen hatten, erklärte Mechthild Krafzyk zögernd: »Ich glaube, ich habe einen Mord gesehen. Am späten Mittwochabend vor einer Woche.«

Der Hauptkommissar hatte geahnt, dass Mechthild Krafzyks Verschwinden mit seinem Mordfall zu tun haben könnte. Aber eine Tatzeugin? Das übertraf seine kühnsten Träume.

»Erzählen Sie«, forderte er sie auf.

»Wie gesagt, es war in der Nacht zum Donnerstag. Ich habe erst spät Feierabend gemacht. Und auf dem Weg von der Straßenbahnhaltestelle bis nach Hause ...« Sie berichtete Goldstein, was sie beobachtet hatte.

»Sie sind sich sicher, den Täter zu kennen?«

»Heute bin ich mir ganz sicher. Er arbeitet im selben Kaufhaus wie ich. Nur im Lager.«

»Er heißt wie?« Der Kommissar griff zu seinem Notizbuch.

»Seinen Namen weiß ich nicht. Ich habe ihn lediglich häufiger im Magazin gesehen. Eigentlich wollte ich sofort zur Polizei gehen. Aber zuerst musste ich nach Ursula sehen. Meine Tochter war schließlich tagsüber alleine gewesen. Die Meldung bei der Polizei verschob ich auf den nächsten Morgen. Später begannen die Zweifel. Hatte ich mich wirklich nicht geirrt – in der Dunkelheit? Ich bin unsicher geworden, wollte ja nicht den Falschen beschuldigen. Den ganzen Tag über wusste ich nicht, was ich tun sollte. Am Abend war Anneliese bei mir. Zunächst dachte ich daran, ihr alles zu erzählen, schwieg dann doch. Am nächsten Morgen hatte ich mich dazu durchgerungen, den Vorfall anzuzeigen. Aber dann sah ich den Mörder wieder. Direkt hier vor meinem Haus.«

»Der Mann, der im Lager des Kaufhauses arbeitet?«

»Ja. Wissen Sie, Ursula schläft im Wohnzimmer. Ich muss dort hindurch, um ins Bad zu kommen. Nur das Wohnzimmerfenster ist von der Straße aus zu sehen. Die anderen Fenster gehen zum Garten raus. Um meine Tochter nicht zu stören, mache ich nie Licht, wenn ich aufstehe. Allerdings werfe ich meistens einen Blick hinaus, um das Wetter zu beobachten. Als ich das am Freitagmorgen tat, sah ich ihn. Schräg gegenüber im Schatten eines Hauseingangs. Er fiel mir auf, weil er sich just in dem Moment eine Zigarette anzündete. Mir blieb fast das Herz stehen. Er wusste also, wo ich wohnte. Und er beobachtete mich. Ich bekam fürchterliche Angst, konnte keinen klaren Gedanken mehr fassen. Ich habe Ursula geweckt, ihr schnell etwas übergezogen und bin mit ihr in den Keller gerannt. Dort haben wir uns versteckt. Nicht besonders intelligent, ich weiß. Aber ich war einfach in Panik! In den ersten Tagen haben wir uns nur selten in die Wohnung gewagt. Nur, wenn alles ruhig und die Haustüre verschlossen war. Und nachts natürlich. Glücklicherweise hatte ich ausreichend Essen im Haus. Nur das Brot ist zuletzt sehr trocken geworden. Aber jetzt ...« Sie begann zu weinen.

Goldstein wartete geduldig, bis sich Mechthild Krafzyk wieder beruhigt hatte.

»Haben Sie den Mann danach noch einmal vor Ihrem Haus gesehen?«

»Nein.«

Der Polizist schaute auf seine Uhr. Es war kurz nach zwei. »Wie lange wird im Lager des Kaufhauses üblicherweise gearbeitet?«

»Heute ist Freitag, nicht?«

»Ja.«

»Bis um drei, glaube ich.«

»Gut. Wir bitten Ihre Freundin, einen Tag auf Ursula aufzupassen. Und dann fahren wir zu Ihrer Arbeitsstelle und Sie zeigen mir denjenigen, den Sie für den Mörder halten.«

Mechthild Krafzyk blickte den Hauptkommissar entsetzt an.

»Sie brauchen keine Angst zu haben«, beruhigte er sie. »Wir sind ja nicht allein. Mein Fahrer wartet im Wagen. Er ist bewaffnet.«

»Und Sie nicht?«, fragte sie stockend.

»Heute nicht. Meine Dienstwaffe liegt in meinem Büro im Präsidium, ich trage sie nicht immer bei mir. Seien sie unbesorgt. Wir bleiben gemeinsam im Fahrzeug sitzen. Sie sollen mir den Mann lediglich zeigen. Er wird Sie nicht sehen.«

Eigentlich rechnete Goldstein damit, dass der Verdächtige bereits geflüchtet war. Schließlich musste er ja davon ausgehen, dass Mechthild Krafzyk ihn erkannt hatte. Andererseits war er bis jetzt von der Polizei unbehelligt geblieben. Da war es immerhin möglich, dass er glaubte, eben doch nicht identifiziert worden zu sein. Zwar nicht sehr wahrscheinlich, aber eine kleine Chance immerhin. »Wenn wir im Kaufhaus Erfolg hatten, bringe ich Sie zu Frau Schaller. Dort sollten Sie bleiben, bis wir den Fall aufgeklärt haben. Im besten Fall sitzt der Täter in wenigen Stunden hinter Gittern.« Der Hauptkommissar verschwieg seine Zweifel. »Sind Sie bereit?«

Ihr »Ja« erfolgte erst nach langem Zögern.

Nur wenig später parkten sie mit dem Auto vor dem Nebeneingang des Kaufhauses. Auch an der Fassade in der ruhigeren Nebenstraße prangte unübersehbar der Schriftzug *Warenhaus Trasse*. Trasse. Dieser Name war Goldstein ein Begriff. Kurz vor Ende des Krieges hatte er den Fall einer ermordeten Zwangsarbeiterin untersucht. In das Verbrechen involviert waren der stellvertretende Kreisleiter der Nazipartei in Herne und dessen Frau. Sie war eine gebürtige Trasse und vor Abschluss der Ermittlungen bei einem Verkehrsunfall ums Leben gekommen. Wenn er sich richtig erinnerte, stand ihr Vater damals unter dem Verdacht, Hehlerware verschoben zu haben. Und ihm gehörte ein Kaufhaus. Nachzuweisen jedoch war dem Kaufhausinhaber nichts, obwohl Goldstein starke Indizien gegen Trasse gesammelt hatte. Seine Untersuchungen waren aus politischen Gründen hintertrieben worden. Und daran trug sein damaliger und heutiger Vorgesetzter Saborski eine gehörige Portion Schuld.

Goldstein schüttelte den Kopf, als ob er so die unheilvollen Gedanken an diese Zeit vertreiben könnte. Prompt holte ihn Mechthild Krafzyk zurück in die Gegenwart.

»Da vorne. Das ist er!« Sie zeigte aufgeregt mit dem Finger auf eine Gruppe Menschen, die gerade das Warenhaus verließen. »Der mit dem dunklen Mantel und dem Hut.«

Goldstein wies den Fahrer an, den Motor zu starten. Als das Fahrzeug an dem Verdächtigen vorbeifuhr, duckte sich Mechthild Krafzyk tief in das Polster der Rückbank. Umso genauer musterte der Hauptkommissar den Mann. Er kannte ihn. Aber woher? Und dann fiel es ihm ein. *Central Café*. Das Treffen mit Bos. Der Kerl hieß Wolfgang Müller. Und dessen Anschrift fand sich in seinem Notizbuch.

»Sie sind sich ganz sicher?«, fragte der Kommissar zum erneuten Mal.

Mechthild Krafzyk griff Goldsteins Hand und drückte sie. Dann sagte sie mit fester Stimme: »Jetzt ja. Er war in dieser Nacht auf dem Trümmergrundstück und hielt das Messer in der Hand. Und er stand vor unserem Haus. Das ist der Mörder.«

Für einen Moment erwog Goldstein, Müller sofort festzunehmen. Dieser jedoch nahm ihm die Entscheidung dadurch ab, dass er einen Fußweg zwischen zwei Gebäuden benutzte, in den sie ihm mit dem Wagen nicht würden nachfahren können. Und bis sie die Verfolgung zu Fuß aufgenommen hätten, wäre der Mann wahrscheinlich schon über alle Berge. Nein, es war besser, zu warten. Müller fühlte sich anscheinend sicher.

19

Freitag, 29. September 1950

Heinz Breitschneider warf in der *Ritze* eine Runde nach der anderen. »Leute, heute lade ich euch ein. Wir hauen richtig auf die Pauke und lassen die Puppen tanzen!«, rief er mit schwerer Zunge und orderte noch fünf Bier und Kurze.

»Wo hasse denn die ganze Knete her?«, lallte einer seiner Zechkumpane.

»Dat kann ich nich sagen. Is geheim.«

»Geheim?«, echote ein zweiter. »Wat kannst du denn schon Geheimes wissen?«

»Nun spuck's schon aus«, forderte ein weiterer.

»Wenn ich euch dat erzählen würde, wär's ja nich mehr geheim«, stellte Breitschneider mit der Logik eines Betrunkenen fest. »Von mir erfahrt ihr nix, dat sach ich euch. Abba eins is sicher: Noch nie hab ich für 'ne Unterschrift und 'n bisschen Labern so viel Geld gekricht.« Die Bestellung wurde serviert. »Is getz auch egal. Prost!«

Sie tranken weiter. Gegen zwei Uhr morgens waren sie nur noch zu dritt. Breitschneider schaute in die Runde und babbelte. »Einer geht noch.« Sein linker Sitznachbar hob den Kopf, glotzte Breitschneider aus glasigen Augen an und sagte nur: »Nee.« Dann ließ er seinen schweren Schädel auf die Tischplatte sinken.

Breitschneider hob die rechte Hand und streckte Daumen und Zeigefinger zur Theke. »Zwei. Wieder dat Gleiche.«

Kurz darauf standen die vollen Gläser vor ihnen. Breitschneider kippte den Korn auf ex und schüttelte sich. »Brr. Getz noch dat Pilsken un dann is Schluss. Ich muss früh raus.«

Er zahlte, verließ das Lokal und machte sich mit unsicheren Schritten auf den Weg nach Hause. Am Herner Bahnhof starrte er angestrengt auf die Fahrpläne. Erst langsam dämmerte ihm, dass der nächste Zug in Richtung Herne-Börnig erst am frühen Morgen fahren würde. Er würde also zu Fuß gehen müssen. Realistisch schätzte er, dass er für den Heimweg in seinem Zustand eine Stunde benötigen würde. Viel Aufwand für jemanden, der sich vorgenommen hatte, um sechs Uhr als Aushilfe am Dortmunder Gemüsemarkt anzufangen.

Er dachte nach. Die kürzeste Verbindung zwischen zwei Punkten war eine Gerade. Das wusste er noch aus dem Schulunterricht. Und ein Bahngleis folgte im Allgemeinen dieser Linie. Da lag es doch nahe, das Gleis zu benutzen. Er würde zehn, fünfzehn Minuten sparen.

Sicherheitshalber studierte er erneut den Fahrplan. Nein, kein Zug fuhr mehr. Und Güterzüge waren um diese Zeit nur selten unterwegs. Außerdem würde er das

Herannahen eines Zuges ja rechtzeitig bemerken. Dampflokomotiven machten Lärm. Da war immer noch Zeit, beiseitezuspringen.

Er durchquerte das Bahnhofsgebäude, ging auf einen der Bahnsteige und schaute sich um. Niemand zu sehen. Kurz entschlossen ging er in die Hocke, stützte sich mit der linken Hand an der Bahnsteigkante ab und sprang auf die Schienen. Dann marschierte er Richtung Osten.

Die kalte Nachtluft ließ ihn mit jedem zurückgelegten Meter nüchterner werden. Bald hatte er seinen Rhythmus gefunden. Wenn er einen großen Schritt machte, konnte er jede zweite Schwelle erreichen. Regelmäßig blickte er nach hinten, für den Fall, dass sich ein Zug näherte. Doch was sollte ihm um diese Zeit schon passieren?

Kurz nachdem er die Herner Innenstadt verlassen hatte, kamen ihm drei Lichter entgegen, die schnell größer wurden. Er wollte zur Seite springen, rutschte aber auf dem feuchten Schotterbett aus und fiel zwischen die Schienen. Fauchend näherte sich die Dampflok. Hastig rappelte Breitschneider sich auf und brachte sich im letzten Moment mit einem Hechtsprung in Sicherheit. Die Lok schoss donnernd an ihm vorbei. Das war knapp gewesen.

Heinz Breitschneider wartete, bis die Bahn im Dunkeln verschwand. Dann ordnete er seine Kleidung und nahm den Marsch wieder auf. Nach wenigen Metern blieb er erschrocken stehen. Seine Geldbörse! Er tastete seine Gesäßtasche ab. Nichts. Hektisch suchte er in den Jackentaschen. Ebenso erfolglos. Er hatte sie verloren.

Über vierhundert Mark waren noch darin. Er musste sie wiederfinden! Eilig hastete Breitschneider zurück zu der Stelle, an der er gestürzt war. Irgendwo musste sie sein, hier, zwischen dem Schotter. Gebückt lief er im Gleis auf und ab, seine ganze Aufmerksamkeit galt seiner Suche. Da! Dort lag sie. Neben einem der Schienenstränge. Breitscheid ging auf die Knie und streckte die Hand aus.

Die aus Richtung Herne kommende Diesellokomotive fuhr fast mit Höchstgeschwindigkeit, zog sie doch nur zwei Postwagen. Und sie war nicht so laut wie eine Dampflok.

Als Heinz Breitschneider den herannahenden Koloss bemerkte, war es schon zu spät für eine Flucht.

Und auch der Lokomotivführer entdeckte den Mann auf den Gleisen erst unmittelbar vor dem Aufprall. Die von ihm eingeleitete Notbremsung setzte ein, nachdem die Lokomotive Heinz Breitschneider bereits überrollt hatte.

20

Samstag, 30. September 1950

Natürlich hatte Goldstein seinen Vorgesetzten, Kriminalrat Saborski, noch am Freitag von seinem Verdacht und der Aussage der Zeugin Krafzyk unterrichtet. Saborski wiederum gab grünes Licht zur Weiterleitung an die Staatsanwaltschaft und diese hatte ihrerseits einen Haftbefehl gegen Wolfgang Müller beantragt und erhalten.

Nun observierten Goldstein und vier uniformierte Polizeibeamte am frühen Samstagmorgen das Haus, in dem Müller wohnte. Der Hauptkommissar hatte seinen Kollegen Schönberger nicht an dem Einsatz beteiligt. Schönberger sei urlaubsreif, hatte er diese Entscheidung seinem Chef gegenüber begründet. Deshalb sei es besser, wenn er über das Wochenende ausspannen könne. Das aber war nur die halbe Wahrheit. Tatsächlich war sich Goldstein nicht sicher, ob er Schönberger noch trauen konnte. Dessen Kontakte zu Bos, die gemeinsame Feier mit Müller und den anderen Gaunern – nein, diese Aktion wollte er ohne Schönberger abwickeln. Und Saborski war einverstanden gewesen.

Die Männer saßen in einem Zivilfahrzeug der Bochumer Kripo und parkten etwa einhundert Meter von ihrem Observationsobjekt entfernt. Ihr Einsatz war für sieben Uhr geplant.

»Ich habe mich gestern bereits umgesehen. Das Haus hat neben dem Eingang an der Vorderseite noch einen Hinterausgang«, klärte Goldstein die Polizisten auf. »Er führt auf den Hof. An zwei Seiten wird der von einer hohen Mauer begrenzt, die man ohne eine Leiter oder andere Hilfsmittel nicht überwinden kann. Eine Flucht Müllers in diese Richtungen ist deshalb auszuschließen. Achtung an der dritten Seite. Dort trennt ein niedriger Zaun das Grundstück von der nächsten Nebenstraße. Wenn der Mann aus seiner Wohnung entkommt, ist das ein möglicher Fluchtweg. Sie«, Goldstein sah die neben ihm sitzenden Uniformierten an, »kommen mit mir in das Objekt. Und Sie beide postieren sich an der

Seitenstraße, je einer am Anfang und Ende der Umfriedung. Noch Fragen?«

Seine Kollegen schüttelten den Kopf.

Goldstein sah auf die Uhr. »Gut. Also los.«

Sie verließen das Fahrzeug. Goldstein und zwei der Polizeibeamten warteten, bis ihre Kollegen um die Hausecke gebogen waren und ihre Positionen eingenommen hatten. Dann betraten sie das Gebäude.

»Sie warten hier und sichern die Eingänge« befahl der Hauptkommissar einem der Polizisten, die ihn begleiteten. »Wir gehen jetzt nach oben und nehmen den Mann fest.«

Die Treppenstufen knarrten, als sie in den zweiten Stock hinaufstiegen.

Durch eine Milchglasscheibe in Müllers Wohnungstür konnten sie Licht im dahinterliegenden Flur ausmachen. Leise Musik war zu hören. Goldstein wollte gerade den Klingelknopf drücken, als die Sirene eines Martinshorns von der Straße ertönte.

»Verdammt!«, schimpfte Goldstein halblaut, »welcher Idiot hat denn …«

Aus der Wohnung waren trampelnde Schritte zu vernehmen, die sich schnell der Tür näherten, dann aber kurz davor stehen blieben. Für einen Moment sah Goldstein einen Schatten, der in einem der Zimmer verschwand.

»Er hat uns gesehen!«, rief er seinem Kollegen zu und zückte die Dienstwaffe. Der andere tat es ihm nach. Goldstein brüllte, so laut er konnte: »Polizei! Machen Sie die Tür auf. Sofort!«

Drinnen klirrte Glas. Der Hauptkommissar griff den Lauf seiner Pistole, sicherte sie eilig und nach zwei kräftigen Schlägen zersplitterte die Scheibe der Tür. Goldstein fasste durch die am Rand des Holzrahmens verbliebenen Scherben ins Innere, suchte und fand endlich den Schlüssel, der im Türschloss steckte. Unmittelbar darauf stürmte er in den Flur, die Waffe im Anschlag. Sein Kollege folgte ihm.

Die beiden Polizisten schauten in den ersten Raum, dann in den zweiten. Nichts. Im Bad schließlich entdeckten sie das offene Fenster.

Als Goldstein hindurchsah, entdeckte er Müller, der sich gut vier Meter unter ihm von einer Feuerleiter auf den schmalen Mauersims schwang, der das Nachbargrundstück begrenzte. Die Wachen an der Nebenstraße hatten Müllers Flucht anscheinend noch nicht bemerkt. Goldstein schrie zu ihnen herunter. Es dauerte etwas, bis sie die Lage erfassten, dann aber stürmten sie zum Zaun und kletterten hinüber.

»Nein!«, brüllte Goldstein heftig gestikulierend gegen das Auf und Ab des Martinshorns an. »Nicht in den Hinterhof. Ins Nachbarhaus. Sofort.« Ohne abzuwarten, ob seinem Befehl Folge geleistet wurde, machte der Hauptkommissar kehrt und rannte, mehrere Stufen auf einmal nehmend, die Treppe hinunter. Auf der Straße lief er nach links, sprang in den Eingang des Nebenhauses und drückte die Tür auf. Er hetzte durch den Flur, fand schnell den Hintereingang, der jedoch verschlossen war. Wertvolle Sekunden verstrichen, bis er endlich den Schlüssel entdeckte, der an einem Nagel neben der Tür hing. Als er mit immer noch gezogener Waffe in den Hof des Hauses rannte, war Müller verschwunden.

Goldstein fühlte ein Stechen in der Brust. Schwer atmend sah er sich um. Der Hof war, von der Mauer abgesehen, über die Müller getürmt war, von verwilderten Gärten und Trümmergrundstücken umgeben. Der Gesuchte konnte überall sein.

Der Kommissar biss sich auf die Lippe. Die verdammte Feuerleiter! Sie hatte er gestern in der Dunkelheit übersehen.

»Und jetzt, Herr Hauptkommissar?«, fragte einer der Männer, die zu ihm aufgeschlossen hatten.

Goldstein machte eine ausholende Armbewegung. »Durchsuchen. Alles«, ordnete er ohne viel Hoffnung an.

Als er sich zum Gehen wandte, kam ihm Schönberger entgegen, eine Zigarette im Mundwinkel. »Ich dachte, du brauchtest Verstärkung. Warum hast du mich nicht über den Zugriff informiert?«, wollte er mit beleidigter Stimme wissen.

»Hast du das Martinshorn eingeschaltet?«, stellte sein Kollege die Gegenfrage.

»Natürlich! Ist Vorschrift. Schließlich war ich ja im Einsatz.« Schönberger zog ein letztes Mal an seiner Kippe und schnippte sie zu Boden, um sie mit dem rechten Fuß auszutreten.

Als Goldstein wortlos an seinem Kollegen vorbeiging, meinte er, ein spöttisches Lächeln in dessen Zügen wahrzunehmen.

21

Samstag, 30. September 1950

Müller blieb trotz sofort eingeleiteter Großfahndung verschwunden. Peter Goldstein gab sich die Schuld an dem Misserfolg. Wenn er am Vorabend des Zugriffs das Haus gründlicher in Augenschein genommen hätte, wäre ihm die Feuerleiter mit Sicherheit aufgefallen und Müllers Flucht höchstwahrscheinlich verhindert worden.

Die Durchsuchung von Müllers Wohnung hatte nichts Verwertbares ergeben. Fingerabdrücke, sogar jede Menge. Einige Bilder von Müller in Zivil und in Uniform mit anderen Männern – Kriegskameraden? Schreiben verschiedener Ämter, aber nicht einen persönlichen Brief. Kein Tagebuch, keine Notizen.

Auch die Befragung der anderen Hausbewohner war ohne Ergebnis geblieben. Keine auffälligen Damenbekanntschaften, kaum Besuch. Ein völlig unscheinbarer Nachbar. Wie gesagt, kaum Brauchbares.

Und warum hatte Schönberger das Martinshorn wirklich eingeschaltet? Steckte er mit Bos und Konsorten unter einer Decke und hatte Müller vor dem Polizeieinsatz warnen wollen? Goldsteins Misstrauen gegenüber seinem Kollegen wuchs.

Mittlerweile wusste Goldstein nicht mehr, was und wem er glauben sollte. Der Gedanke, möglicherweise einen Verräter in den eigenen Reihen zu haben, machte ihn fast krank.

In der Straßenbahn auf dem Weg nach Hause hätte er beinahe wegen einer Lappalie einen Streit mit einem anderen Fahrgast vom Zaun gebrochen. Dann schalt er seine Frau Lisbeth, weil das Bier, das sie ihm zum Feierabend servierte, angeblich nicht richtig temperiert war. Im Anschluss regte er sich über seinen nicht anwesenden Schwiegervater auf, dessen Hausschuhe ihm im Weg standen.

Am Samstagabend schließlich kam es zum Eklat.

Nach dem Abendessen fanden sich die Männer wie üblich in der Stube ein, um dort bei einem Bier und Gesprächen den Tag ausklingen zu lassen. Lisbeth Goldstein sorgte derweil in der Küche für Ordnung.

Hermann Treppmann blätterte wie immer in der Tageszeitung, deren Lektüre er sich für den Abend aufgespart hatte.

»Erst hat unser Herr Innenminister alle Behörden angewiesen, der FDJ keine finanziellen Mittel zur Verfügung zu stellen und jetzt hat er noch einmal nachgelegt. Alle Versammlungen dieser Organisation sind verboten worden. Was ist das eigentlich für ein Rechtsstaat?«, fragte er.

»Das sind doch alles nur Kommunisten«, erwiderte sein Schwiegersohn und nahm einen Schluck aus der Bierflasche. »Von Moskau gesteuert.«

»Und deshalb dürfen sie sich nicht mehr versammeln? Seltsame Logik.«

»Keine Freiheit für die Feinde der Freiheit«, antwortete Peter Goldstein.

»Ha! Das erinnert mich sehr an die Sprüche der Kommunisten: Nur dort heißen die Gegner Klassenfeinde. Denen ist allerdings auch nichts gestattet.«

»Das ist etwas anderes.«

»Wieso?«

»Weil wir in einer Demokratie leben. Hier kann jeder seine Meinung frei …«

»Wenn seine Zusammenkünfte nicht gerade verboten werden«, unterbrach ihn Hermann Treppmann. »Komischer Demokratiebegriff, finde ich.«

»Es wundert mich nicht, dass du so denkst. Du hast ja schon immer mit den Roten sympathisiert.«

»Ich war und bin Sozialdemokrat, wie du weißt.«

»Mit vielen kommunistischen Freunden.«

»Jetzt schlägt's aber dreizehn!«, schimpfte Treppmann. »Das sind Nachbarn, mit denen wir seit Jahrzehnten in dieser Siedlung zusammenleben und die mit mir auf'm Pütt waren! Kumpel! So wie ich.«

»Sag ich ja. Kommunistenfreunde.«

»Da lobe ich mir doch meinen Herrn Schwiegersohn, der lediglich mit alten Nazis verkehrt. Entschuldigung, ich hatte vergessen, dass er selbst ja mal Mitglied in diesem Verein war.«

»Ich war nie in der NSDAP.«

»Nee, das nicht. Dafür aber in der SS. Fragt sich, was schlimmer ist.«

Jetzt war es an Goldstein, die Stimme zu heben. »Immer wieder dieselbe Leier. Ich kann diese Sprüche nicht mehr hören! Der Krieg ist vorbei und Hitler tot. Wir leben in einer neuen Zeit. Da muss man die Vergangenheit endlich ruhen lassen können!«

»Und die Kommunisten verteufeln, oder? Das kommt mir ziemlich bekannt vor. Nur weil die Amerikaner in Korea gegen China Krieg führen.«

»Was hat das denn mit dem Verbot der Versammlungen verfassungsfeindlicher Organisationen zu tun, die unser demokratisches Staatswesen zersetzen?«

»Woher kenne ich nur solche Begriffe? Zersetzen, von Moskau gesteuert ... Alles schon einmal da gewesen.«

»Nun hör doch mit den ollen Kamellen auf. Irgendwann muss doch Schluss sein!«

»Na klar«, brauste Hermann Treppmann auf. »Es muss Schluss sein. Sag das doch denjenigen, die zusehen mussten, wie ihre Eltern an der Rampe in Auschwitz in die Gaskammern selektiert worden sind. Sag ihnen, irgendwann müsse mit ihren Erinnerungen doch einmal Schluss sein. Oder den Müttern, deren Söhne in diesem verbrecherischen Krieg gefallen sind. Ruf es ihnen zu! Oder den russischen Familien, von denen fast jede den Verlust von Angehörigen zu beklagen hat, die erschossen, verbrannt, erschlagen wurden. Sag ihnen, sie mögen doch endlich aufhören, zu trauern!« Jetzt brüllte Treppmann, den Kopf zornesrot. »Sag es ihnen ins Gesicht, wenn du den Mut dazu hast! Wenn du schon dabei bist: Erklär Ilse Bertelt, dass du dafür bist, den Mantel des Vergessens über die Verbrechen der Nazis zu decken.« Treppmann sprang auf und stürmte aus dem Zimmer. Dabei hätte er fast seine Tochter umgerannt, die gerade das Wohnzimmer betreten wollte.

Goldstein schwieg wütend. Der letzte Satz hatte gesessen. Ilse Bertelt war die Mutter von Erwin, einem Sechzehnjährigen, der zu den Edelweißpiraten gehörte und auch in der Teutoburgia-Siedlung gewohnte hatte. Goldstein musste ihn im April 1943 aus fadenscheinigen Gründen festnehmen, hatte den Befehl dazu aber auch nicht verweigert. Später war dem Jungen von der Gestapo der Mord an einem Nazibonzen untergeschoben worden. Erwin hatte schon die Gestapohaft nicht überlebt.

Erwins Mutter und sein Großvater waren in Sippenhaft gekommen. Die Mutter war nach einigen Monaten aus dem Frauengefängnis entlassen worden, der Großvater wurde im KZ Dachau über ein Jahr lang gequält. Kaum war er wieder daheim, starb er an den Folgen seiner Entkräftung und einer Tuberkulose, die er sich im KZ zugezogen hatte. Kurz darauf erhielt Ilse Bertelt die Nachricht, dass ihr Mann gefallen sei. Seitdem lebte sie völlig zurückgezogen in dem Siedlungshaus. Sie hatte Peter Goldstein nie verziehen.

»Habt ihr euch wieder gestritten?«, fragte Lisbeth.

»Erkundige dich bei deinem Ehemann«, schnaubte ihr Vater aus dem Flur.

»Peter! Was ist hier los?«

Goldstein sprang wutentbrannt auf. »Nichts ist hier los! Nur seine Ruhe bekommt man in diesem Haus nicht.« Auch er drängte sich an Lisbeth vorbei.

»Wo willst du hin?« Als er nicht antwortete, setzte sie bittend hinzu: »Nun bleib doch stehen!«

Goldstein zog sich bereits hastig seine Jacke an. »Ich gehe in die Kneipe!«, rief er. »Mich besaufen. Und morgen auch. Kann spät werden.« Mit diesen Worten knallte er die Tür ins Schloss.

22

Du hältst uns ja in letzter Zeit ganz schön auf Trab«, meinte Horst Markowsky, ein Kollege Goldsteins aus der Spurensicherung. Er schloss die Bürotür hinter sich. »Wie siehst du denn aus? Zu wenig Schlaf gehabt?«

Der Hauptkommissar erhob sich, um Markowsky zu begrüßen, ignorierte aber dessen Bemerkung. »Habt ihr etwas Neues?«

»Jein. Aber eins nach dem anderen. Zunächst zur Wohnung Lahmers und dem Zettel, den du dort gefunden hast. Darauf sind nur Lahmers Fingerabdrücke. Die Buchstaben wurden aus einer Zeitung – vermutlich der *WAZ* – ausgeschnitten und mit handelsüblichem Papierkleber aufgebracht. Die Klebstoffflasche haben wir in einem Schrank in der Küche entdeckt. Ansonsten: Fehlanzeige. Nicht einen Fingerabdruck, der nicht von ihm ist. Sieht so aus, als ob Lahmer tatsächlich nie Besuch empfangen hat. Das gilt im Übrigen auch für die andere Mansardenbude. Unser Toter hat wirklich in beiden Wohnungen gewohnt. Auf der Kassette aus der Bank waren jede Menge Abdrücke. Leider sind nur vier wirklich verwertbar. Einmal deiner, dann einer deiner Leiche mit dem durchschnittenen Hals und zwei weitere, die wir zunächst nicht zuordnen konnten. Wir haben sie mit denen des Bankangestellten verglichen, der dir den Behälter gegeben hat. Einer stammt zweifellos von ihm. Der letzte Abdruck könnte natürlich dem anderen Banker gehören, der derzeit Urlaub macht. In unserem Archiv jedenfalls gibt es keinerlei Übereinstimmung. Dann haben wir da noch ein Fragment ...«

»Ja?«, fragte Goldstein gespannt.

»Wie ich sagte, ein Fragment. Der Papillarlinienverlauf ist nicht komplett vorhanden. Ein gerichtsfester Beweis ist das nicht.«

»Nun spuck's schon aus!«

»Es sieht danach aus, dass wir diesen Abdruck auch in der Wohnung Schmidts gefunden haben. Aber, wie gesagt, nicht vollständig.«

»Schade. Und was ist mit der Waffe?«

»Da wissen wir mehr. In letzter Zeit wurde diese Pistole nicht benutzt. Dafür aber vor etwas über einem Jahr. Du erinnerst dich an den Raubüberfall auf den Geldboten dieses Kaufhauses?«

Goldstein wusste, wovon Markowsky sprach. Damals war der Bote, der die Wochenendeinnahmen des Herner Warenhauses zu einer Bank in Bochum bringen wollte, bedroht und überfallen worden. Als er die Geldkassette den Räubern nicht sofort aushändigen wollte, hatten die Täter ihm in den rechten Fuß geschossen. Der Kurier ließ die Kassette fallen und die Gangster konnten unerkannt mit ihrer Beute entkommen. Der Fall wurde nie aufgeklärt. Vermutungen, dass Geldbote und Räuber unter einer Decke steckten, ließen sich nicht beweisen.

»Mit der Walther aus Schmidts, ach was, Lahmers Wohnung wurde der Mann angeschossen?«

»Genau.«

»Das ist ja interessant.«

102

»Dann sind da noch die Abdrücke aus Müllers Bleibe. Die meisten sind vermutlich von dem Flüchtigen selbst. Die anderen können wir nicht zuordnen.«

»Keiner von Lahmer?«

»Nein.«

»Und der auf der Kassette ...«

»Ist definitiv nicht von Müller.«

Goldstein seufzte. »Wäre ja auch zu schön gewesen. Sonst irgendwelche Hinweise in Müllers Wohnung?«

»Nein, nichts. Fast so, als habe er dort nur seinen Urlaub verbracht.«

Wie bei Lahmer, dachte Goldstein.

»Schon eigenartig. Keinerlei persönliche Unterlagen. Dabei hatte er doch keine Zeit zum Packen, oder?«

»Nein, definitiv nicht.«

»Ach so, fast hätte ich es vergessen. Die Zentrale hat hinter dir her telefoniert. Ein Doktor Bergmann hat versucht, dich zu erreichen und da ich ebenfalls mit dem Fall beschäftigt bin, haben sie ihn zu mir durchgestellt. Er wollte aber nur mit dir persönlich sprechen.«

Bergmann. Der Schriftsachverständige.

»Und?«

Markowsky zog einen Zettel aus der Tasche und reichte ihn Goldstein. »Er ist im Moment nicht in seinem Büro erreichbar, hat er mir erzählt. Aber wenn du ihn sprechen willst, kannst du ihn auf dieser Nummer privat anrufen.«

»Danke.«

»Freut mich, wenn wir dir helfen konnten.« Markowsky hob die Hand. »Immer wieder gern zu Diensten.« Dann ließ er Goldstein allein.

Der griff sofort zum Hörer und rief den Experten an. Eine Kinderstimme erklärte fröhlich, dass der Papa gerade im Keller sei, um der Mama beim Wäscheaufhängen zu helfen. Aber Papa würde bestimmt gleich wieder da sein. Dann ein Poltern, als ob der Telefonhörer unsanft abgelegt wurde, Schritte, Rufen, Türenschlagen. Dann war Ruhe. Goldstein wartete einen Moment und wollte schon auflegen, als sich jemand meldete.

»Bergmann?«

»Goldstein. Kripo Herne. Sie hatten versucht, mich zu erreichen?«

»Ja. Es geht um die Unterschriften, die Sie mir zur Begutachtung vorgelegt haben. Ich habe sie sorgfältig geprüft und bin zu einem Ergebnis gekommen. Die Signaturen stammen eindeutig von verschiedenen Personen.«

Der Hauptkommissar atmete tief durch. »Kein Zweifel möglich?«

»Nein. Sehen Sie, die grafischen Grunddimensionen der Strichbeschaffenheit, der Druckgebung, des Bewegungsflusses und die Merkmale der ...«

»Ich benötige Ihren Bericht noch schriftlich«, unterbrach Goldstein den Redefluss des Wissenschaftlers.

»Wie? Ja. Natürlich. Gleich morgen.«

»Vielen Dank, Herr Bergmann. Sie haben mir sehr geholfen.« Der Hauptkommissar legte auf.

Ein Lahmer. Ein Schmidt. Und ein Unbekannter, der sich als Letzterer ausgegeben hatte, wie er jetzt wusste.

23

Seine im Krieg antrainierten Gewohnheiten waren ihm zu Hilfe gekommen. So hatte er schon vor Wochen einen möglichen Fluchtweg ausbaldowert: Erst die Feuerleiter hinunter und über die Mauer. Durch die zwei angrenzenden Trümmergrundstücke und die dahinterliegende Kleingartenanlage. In einem der Gärten die Jacke wechseln und das Aussehen mit Perücke und Bart verändern. Schließlich die Nebenstraße entlang bis zur Haltestelle. Und dann mit der Straßenbahn nach Wanne-Eickel, von dort weiter nach Gelsenkirchen, um sich in einer billigen Absteige in der Nähe des Hauptbahnhofes einzumieten.

Als die Polizisten noch das Gelände um seine Wohnung abgesucht hatten, lag er längst auf dem Hotelbett und freute sich über seine geglückte Flucht.

»Wenn Sie sich in ein Schlamassel begeben, denken Sie vorher darüber nach, wie Sie wieder herauskommen.« Diesen Rat hatte ihm sein früherer Kommandeur während des Russlandfeldzuges erteilt. Seitdem befolgte er ihn und war bisher gut damit gefahren.

Auch die Angewohnheit, immer alles, was er nicht zurücklassen wollte, griffbereit zu haben, stammte aus dem Krieg. Er hatte den Rucksack direkt neben dem Fenster, welches zur Feuerleiter führte, deponiert. Er enthielt Geld, Wäsche und Kleidung zum Wechseln, seine Waffe, Papiere, weitere persönliche Unterlagen und natürlich den künstlichen Bart und die Perücke, die er sich vorausschauend in einem Fachgeschäft für Theaterbedarf im besetzten Polen besorgt hatte. Man konnte ja nie wissen.

In der Wohnung hatte er nur das zurückgelassen, was für die Polizei keinen Wert besaß. Geschweige denn würden sie irgendwelche Hinweise auf seinen momentanen Aufenthaltsort finden. Trotzdem musste er vorsichtig sein, möglichst selten das Hotel verlassen und sich ruhig und unauffällig verhalten. In einigen Tagen dann würde er sein Versteck aufgeben und mit der Hilfe seines Auftraggebers auf Nimmerwiedersehen verschwinden können. Aber dazu war es erforderlich, zunächst mit ihm Verbindung aufzunehmen.

Wolfgang Müller verließ das Zimmer und ging zur Rezeption hinunter. Der Alte an der Empfangstheke sah kaum auf, als ihn Müller ansprach und nach einem Telefon fragte, von dem aus er ungestört telefonieren könne. Müller musste sein Anliegen zweimal wiederholen, bis der Mann reagierte, er schien schwerhörig zu sein. Müller war das nur recht, umso geringer war die Wahrscheinlichkeit, dass er etwas von seinem Telefonat mitbekam.

Der Portier zeigte auf eine Nische am Ende des Flurs und krächzte: »Warten Sie, bis ich die Amtsleitung auf das Telefon gelegt habe. Sie hören es am Freizeichen. Dann können Sie wählen. Wenn Sie ein weiteres Gespräch führen wollen, müssen Sie es erneut bei mir anmelden. Abgerechnet wird bei mir, direkt wenn Sie fertig sind.«

Müller nickte und ging zum Telefonapparat, in der Nische stank es nach altem Rauch. Er griff zum Hörer und wartete. Als es in der Leitung knackte, war der Anschluss freigeschaltet und er wählte die Nummer, die er sich für Notfälle hatte einprägen müssen.

»Ja?«, meldete sich nach kurzer Zeit die ihm bekannte Stimme.

»Du musst mir helfen.«

»Was ist passiert?«

Müller berichtete knapp.

»Wie ist die Polizei auf deine Spur gekommen?«

»Vermutlich durch diese Verkäuferin.«

»Du solltest sie doch zum Schweigen bringen.« Sein Gesprächspartner klang verärgert.

»Das hatte ich ja auch vor. Aber sie hat ihre Wohnung nicht mehr verlassen. Dort einzudringen und sie aus dem Weg zu räumen, war mir zu riskant. Nach einigen Tagen war ich mir sicher, dass sie mich doch nicht erkannt hat. Ich habe mich wohl geirrt.«

»Das war ein Fehler.«

»Ich weiß. Aber er lässt sich nun nicht mehr ändern.«

»Da hast du leider recht. Wo bist du jetzt?«

»In einem Hotel.«

»Du hast dich doch nicht etwa unter deinem richtigen Namen angemeldet?«

»Natürlich nicht.«

»Was hast du nun vor?«

»Wie ich schon sagte. Ich brauche deine Hilfe.«

»Wobei?«

»Ich muss verschwinden. Am besten ins Ausland. Nutze deine Kontakte und besorge mir ein Visum und neue Papiere.«

»Hast du Geld?«

Für einen Moment verschlug es Müller die Sprache. »Wie meinst du das?«, fragte er dann.

»So, wie ich es sagte. Papiere sind nicht billig. Ein Visum erst recht nicht.«

»Du erwartest tatsächlich, dass ich meine Flucht selbst finanziere?«

»Was spricht dagegen?«

»Was dagegenspricht?« Müller antwortete in seiner Erregung lauter als beabsichtigt, hatte sich aber sofort wieder unter Kontrolle. In gedämpfter Lautstärke erwiderte er dann: »Ich habe für dich die Kastanien aus dem Feuer geholt. Oder muss ich dich daran erinnern, dass Lahmer deine Kreise gestört hat und er dir unbequem zu werden drohte?«

»Ich habe ihn nicht umgebracht, wenn du das andeuten möchtest.«

»Nein. Aber ich habe in deinem Auftrag gehandelt.«

»Was du natürlich auch beweisen kannst.« Die Stimme hatte einen spöttischen Unterton. »Ich will mich nicht mit dir streiten. Ich schaue, was ich tun kann. Und mach dir keine Sorgen wegen der Kosten. Wir werden eine Einigung finden.«

»Das hoffe ich doch sehr«, antwortete Müller. »Vergiss nicht, wenn die Polente mich schnappen sollte, hängst du mit am Haken.«

»Du solltest mir nicht drohen.«

»Das war keine Drohung. Das war ein Versprechen.«

»Wie auch immer. Du verhältst dich einige Tage ruhig und bleibst, wo du bist. Wenn ich weitere Informationen habe, melde ich mich bei dir. Wie kann ich dich erreichen?«

»Ich bin hier in einem Hotel in Gelsenkirchen. Du kannst an der Rezeption eine Nachricht für mich hinterlassen. Du hörst von mir.«

»Wie heißt der Laden und unter welchem Namen bist du abgestiegen?«

Müller sagte es ihm.

»Gut. Es kann drei, vier Tage dauern.« Der Mann am anderen Ende der Leitung legte grußlos auf.

24

Montag, 2. Oktober 1950

Kurz vor Feierabend klingelte Goldsteins Telefon. Am Apparat war sein Kollege Horst Markowsky.

»Du musst mir einen Gefallen tun«, begann der Spurensicherer das Gespräch.

»Wenn ich kann, gerne.«

»Ich habe gerade einen Anruf von unserem gemeinsamen Chef erhalten.«

»Saborski?«

»Genau. Er hat mich angewiesen, die Nachricht vom Tod eines gewissen Heinz Breitschneiders seinen Angehörigen zu übermitteln.«

Das war ungewöhnlich. Üblicherweise wurden die ermittelnden Kriminalbeamten oder auch ihre Kollegen von der Schutzpolizei mit solchen Aufgaben betraut. Die Spurensicherung war dafür jedenfalls nicht zuständig.

»Warum du?«

»Personalmangel, hat mir Saborski erklärt.«

»Wer bearbeitet den Fall?«

»Schönberger. Der sei aber heute mit anderen Tätigkeiten beschäftigt, hat Saborski gemeint.«

»Und wie kann ich dir helfen?«

»Übernimmst du das für mich?«

Das hatte Goldstein befürchtet. Niemand riss sich darum, Todesnachrichten zu überbringen. Und Markowsky hatte damit sicher noch weniger Erfahrung als andere, ihn selbst eingeschlossen.

»Ungern.«

»Kann ich mir vorstellen. Ich will mich auch nicht drücken, aber gerade heute weiß ich wirklich nicht, wie ich das schaffen soll. Mein Sohn hat Geburtstag. Er wird sieben Jahre alt. Ich habe ihm versprochen, heute den Bau seines Baumhauses zu beginnen.«

»Hast du das Saborski gesagt?«

»Natürlich. Er hat mich nur nicht zu Wort kommen lassen. Es ginge nicht anders. Und ich brauchte mich dort ja nicht lange aufhalten.«

Ein solcher Zynismus war typisch für den Kriminalrat.

»Außerdem wohnt die Familie ganz in deiner Nähe. Du könntest den Besuch auf dem Heimweg erledigen. Tust du das für mich?«

Goldstein seufzte. »Wie ist Breitschneider gestorben?«

Markowsky klärte ihn über die Hintergründe auf. »Die Kollegen haben eine Suchanzeige in die Zeitung setzen müssen. Das Unfallopfer hatte nämlich keinerlei Papiere bei sich. Keine Geldbörse oder Brieftasche. Nichts. Auf jeden Fall hat sich heute jemand anhand der Beschreibung des Toten gemeldet. Einer seiner Zechkumpane von dem Abend seines Todes. Der hat ihn dann auch identifiziert«

»Kein Geld? Wie hat er denn seine Zeche bezahlt?«

Markowsky wusste es auch nicht. »Ich gebe nur wieder, was ich in dem Bericht Schönbergers gelesen habe. Vielleicht hat er seine Moneten lose in der Hosentasche getragen und alles bis auf den letzten Pfennig ausgegeben.«

»Und wo leben die Angehörigen?«

»Soweit ich weiß, gibt es nur eine Ehefrau. Sie wohnt in dem Lager an der Weichselstraße. Haus vier, steht in den Akten.«

»Einverstanden. Ich übernehme das für dich.«

»Danke. Ich bringe dir gleich die Unterlagen vorbei. Du tust mir wirklich einen großen Gefallen.«

»Vergiss es nur nicht.«

Eine Stunde später stand Goldstein vor dem Toreingang zur Barackensiedlung, die Obdachlosen, aber auch Kriegsheimkehrern und Vertriebenen als erste Bleibe diente. Die nahe gelegene Schachtanlage *Friedrich der Große* schickte einen kontinuierlichen Rußregen herüber. In einem Zwinger direkt neben dem Tor fletschte ein Schäferhund die Zähne und knurrte bedrohlich.

Goldstein betrat das Gelände. Er sah junge Frauen, Kinderwagen schiebend. Jugendliche lehnten an den Hausecken, einige jüngere kickten einen Ball aus Stofffetzen auf ein mit Konservendosen markiertes Tor.

Goldstein wandte sich an einen der Halbstarken, der mit einer Kippe im Mundwinkel und gelangweiltem Gesicht auf einer Mülltonne hockte. »Wo finde ich die Baracke Nummer vier?«, erkundigte er sich.

Der junge Mann machte eine flüchtige Kopfbewegung. »Da hinten.« Sein ostpreußischer Dialekt war unüberhörbar.

»Wo genau?«, fragte Goldstein nach.

»Zweiter Gang links. Vorletztes Haus.« Er zog an seiner Zigarette und blies den Qualm lässig in Goldsteins Richtung.

Zwei Minuten später erreichte der Kommissar das Holzgebäude. Er ging durch die geöffnete Eingangstür und sah einen langen Flur, von dem links und rechts Türen abgingen.

Hinter ihm knarrte der Holzboden.

»Wat suchen Se hier«, fuhr ihn eine mürrische Stimme an.

Goldstein drehte sich um. Vor ihm stand ein älterer Mann in einem grauen Kittel.

»Familie Breitschneider.«

»Un wat wolln Se von den Breitschneiders?«

»Ich wüsste nicht, was Sie das angeht«, konterte der Hauptkommissar.

»Un ob mich dat wat angeht«, fauchte der Mann zurück. »Ich bin hier der Hausmeister. Ich hab für Ordnung zu sorgen. Hier kann nich jeder einfach so reinspazieren. Also, wat is getz?«

Goldstein seufzte und zückte seinen Ausweis. »Kriminalpolizei. Wo wohnt die Familie nun?«

»Hat der Olle wat ausgefressen? Dat wundert mich nich. Saufen und nich arbeiten. Dat sind die Richtigen. Ich sach ja immer, früher wär dat nich ...«

Solche Typen kannte der Kriminalpolizist. Denen war immer noch nicht klar geworden, dass die Zeit der Naziblockwarte abgelaufen war. Ärgerlich erwiderte er: »Nein. Es liegt nichts gegen die Familie vor.« Dann wurde sein Tonfall schärfer. »Und jetzt sagen Sie mir unverzüglich, wo ich die Familie finden kann.«

»Fünfte Tür rechts«, antwortete der Hausmeister, sichtlich eingeschüchtert. »Warten Se. Ich begleite Se.«

»Das ist nicht nötig.«

Goldstein wartete, bis der Hausmeister die Baracke wieder verlassen hatte. Er war allerdings sicher, dass der Mann den Eingang nicht aus den Augen lassen würde.

Danach ging er zur fünften Tür und klopfte.

Eine verhärmt aussehende Frau öffnete.

»Guten Tag. Ich möchte zu Frau Breitschneider.« Goldstein warf einen Blick in den Raum. Auf Wäscheleinen gehängte Bettlaken trennten das Zimmer in drei annähernd gleich große Teile, deren Einrichtung eigentlich nur aus Doppelstockbetten bestand. Direkt neben der Tür stand ein Tisch mit Stühlen. Goldstein schätzte, dass es ein knappes Dutzend sein musste. Wohnten in diesem Raum so viele Menschen?

»Ich bin Eleonore Breitschneider. Was wollen Sie?«

Goldstein zeigte erneut seinen Ausweis und stelle sich vor. »Können wir uns irgendwo ungestört unterhalten?«, fragte er dann.

Die Frau lachte auf und zeigte in den Raum hinter ihr. »Hier wohnen elf Personen. Privatleben gibt es nicht.«

»Verstehe. Hat der Hausmeister ein Büro?«

»Ja. Aber da dürfen wir nicht rein.«

»Er wird jetzt eine Ausnahme machen. Würden Sie mir bitte folgen?«

Wie erwartet, stand sich der Verwalter vor der Tür die Beine in den Bauch. Es dauerte nicht lange, bis Goldstein den Widerstand des Mannes gebrochen hatte und sich mit Eleonore Breitschneider im Büro gegenübersaß.

»Frau Breitschneider«, begann Goldstein. »Ich muss Ihnen eine traurige Mitteilung machen. Ihr Gatte hatte einen Unfall. Er ist …« Der Hauptkommissar räusperte sich. »Er ist tot.«

»Tot?« Eleonore Breitschneider blickte ins Leere. Ihre Augen wurden feucht. Sie zitterte.

Für einen Moment glaubte Goldstein, dass sie zusammenbrechen würde.

Aber dann hatte sie sich gefangen. »Wie … Wie ist es passiert?«

»Ein Zugunglück. Ihr Mann war auf den Schienen unterwegs und ist von einer Lokomotive erfasst worden.«

»Wann war das?«

»In der Nacht zum Samstag.«

»Ich hatte schon vermutet, dass etwas passiert ist. Er war ja das ganze Wochenende weg. Das hat er sonst nie gemacht. Wenn er zu seinen Saufzügen aufbrach, war er spätestens am nächsten Tag wieder da. Morgen wollte ich zur Polizei. Ich dachte mir, dass er mit dem vielen Geld einfach länger wegbleiben würde.« Sie machte eine Pause. Wieder dieser leere Blick. »Warum kommen Sie erst heute?«

»Wir konnten Ihren Mann zunächst nicht identifizieren. Er trug keine Papiere bei sich.«

Für einen Moment erschien ein Funke Hoffnung in ihren Augen. »Kein Ausweis? Dann kann es nicht Heinz sein. Er ging nie ohne seine Brieftasche aus dem Haus.«

Goldstein dachte an die Akte, die ihm Markowsky gebracht hatte. Dort waren der Tote und die Kleidung, die er trug, im Detail beschrieben. Außerdem war Breitschneider von einem seiner Saufkumpane identifiziert worden. »Trug Ihr Gatte eine dunkle Wolljacke und einen braunen Pullover?«

»Ja«, antwortete sie ängstlich.

»Schwarze Lederhalbschuhe?«

»Ja.«

»Er war etwa einssiebzig groß, leicht untersetzt und hatte dunkles Haar?«

»Ja.« Ihr Tonfall verriet, dass ihre Hoffnung erloschen war.

»Ihr Ehemann wurde von einem der Bekannten wiedererkannt, mit dem er den Abend verbracht hatte. Heute Morgen war ein Bericht in der Presse. Er hat ihn gelesen und sich bei uns gemeldet. Glauben Sie mir, der Verunglückte ist Ihr Mann. Mein herzliches Beileid.«

»Aber ... Ich lese keine Zeitung«, meinte sie entschuldigend. »Und das Geld ... Das kann er doch nicht alles versoffen haben. So viel Knete! Er hatte seine Brieftasche dabei. Ganz sicher! Ich habe doch noch gesehen, wie er die Geldscheine hineingesteckt hat. Sechshundert Mark! Das kann er nicht an einem Abend ...«

Sechshundert Mark! Das war fast das Doppelte seines Monatsgehaltes. Und dann hauste die Familie in einem solchen Loch?

»Woher hatte Ihr Mann so viel Geld?«

»Er hat eine Aussage gemacht. Dafür hat er es bekommen.«

»Was für eine Aussage?«

»Das weiß ich nicht. Vor diesem Ausschuss, die nach alten Nazis suchen. Am Freitag.«

Der Entnazifizierungsausschuss. Geld gegen Aussage. Hatte dort jemand einen Persilschein benötigt?

»Wo? Hier in Herne?«

»Ich glaube ja.«

»Wer hat ihm den Betrag gegeben?«

»Ich kenne den Herrn nicht. Er war nur ein einziges Mal bei uns. Aber das war keine krumme Sache, Herr Kommissar. Heinz hat mir erzählt, dass diese Person Polizist sei. Deshalb müsse er auch die Aussage machen. Und das Geld sei so eine Art Aufwandsentschädigung.«

»Ein Polizist hat ihn bezahlt?«, fragte Goldstein ungläubig.

»Ja.«

»Wie sah er aus?«

»Na ja, etwa so groß wie Sie. Dunkle Haare. Seitenscheitel. Etwas füllig.« Sie dachte nach. »Mehr fällt mir nicht ein. Ich habe ihn ja auch nur einen Moment gesehen.«

Goldstein seufzte innerlich – ihre Beschreibung passte auf jeden dritten Polizeibeamten in Herne.

»Und Sie haben nichts von dem Geld bei Heinz gefunden?«

Der Hauptkommissar schüttelte den Kopf. »Leider nicht.«

»Aber die Beerdigung ... Wie soll ich die bezahlen?« Sie begann nun doch zu weinen. »Heinz ... Was soll denn nun aus mir werden?«

Goldstein widerstand dem Impuls, die Frau zu trösten. Stattdessen blieb er, seiner Stellung gemäß, förmlich und sagte mit trockenem Mund: »Die sterblichen Überreste Ihres Mannes wurden freigegeben. Setzen Sie sich bitte mit der Gerichtsmedizin in Bochum in Verbindung, um die Details der Überführung zu klären. Es tut mir leid.« Er stand auf. »Auf Wiedersehen, Frau Breitschneider. Und noch einmal mein herzliches Mitgefühl.«

Als er vor dem Büro stand, holte er tief Luft. Solche Gespräche waren ihm ein Gräuel.

Er hielt den Hausmeister davon ab, in sein Dienstzimmer zu stürmen und Eleonore Breitschneider unverzüglich rauszuwerfen. Stattdessen nötigte er ihm das Versprechen ab, die Frau für einige Minuten in Ruhe zu lassen. Dann verließ er das Lager.

25

Montag, 2. Oktober 1950

Im Nachlass seiner Mutter hatte er einen Zeitungsartikel gefunden, der über die Wiedereröffnung eines Kaufhauses in Bochum berichtete. Das Warenhaus sei im Krieg schwer beschädigt, jetzt aber vollständig wiederhergestellt worden, hieß es dort.

Ein Bild zeigte einen Teil der Belegschaft bei der Eröffnungsfeier. Die Gesichter zweier nebeneinanderstehender Männer hatte sie mit einem Bleistift dick markiert. *Wolfgang Müller,* stand neben dem einen. Und *Richter Pauly* neben dem anderen.

Der Artikel stammte aus dem Oktober 1945. Da hatte seine Mama nur noch wenige Monate zu leben gehabt. Im Januar 1946 war sie gestorben. Wie seine Mutter diese Zeitung aus dem Ruhrgebiet erhalten hatte, wusste er nicht.

Nach ihrem Tod war er in ein Heim gekommen, welches er erst Anfang 1949 verließ, als er sein einundzwanzigstes Lebensjahr erreicht hatte. Damals wurden ihm der Brief und die sonstige Hinterlassenschaft ausgehändigt, darunter auch der Zeitungsartikel.

Oft hatte er sich gefragt, warum seine Mutter diesen Richter Pauly nicht angezeigt hatte. Er nahm an, dass ihre Krankheit der Grund dafür gewesen war. Vom Tode gezeichnet, war sie zu müde gewesen, um weiterzukämpfen. Jetzt war es seine Aufgabe, ihren Kampf fortzusetzen und die Gerechtigkeit einzufordern, die seinem Vater verwehrt geblieben war.

Da er nun volljährig war, war er ins Ruhrgebiet gezogen und hatte wegen Pauly Kontakt mit den Behörden aufgenommen. Das Ermittlungsverfahren war schnell eingestellt worden. *Beschuldigter nicht zu ermitteln,* hieß es in dem Schreiben der Staatsanwaltschaft, welches ihn kurz darauf erreichte. So wie es aussah, hatte die Justiz in Bochum kein großes Interesse daran, einen der Ihren mit Strafverfolgung zu bedrohen.

Also musste er selbst handeln.

Er fand Arbeit in einer der Zechen des mittleren Ruhrgebiets. Schichtarbeit, im wöchentlichen Wechsel. Wann immer es seine Zeit erlaubte, stand er vor dem Personaleingang des Kaufhauses in der Bochumer Innenstadt, um auf Pauly zu warten.

Mehrere Wochen blieben seine Bemühungen erfolglos. Der Richter tauchte nicht auf. Hatte die Staatsanwaltschaft doch recht gehabt und sein Aufenthaltsort war wirklich nicht festzustellen?

Schließlich änderte er seinen Plan. Wenn er Pauly schon nicht direkt stellen konnte, musste er es eben über seinen Onkel Wolfgang Müller versuchen. Dem Bild nach zu urteilen, schienen sich der Nazirichter und der Bruder des Denunzianten näher zu kennen. Natürlich konnte es auch Zufall sein, dass die beiden auf dem Foto so eng nebeneinanderstanden. Trotzdem war Müller seine einzige Chance, an Pauly heranzukommen. Deshalb begann er, ihn zu beschatten, sooft es ging.

Es wunderte ihn nicht, dass er dabei Zeuge eines Mordes geworden war, sondern es bestätigte seine Meinung, dass alle Nazis Verbrecher waren.

Zwei Tage lang hatte er überlegt, zur Polizei zu gehen, und sich schließlich dagegen entschieden. Die Polizei hätte Wolfgang Müller aufgrund seiner Aussage festgenommen – wie aber sollte er dann Pauly finden? Und die junge Frau, die überraschend am Tatort aufgetaucht war? Hatte sie den Mord beobachtet? Was, wenn sein Onkel ihretwegen verhaftet werden sollte?

Aber Wolfgang Müller wurde nicht verhaftet, sodass Konrad Müller seinen Verwandten weiter observierte.

Es war Zufall, dass er ihn an diesem Samstagmorgen nicht endgültig aus den Augen verlor. Auch an diesem Tag wollte er die Wohnung seines Onkels aus sicherer Entfernung beobachten. Irgendwann musste dieser verdammte Richter doch den Kontakt mit ihm suchen.

Als Konrad Müller aus der Straßenbahn stieg, erspähte er seinen Onkel an der Haltestelle auf der anderen Straßenseite. Er wartete augenscheinlich auf die Bahn. Hatte er sein Haar nicht vor einigen Tagen noch länger getragen? Und der Bart war Konrad bisher auch nicht aufgefallen. Doch er hatte keine Zeit, länger darüber nachzudenken, denn als die Bahn vorfuhr und sein Onkel einstieg, musste sich Konrad beeilen, um als einer der letzten Fahrgäste in den Wagen zu springen.

Müller folgte seinem Onkel nach Wanne-Eickel und weiter nach Gelsenkirchen, befürchtete ständig, dass diesem die Observation auffiel. Aber obwohl Wolfgang Müller sich häufiger umsah, schien er ihn nicht zu bemerken. Glücklicherweise kannte sein Onkel ihn nur vom Hörensagen, er würde ihn nicht erkennen.

Schließlich beobachtete Konrad Müller, wie sein Verwandter ein Hotel betrat, und er beschloss, das zu tun, was er schon seit Tagen tat. Warten.

26

Montag, 2. Oktober 1950

Wie immer fand ihr Treffen im Herner Stadtpark statt. Es regnete leicht. Klaus Glittner war bereits da und trat unruhig von einem Fuß auf den anderen. Er erkannte Hans Allemeyer an seinem schleppenden Schritt und ging ihm entgegen.

Allemeyer streckte die Hand zur Begrüßung aus. »Schön, dass du kommen konntest.«

»Gibt es etwas Neues von den Visa? Wann können wir fahren?«

»Wir müssen uns noch etwas gedulden. Der Kontaktmann meines Onkels in der Botschaft ist derzeit nicht zu erreichen. Möglicherweise trifft er ihn in der nächsten Woche.«

»Wir warten schon so lange. Meinst du, dein Verwandter will uns hinhalten?«

»Das denke ich nicht. Welchen Grund sollte er haben?«

»Wir wissen zu viel.«

»Na und? Außerdem wäre das eher ein Anlass, uns loszuwerden. Nein, er möchte uns wirklich helfen. Schließlich haben wir ja so einiges für ihn getan.«

»Hoffentlich liegst du da richtig.«

»Wenn du ihm misstraust, müsstest du auch mir misstrauen. Letztendlich sind wir eine Familie.«

Glittner lachte auf. »Blut ist dicker als Wasser? Daran glaubst du doch selbst nicht.«

Sie näherten sich einer Wegkreuzung, die von Büschen gesäumt war. Kurz bevor sie diese erreichten, bogen zwei Polizisten um die Ecke und kamen zielstrebig auf sie zu. Einer der beiden blau Uniformierten schob diensteifrig seinen Tschako gerade.

»Wenn die uns kontrollieren, bleib bloß ruhig«, raunte Allemeyer seinem Kumpan zu.

»Aber unsere Papiere …«

»Halt die Klappe«, flüsterte Allemeyer nur.

Eine Minute später war es so weit. Die beiden Polizisten blieben stehen, legten die Hand an ihre Kopfbedeckung und grüßten.

»Die Papiere bitte«, forderte der ältere der beiden Beamten.

»Liegt etwas an, Herr Wachtmeister?«, fragte Allemeyer gelassen, während er in seiner Jackentasche suchte. »Scheißwetter, nicht wahr?« Dann zog er seinen Ausweis hervor und reichte ihn den Polizisten. Glittner tat es ihm gleich.

»Routinekontrolle«, grummelte einer der Beamten. »Was tun Sie um diese Zeit hier im Park? Es ist gerade acht Uhr morgens.«

Der Regen war stärker geworden und fiel in dicken Tropfen vom Himmel. Allemeyer, der im Gegensatz zu Glittner keinen Hut trug, klappte den Jackenkragen höher. Auch den Polizisten tropfte Wasser von den Tschakos auf die Uniformmäntel, lief herunter, hinterließ auf dem Boden einen deutlich sichtbaren blauen Schimmer.

»Noch immer keine neuen?«, versuchte Allemeyer einen Themenwechsel und zeigte auf das blau gefärbte Wasser. »Ich dachte, die von den Briten umgefärbten Uniformen wären schon längst aus dem Verkehr gezogen worden?«

»Das wird schrittweise gemacht«, antwortete der Polizist und gab Allemeyer seinen Ausweis zurück. »Sie schulden mir noch eine Antwort auf meine Frage.«

»Wir gehen spazieren.«

»Jetzt?«

»Ja. Wann ist es denn so weit mit der Umstellung? Das ist doch kein Zustand, wie Sie ausgestattet sind.«

Jetzt erhielt auch Glittner seine Papiere zurück.

»Da haben Sie allerdings recht«, lachte der andere Beamte. »Aber was sollen wir machen? Es geht halt alles nicht so schnell, wie wir uns das manchmal wünschen.«

Nun lächelte auch der Ältere. »Auf Wiedersehen, meine Herren. Und für Ihren nächsten Spaziergang suchen Sie sich besseres Wetter aus.«

»Machen wir.«

Zum Abschied tippten die Polizisten erneut an die Tschakos.

»Du hast vielleicht Nerven«, meinte Glittner erleichtert, als sie die Überprüfung hinter sich hatten. Er schaute bewundernd zu Allemeyer hinüber. »Quatschst die einfach auf ihre Uniformen an.«

»War doch gut so. Hat sie auf andere Gedanken gebracht, oder?«

Sie gingen weiter.

»Da ist noch etwas«, nahm Allemeyer ihr Gespräch wieder auf. »Mein Onkel möchte, dass wir ihm einen Gefallen tun.«

»Welchen?«

Allemeyer sagte es ihm.

»Eigentlich wollte ich mit solchen Sachen nichts mehr zu tun haben.«

»Du willst immer noch nach Argentinien, oder?«, fragte Allemeyer kalt.

»Ja, natürlich. Aber …«

»Gut. Dann hilf mir.«

Glittner dachte einen Moment nach. »Einverstanden. Aber dann will ich das Visum.«

27

Mittwoch, 4. Oktober 1950

Der Familienfrieden war halbwegs wiederhergestellt, nachdem sich Peter Goldstein bei seiner Frau und – etwas halbherziger – bei seinem Schwiegervater entschuldigt hatte. Der Montagabend war deshalb in gespannter, dennoch friedfertiger Atmosphäre verlaufen. Das lag nicht zuletzt auch daran, dass Lisbeth einen Schweinebraten zum Abendessen servierte, ein Vergnügen, das sich die Familie sonst nur an Wochenenden gönnte. Der Braten sei, so erklärte Lisbeth vergnügt, günstiger gewesen als üblich. Endlich sei alles verfügbar, vorausgesetzt natürlich, man besitze das nötige Kleingeld.

Goldstein hatte sich schon länger gefragt, warum nur wenige Tage nach der Währungsreform die Läden voller Waren aller Art gewesen waren. Augenscheinlich hatten die Inhaber die Güter damals gehortet und erzielten nun das Geschäft ihres Lebens. Zwar hatten die Bewohner der Westzonen denselben Betrag als Erstausstattung erhalten, da aber die Sparvermögen nicht eins zu eins ausgeglichen, sondern abgewertet wurden, waren Besitzer von Immobilien und anderer Sachwerte die klaren Gewinner der Umstellung. Manche waren eben gleicher.

Und nach der Abschaffung der Lebensmittelmarken im letzten Mai konnten die Kunden auf einen Schlag auch diejenigen Güter des täglichen Bedarfs wieder kaufen, die nur einen Tag vorher noch rationiert worden waren.

Am Mittwochmorgen machte sich Peter Goldstein auf den Weg zum Entnazifizierungs-Grundausschuss. Er wollte dort die Aussage Heinz Breitschneiders überprüfen, um festzustellen, wer den Mann für einen Persilschein bezahlt hatte. Über diesen Auftraggeber erhielt er möglicherweise den Namen des Polizisten, der bei diesem Geschäft mitgeholfen und vermutlich mitverdient hatte.

Bestechliche Beamten widerten ihn an. Sie hatten im Polizeidienst nichts zu suchen.

Die Sekretärin des Ausschussvorsitzenden verweigerte ihm zunächst ein Treffen mit ihrem Vorgesetzten. Er sei zu beschäftigt. Sie bot Goldstein einen Termin in drei Tagen an. Der Hauptkommissar wusste, dass er die Angestellte nicht unter Druck setzen konnte. Schließlich war er aus eigenem Antrieb hier. Einen Auftrag hatte er nicht, geschweige denn gab es irgendeinen Zusammenhang zu dem Fall, an dem er arbeitete. Also versuchte er es mit Süßholzraspeln und bewegte die Vorzimmerdame so dazu, ihn bei ihrem Chef anzumelden.

Der Vorsitzende des Ausschusses erhob sich, als der Polizist das Büro betrat.

»Ich kenne Ihren Schwiegervater«, begann er, nachdem er Goldstein einen Platz angeboten hatte. »Er war Betriebsratsvorsitzender auf Teutoburgia, als ich dort als junger Schlepper anlegte. Lange her. Guter Mann, wirklich. Hat sich immer für seine Kollegen eingesetzt. Ein Sozialdemokrat der alten Schule. Wie geht es ihm?«

»Gut. Danke.«

»Wie alt ist er jetzt? Er muss doch sicher weit in den Siebzigern sein, oder?«

»Zweiundsiebzig.«

»Lag ich ja nicht so falsch. Ich habe ihn das letzte Mal bei der Maifeier gesehen. Bestellen Sie ihm meine besten Wünsche.«

»Das werde ich tun.«

»Also, was führt Sie zu mir?«

Goldstein erzählte ihm die Geschichte Breitschneiders.

»Sie glauben, der Zeuge wurde für seine Aussage bezahlt?«, fragte der Vorsitzende ungläubig.

»Wäre das so ungewöhnlich?«, erwiderte der Kommissar.

»Na ja, die Regel ist es nicht. Gut, es kommt vor, dass diejenigen, die vor den Ausschuss zitiert werden, sich gegenseitig bescheinigen, nie Nazis gewesen zu sein. Sie kennen doch sicher den Spruch: *Und als man sie dann wiederfand* ...«

»Ja.«

»Wenn wir so etwas bemerken, nehmen wir uns die jeweiligen Personen richtig vor. Ein gekaufter Persilschein?« Er schüttelte den Kopf. »Mir ist das noch nicht untergekommen. Außerdem erinnere ich mich an die Aussage dieses Breitschneiders. Ich habe in der Versammlung selbst den Vorsitz geführt. Der Mann ist glaubwürdig. Er hat im KZ gesessen, daran besteht kein Zweifel. Möglich wäre es natürlich trotzdem.«

»Könnte ich das Protokoll dieser Verhandlung einsehen?«

»Sicher haben Sie einen richterlichen Beschluss?«

»Nein, bis jetzt nicht.«

»Dann tut es mir wirklich leid.«

»Können Sie mir denn wenigstens sagen, zu wessen Gunsten Breitschneider aussagte?«

Der Vorsitzende wiegte abschätzend den Kopf. »Eigentlich sind die Sitzungen ja vertraulich. Aber ich denke, dass ich in diesem Fall eine Ausnahme machen kann. Verhandelt haben wir gegen Wieland Trasse. Sagt Ihnen der Name etwas?«

»Trasse? Der Kaufhausbesitzer?«

»Genau der.«

»Und das Ergebnis Ihrer Untersuchung?«

Sein Gegenüber seufzte. »Sie sind ziemlich hartnäckig. Er wurde als ›minderbelastet‹ eingestuft. Einer von vielen.«

Goldstein stand auf und reichte dem Mann zum Abschied die Hand. »Danke sehr. Sie haben mir wirklich geholfen.«

»Gern geschehen. Und, wie gesagt, grüßen Sie Ihren Schwiegervater von mir.«

Nach seiner Rückkehr ins Büro griff Goldstein zum Telefon. Er wollte Saborski über sein Gespräch mit Eleonore Breitschneider und dem Ausschussvorsitzenden informieren. Der Kriminalrat musste erfahren, dass sie möglicherweise einen korrupten Polizisten in ihren Reihen hatten. Zwar hielt Goldstein Saborski für einen skrupellosen Opportunisten, Korruption traute er seinem Chef jedoch nicht zu.

Nachdem Goldstein Saborski von seinem Verdacht berichtet hatte, fiel dessen Reaktion allerdings ganz anders aus, als von ihm erwartet.

Für einen Moment war es still in der Telefonleitung. Dann fragte Saborski mit eisiger Stimme: »Wie kommen Sie dazu, diese Breitschneider aufzusuchen? Hatte ich nicht Markowsky damit betraut?«

Goldstein erklärte, warum sein Kollege verhindert gewesen war.

»Ein Baumhaus? Sind wir denn hier im Kindergarten? Das ist keine Entschuldigung, sondern eine dumme Ausrede! Markowsky muss mit Konsequenzen rechnen. Das können Sie ihm ausrichten. Und was Sie angeht«, Saborski machte eine bedrohliche Pause. »Ihr Handeln stellt eindeutig eine Pflichtverletzung dar. Sie haben bei dem Ausschussvorsitzenden Auskünfte eingeholt, ohne nur im Geringsten legitimiert gewesen zu sein. Wer hat Ihnen den Auftrag erteilt?«

»Ich dachte …«

»Sie dachten? Falsch gedacht, Herr Hauptkommissar. Kümmern Sie sich um den Fall Lahmer. Oder wie immer der Tote heißen mag. Und sehen Sie zu, dass der flüchtige Tatverdächtige nicht länger frei herumläuft. Das ist Ihre Aufgabe!« Saborskis Stimme wurde gefährlich leise. »Stattdessen schnüffeln Sie angesehenen Bürgern unserer Stadt hinterher. Sie unterlassen zukünftig offene oder verdeckte Ermittlungen in diese Richtung. Ein Besoffener, der sich von einem Zug überrollen lässt, hat mit Ihrem Untersuchungsgegenstand nichts, aber auch gar nichts zu tun. Haben Sie mich verstanden, Herr Hauptkommissar?«

Als sein Untergebener nicht sofort antwortete, schrie der Kriminalrat plötzlich los: »Ob Sie mich verstanden haben, will ich wissen!«

»Ja, Herr Kriminalrat«, erwiderte Goldstein konsterniert. »Jedes Wort.«

Saborski knallte den Hörer auf die Gabel.

Irritiert griff Goldstein nach der Eingangspost und blätterte sie oberflächlich durch. Nichts Besonderes. Dann hielt er inne. Weshalb dieser Wutausbruch seines Vorgesetzten? Natürlich wusste er, dass sich Wieland Trasse und Wilfried Saborski kannten. Das war nicht weiter verwunderlich. Männer in dieser Position liefen sich im geschäftlichen wie gesellschaftlichen Leben immer wieder über den Weg. Sie tauschten bei Empfängen und Feiern Belanglosigkeiten aus und grüßten sich, wenn sie einander auf der Straße begegneten. Dem Hauptkommissar war klar, dass er seine Kompetenzen sehr weit strapaziert hatte, als er den Ausschussvorsitzenden aufgesucht und um Auskunft gebeten hatte. Aber konnte das allein der Grund für den Wutanfall des Kriminalrats sein? Und warum war Saborski mit keinem Wort auf Goldsteins Verdacht über einen korrupten Polizisten eingegangen?

Sein Blick fiel auf das Bild seiner Frau, das auf seinem Schreibtisch stand. Beinahe hätte er ihren Geburtstag vergessen. Er hatte kein Geschenk und nur noch wenig Zeit. Vor allem durfte er es nicht wie im letzten Jahr versäumen, ihr am Morgen ihres Geburtstages zu gratulieren. Seine Gedankenlosigkeit hatte sie verletzt. Und nach den Auseinandersetzungen in den letzten Wochen ... Er schwor sich, in den nächsten Tagen auf dem Nachhauseweg ein Präsent zu besorgen.

Goldstein griff wieder zu dem Poststapel. Das meiste hatte Zeit und konnte liegen bleiben. Nur eines der Schreiben interessierte ihn. Es kam von der Wehrmachtsauskunftsstelle, kurz WASt.

Der Hauptkommissar hatte das Soldbuch Lahmers unmittelbar nach der Durchsuchung von dessen Wohnung an die WASt zur Überprüfung geschickt. So schnell jedoch hatte er nicht mit einer Antwort gerechnet. Üblicherweise dauerte so etwas Monate und nicht Tage. Egal. Hoffentlich half ihm die Auskunft weiter.

Entschlossen schlitzte er das Schreiben der WASt auf und begann zu lesen. Eigentlich nichts Neues, all das stand schon im Soldbuch. Interessant war allerdings der kurze Brief, den der Sachbearbeiter handschriftlich zusätzlich verfasst hatte.

Wie aus dem Soldbuch hervorgeht, war Major Knut Lahmer Angehöriger der Geheimen Feldpolizei. Die diesbezügliche Einheit war dem Nachschubstab z.b.V. 365 zugeteilt, der ein großes Materiallager in der Nähe von Lemberg verwaltete. Angeschlossen war ein geheimes Depot, in dem Kunstgegenstände polnischer Juden, Adeliger und Industrieller gesammelt und von dort ins Reich verbracht wurden. Die SS und die Geheime Feldpolizei beaufsichtigten das Geheimlager. Die Vermutung liegt nahe, dass auch Major Lahmer an dieser Stelle eingesetzt war. Die meis-

ten Angehörigen dieser Dienststelle stehen unter dem Verdacht, Kriegsverbrechen begangen zu haben. Wenn Sie nähere Auskünfte über den Verbleib Major Lahmers haben, bitten wir Sie, die zuständige Staatsanwaltschaft einzuschalten.

Ein Depot mit Kunstgegenständen? Jüdischer Schmuck? Aus Polen geraubt und über Lemberg versandt?

Schlagartig kehrte seine Erinnerung zurück. Es war 1943 gewesen. Die Holzkisten im Keller von Frau Munder, der Tochter Wieland Trasses. Darin eindeutig Hehlerware: siebenarmige Goldleuchter, Goldschmuck und vieles mehr. Sein damaliger Verdacht, auch Trasse selbst könnte in diese Geschäfte verwickelt sein. Die Vertuschung der Vorfälle durch Kriminalrat Saborski. Und sein eigenes Schweigen.

Es musste eine Verbindung zwischen Trasse, Lahmer und Müller geben! Kurz entschlossen griff er zum Telefonhörer und wählte die Nummer, die auf dem Briefbogen der WASt stand. Es dauerte einen Moment, dann war er mit dem Sachbearbeiter verbunden, der ihm die Auskunft erteilt hatte.

Goldstein bedankte sich zunächst für die schnelle Reaktion.

»Das war kein Problem. Uns lag ohnehin eine Anfrage der Staatsanwaltschaft vor, die sich mit der Tätigkeit dieser militärischen Einheit in dem Lemberger Lager beschäftigt. Wir sind derzeit dabei, die Akten nach denjenigen zu durchforsten, die dort gedient haben.«

»Ich ermittle in dem Mordfall an Major Lahmer. Der Täter ist flüchtig. Das ist auch der Grund meines Anrufs. Es kann sein, dass ich mich irre, aber ich habe so ein Gefühl, dass sich Täter und Opfer schon länger kannten. Aus dem Krieg, möglicherweise waren sie in Lemberg stationiert. Können Sie das nachprüfen?«

»Sofern Ihr Gesuchter von uns namentlich bereits identifiziert wurde, ja.«

»Er heißt Wolfgang Müller.«

»Ein nicht gerade seltener Name.«

»Leider nein.«

»Gedulden Sie sich bitte einen Moment. Ich werde sehen, was sich machen lässt.«

Nach ewigen fünf Minuten kam der Mann wieder ans Telefon. »Wir haben hier einen Wolfgang Müller. SS-Sturmbannführer. Er wurde einen Monat später als Lahmer nach Lemberg versetzt und leitete mit ihm gemeinsam die Verwaltung des Depots mit der Kriegsbeute. Gegen beide läuft ein Vorermittlungsverfahren der Staatsanwaltschaft Frankfurt. Nun ja, gegen den einen jetzt wohl nicht mehr.«

»Wie alt ist er?«

»Müller wurde am 3. Dezember 1910 geboren.«

Demnach wäre er jetzt fast vierzig Jahre alt. Das könnte passen. Goldstein klopfte sich im Geist auf die Schulter – er schien seinen Mann gefunden zu haben. War der Kaufhausbesitzer das Bindeglied zwischen Opfer und Täter? War er möglicherweise selbst in den Mord verstrickt?

»Vielen Dank. Sie haben mir sehr geholfen.«

Der Hauptkommissar atmete tief durch. Es war an der Zeit, Wieland Trasse einen Besuch abzustatten. Und es widersprach auch nicht den Anweisungen seines Vorgesetzten. Er sollte sich ausschließlich um den Fall Lahmer kümmern – genau das hatte er vor, dachte er listig.

28

Mittwoch, 4. Oktober 1950

Konrad Müller hatte einen guten Beobachtungsposten gefunden: Ungefähr hundert Meter vom Hoteleingang entfernt stand auf der gegenüberliegenden Straßenseite eine Holzbank, eingerahmt von zwei Büschen. Von dort konnte er überblicken, wer das Hotel betrat oder verließ und wurde selbst nicht gesehen. Der Bewuchs bot ausreichend Deckung. Trotzdem verbarg Müller seinen Kopf hinter einer Tageszeitung und lugte nur über deren oberen Rand. Von Zeit zu Zeit erhob er sich und spazierte einige Schritte auf und ab, um zu verhindern, dass seine Beine einschliefen. Länger als drei Stunden täglich verbrachte er nicht auf seinem Posten, es war zu auffällig, den ganzen Tag auf dieser Bank herumzulungern.

Müller überflog gerade zum wiederholten Mal einen Artikel im Sportteil, als Pauly auftauchte. Der Richter trug trotz der milden Witterung einen tief ins Gesicht gezogenen Hut und einen weiten, etwas zu großen Wintermantel, dessen Kragen er hochgeschlagen hatte. Er ging langsam an Müller vorbei, den er keines Blickes würdigte.

Dem jungen Mann stockte der Atem. Pauly kannte ihn nicht, daher drohte ihm keine Gefahr. Es war das überraschende Auftauchen des Richters, welches ihn so aus der Fassung brachte. Monatelang hatte er sich ausgemalt, was er tun würde, wenn er Pauly gefunden hätte und wie der alte Nazi für seine Verbrechen würde büßen müssen. Hunderte Alternativen hatte er in Gedanken durchgespielt. In seinen Fantasien wurde Pauly erstochen, erschossen oder gehenkt. Und er stand als Racheengel daneben und schleuderte ihm die letzten Worte an den Kopf, die er in seinem Leben hören würde: *Das ist für meinen Vater!*

Und plötzlich war dieser Mörder nur eine Armlänge von ihm entfernt und er saß wie versteinert da, lauschte seinem pochenden Herzschlag und versuchte, seine Nerven zu beruhigen.

Pauly blieb stehen, zündete eine Zigarette an und stieß den Rauch aus. Dabei musterte er das Hotelgebäude. Langsam ging er weiter, bis er das Tor zum Hotelhof erreicht hatte. Er öffnete es, warf einen schnellen Blick über die Schulter und verschwand in der Einfahrt.

Müllers Gedanken überschlugen sich – sollte er ihm folgen? Hastig wog er das Für und Wider ab, bevor er sich jedoch zu einem Entschluss durchgerungen hatte, erschien Pauly wieder auf der Bildfläche und schaute, immer noch rauchend, die Hotelfassade hoch. Dann schnippte er die Kippe auf den Boden, zertrat sie und betrat das Hotel.

Handlungsunfähig beobachtete der junge Mann das Geschehen. Wohnte Pauly auch dort? Oder wollte er lediglich Müller aufsuchen? Und was sollte er jetzt tun?

Erneut nahm ihm der Richter die Entscheidung ab. Nur wenige Minuten, nachdem er in das Gebäude gegangen war, kehrte er zurück. Pauly marschierte nun schnellen Schrittes den Weg, auf dem er gekommen war, in Richtung Bahnhof.

Konrad Müller befreite sich aus seiner Erstarrung und folgte ihm in gebührendem Abstand.

Es war kurz vor fünf Uhr nachmittags. Der Feierabendverkehr hatte eingesetzt, entsprechend voll war es in der Bahnhofshalle und vor den Fahrkartenschaltern. In der Menge würde es nicht auffallen, wenn er dem Richter dicht auf die Pelle rückte. So stand er in einer der Schlangen und lauschte, welches Reiseziel Pauly angab. Dann war er an der Reihe und löste ebenfalls eine Fahrkarte nach Herne.

Der Zug war überfüllt und Konrad Müller musste stehen. Er blieb in der Nähe des Ausgangs, von dem aus er Pauly gut im Auge behalten konnte.

In Herne verließen sie gemeinsam mit mehreren Dutzend anderen Fahrgästen den Zug. Pauly durchquerte die Halle und sprintete plötzlich los. Er hat mich entdeckt, schoss es Müller durch den Kopf. Aber dann sah er, wie andere ebenfalls auf die wartende Straßenbahn auf dem Bahnhofsvorplatz zuliefen. Müller nahm die Beine in die Hand und erreichte die Bahn gerade noch rechtzeitig, mit einem Ruck schlossen sich hinter ihm die Türen. Rumpelnd setzte sich die Elektrische in Bewegung. Erneut fand Müller keinen Sitzplatz und blieb am hinteren Eingang stehen.

Kurz darauf erschien der Fahrkartenkontrolleur. Müller griff zur Geldbörse.

»Wohin?«, fragte der Mann gelangweilt.

Müller erschrak. In der Hektik hatte er nicht darauf geachtet, wohin die Bahn fuhr. Er versuchte es mit einem Schuss ins Blaue. »Bochum?«

»Und wohin in Bochum?«, wollte der Kontrolleur nun wissen.

»Bis zur Endstation.«

»Hauptbahnhof?«

»Ja, bitte.«

So weit musste er jedoch nicht fahren. Auf Höhe des Zechenbahnhofs der Gewerkschaft Constantin verließen Pauly und mit ihm einige andere Männer die Straßenbahn. Als Letzter sprang Müller aus dem Waggon. Pauly wandte sich nach Norden und verschwand nach wenigen Metern in einer Schrebergartensiedlung an der Straße, die nach Bochum führte.

Konrad Müller war auf der Hut. Weit und breit waren keine anderen Passanten zu sehen. Wenn Pauly sich zufällig umdrehte, musste er Müller unweigerlich entdecken. Also schlenderte der junge Mann an dem Eingang zu den Schrebergärten vorbei, wartete einen Moment und kehrte dann dorthin zurück. Er sah gerade noch, wie Pauly von dem Weg abbog und sich in einen der Gärten verdünnisierte. Kurz darauf hörte er das Schlagen einer Tür. Dann war Ruhe.

Eine Hecke als Deckung nutzend, schlich Müller in die Nähe des Grundstücks und sondierte die Lage. Von

Pauly war nichts zu sehen. Jedoch quoll plötzlich dunkler Rauch aus dem Schornstein des kleinen Gartenhauses. So wie es aussah, wohnte der Richter in der Schrebergartenkolonie.

29

Donnerstag, 5. Oktober 1950

Goldstein zog am Morgen des nächsten Tages ein Blatt Papier aus seiner Schreibtischschublade und nahm den Füllfederhalter zur Hand. Dann begann er in kurzen Sätzen aufzuschreiben, welche Fragen sich ihm in dieser Ermittlung stellten: *Welche Verbindung besteht zwischen Trasse, Lahmer und Müller?*

Inwiefern sind Johann Bos und Paul Krönert in den Fall verwickelt?

Wie ist ihre Beziehung zu Schönberger?

Warum hatte Lahmer zwei Wohnungen?

Wer hat das Bankschließfach des Toten leer geräumt?

Von wem stammen die Fingerabdrücke auf der Kassette und die gefälschte Unterschrift?

Wer ist in die Wohnung Lahmers eingebrochen? Und warum?

Hat Lahmer einen Erpressungsversuch unternommen und musste deshalb sterben?

War Lahmer in den Raubüberfall auf den Geldboten des Kaufhauses involviert? Seine Waffe wurde bei dieser Tat eingesetzt. Wer war der Bote?

Die letzte Frage unterstrich Goldstein mehrmals. Dann schrieb er: *Kann ich Saborski und Schönberger trauen???*

Wieder mehrere Unterstreichungen.

Nachdenklich las der Hauptkommissar erneut seine Notizen. Dann faltete er das Blatt zusammen, steckte es in seine Jackentasche und griff zum Telefonhörer.

Sein Kollege Markowsky meldete sich sofort.

»Bevor ich dich erneut belästige: Saborski hat mich wegen der Sache mit Breitschneider ziemlich fertiggemacht. Hat er dich auch schon in der Mangel gehabt?«

»Ja. Aber war halb so wild. Er hat etwas von Dienstvergehen gebrüllt, sich dann aber wieder beruhigt. Da kommt nichts mehr.«

»Gott sei Dank. Also, ich habe schon wieder ein Anliegen.«

»Schieß los.«

»Du hast mir erzählt, die Pistole Lahmers sei bei dem Raubüberfall im Oktober letzten Jahres eingesetzt worden.«

»Ja. Wir haben einen Schusstest unternommen und die Projektile verglichen. Beide sind eindeutig identisch.«

»Kannst du mir sagen, wer der Geldbote war? Ich möchte es mir ersparen, die Akte auf dem offiziellen Dienstweg anzufordern.«

»Das würde dir auch gar nicht gelingen. Der Fall ist noch nicht abgeschlossen. Außerdem liegt sie gerade auf meinem Schreibtisch. Einen Moment. Ich sehe nach.«

Goldstein hörte einen dumpfen Knall, dann leises Fluchen. Schließlich war Markowsky wieder am Apparat. »Heute geht wirklich alles schief. Der ganze Aktenstapel ist umgekippt. Aber hier hab ich es. Der Mann heißt Hans Allemeyer.«

»Ein Angestellter des Kaufhauses?«

»Ja.«

»Ist er noch dort beschäftigt?«

»Das kann ich dir leider nicht sagen. War's das?«

»Ja ... Nein warte. Welche Verletzung hat der Bote erlitten?«

Erneut das Geräusch blätternder Seiten.

»Einen Steckschuss. Rechter Fuß.«

Goldstein bedankte sich und beendete das Gespräch. DerSache musste er nachgehen.

Zu seiner Überraschung griff die Vorzimmerdame direkt zumTelefon und meldete den Hauptkommissar bei ihrem Chef an. Danach führte sie ihn in sein Büro.

Wieland Trasse erhob sich hinter seinem Schreibtisch und kam Goldstein mit ausgestreckter Hand entgegen. »Herr Hauptkommissar Goldstein. Ich freue mich, Sie endlich kennenzulernen.«

Goldsteins Erstaunen wuchs. Trasse tat so, als habe er dieser Unterredung geradezu entgegengefiebert.

»Bitte nehmen Sie doch Platz.« Er wies auf eine Sitzgruppe am Fenster. »Kaffee?«

Als Goldstein Zucker in eine Tasse mit Goldrand rührte, fragte der Kaufhausbesitzer zuvorkommend: »Was kann ich für Sie tun?«

»Es geht um einen Ihrer Mitarbeiter. Wolfgang Müller. Wir suchen ihn wegen Mordes.«

»Müller ein Mörder? Ausgeschlossen.«

»Warum sind Sie da so sicher?«

»Ich kenne den Mann. Er hat bei uns gearbeitet, seit wir das Kaufhaus nach dem Krieg wieder eröffnet haben. Er ist zuverlässig. Fleißig. Ein idealer Angestellter.« Trasse griff zum Telefon auf dem Konferenztisch. »Ich lasse mir eben seine Personalakte bringen.«

Kurz darauf überreichte ihm seine Sekretärin das Gewünschte. Trasse blätterte in den Unterlagen. »Keine Fehlzeit in fast fünf Jahren. Immer pünktlich.« Er stutzte. »Das ist ja sonderbar. Müller fehlt schon die ganze Woche unentschuldigt.« Sein erstaunter Gesichtsausdruck sprach Bände. »Sie sagten, dass Sie ihn suchen?«

»Ja.«

»Seit wann? Oder ist das ein Amtsgeheimnis?«, setzte er schnell hinzu. »Dann selbstverständlich ...«

»Nein«, erwiderte der Kommissar. »Diese Information ist zwar nicht gerade für die Öffentlichkeit bestimmt, aber geheim ist sie nun nicht. Müller ist seit Samstag flüchtig.«

»Seit Samstag«, wiederholte Trasse und rieb sich das Kinn. »Am Montag ist er nicht zur Arbeit erschienen. Sieht so aus, als ob ich mich in dem Mann getäuscht habe.«

»Welche Aufgabe hat er in Ihrem Kaufhaus übernommen?«

»Er ist im Einkauf tätig. Lagerhaltung und so etwas.«

»Wussten Sie, dass er bei der SS war?«

»Herr Hauptkommissar, das waren viele. Auch ich habe gerade ein Verfahren vor dem Entnazifizierungs-Grundausschuss hinter mich gebracht. Obwohl ich nie SS-Mitglied war. Auch kein Parteigenosse übrigens. Aus der Verhandlung mache ich kein Hehl. Und ich vermute, dass Sie als Polizist, der nach 1933 im Dienst geblieben ist, ebenso befragt wurden.«

Als Goldstein schwieg, lachte Trasse auf. »Ich sehe Ihnen an, dass ich recht habe. Wenn die Alliierten alle, die unter Hitler verantwortungsvolle Positionen innehatten, in Internierungslager gesteckt hätten, wäre doch alles zusammengebrochen. Ja, ich wusste, dass Müller SS-Offizier gewesen ist. Er war abgeordnet zu einem Nachschubbataillon irgendwo im Osten.«

»In Lemberg«, warf Goldstein ein.

»Lemberg? Sie sind ja gut informiert. Es wird wohl stimmen. Aber genau diese Tätigkeit war der Grund, warum ich ihn eingestellt habe. Ein Fachmann im Beschaffungswesen. Von seiner Erfahrung konnte ich beim Aufbau meiner Kaufhäuser profitieren.«

»Kennen Sie einen Knut Lahmer?«

»Nein. Den Namen habe ich nie gehört.«

»Wissen Sie, ob Müller Feinde hatte? Möglicherweise wegen seiner SS-Mitgliedschaft?«

»Herr Hauptkommissar, mich interessiert das Privatleben meiner Mitarbeiter nicht. Wenn sie ihre Arbeit ordentlich erledigen, ist es mir egal, was sie früher gemacht haben. Irgendwann muss Schluss sein mit diesen Verdächtigungen, meinen Sie nicht? Die meisten von uns haben doch nicht gewusst, was im Osten im Detail vorging.«

Goldstein schwieg. So ähnlich hatte er am Wochenende im Streit mit seinem Schwiegervater auch argumentiert. Fast identische Worte aus dem Mund eines Mannes zu hören, den er der Zusammenarbeit mit Kriegsverbrechern verdächtigte, befremdete ihn.

»Nun, ich schweife ab. Nein, ich weiß nicht, ob Müller Feinde hat. So etwas können wir ja nie ausschließen, oder?« Er musterte Goldstein aufmerksam. »Noch einen Schluck Kaffee?«, fragte er dann.

»Nein, danke. Wahrscheinlich wissen Sie nicht, ob er im Betrieb Freunde hatte?«

»Nein. Aber da kann ich mich natürlich im Haus umhören.«

»Dafür wäre ich Ihnen dankbar. Sie erinnern sich sicher an den Raubüberfall auf einen Ihrer Geldboten vor einem Jahr?«

»Selbstverständlich.«

»Ist Hans Allemeyer noch bei Ihnen beschäftigt?«

»Nein. Nachdem er seine Verletzung auskuriert hatte, wollte er nicht mehr für uns arbeiten. Die Tätigkeit sei ihm zu gefährlich, hat er mir damals gesagt. Ich konnte es ihm nicht verdenken.«

»Haben Sie seine Anschrift?«

»Bestimmt wird in der Personalakte die Adresse vermerkt sein. Ob er jedoch noch unter ihr erreichbar ist …« Trasse zuckte mit den Schultern. »Mir hat er jedenfalls in unserem letzten Gespräch mitgeteilt, sein Wunsch sei es, auszuwandern. Ich glaube, er hat Kanada erwähnt. Aber ob er das realisiert hat, weiß ich selbstverständlich nicht. Meine Sekretärin wird Ihnen die Postanschrift Allemeyers aushändigen. Kann ich sonst noch etwas für Sie tun, Herr Hauptkommissar? Ich habe leider im Anschluss einen dringenden Termin. Sonst würde ich gerne noch etwas mit Ihnen plaudern.«

Als sie sich verabschiedeten, meinte Trasse: »Und grüßen Sie Ihren Vorgesetzten von mir.«

Der spöttische Unterton seiner Stimme war nicht zu überhören.

30

Donnerstag, 5. Oktober 1950

Die Luft in dem Separee war zum Schneiden. Johann Bos hielt seine Karten mit einer Hand, nuckelte an einer kubanischen Zigarre und stieß dicke Rauchschwaden aus. Seine andere Hand war tief im Ausschnitt einer höchstens Zwanzigjährigen verschwunden, die auf seinem Schoß saß und ihm den Nacken kraulte. Lässig warf er einen Zwanzigmarkschein auf den Tisch. »Zeig mal, was du hast.«

An der gegenüberliegenden Seite des Tisches setzte Heinz Schönberger sein breitestes Grinsen auf. Genüsslich blätterte er seine Karten hin. Drei Asse und zwei Könige. »Full House«, kommentierte er trocken.

Wütend schmiss Bos sein Blatt hin. »Was für ein Scheißspiel«, beschwerte er sich. »Warum konnten wir nicht beim Skat bleiben?«

»Weil man Skat nicht zu zweit spielen kann«, erklärte Schönberger und strich seinen Gewinn ein. Dann drehte er sich um und rief: »Oder will einer von euch mit uns Skat kloppen?«

Er bekam keine Antwort. Die restlichen Gäste waren mit Wichtigerem beschäftigt. Paul Krönerts Gesicht verschwand zwischen den Oberkörpern zweier Mädchen. Zwei weitere Männer vergnügten sich mit ihren Begleiterinnen auf den anderen Kanapees.

Es klopfte.

Schönberger brüllte: »Herein, wenn's nicht die Polente ist«, und amüsierte sich königlich über seinen Scherz.

Ein Kellner brachte neue Flaschen Sekt sowie einige Glas Bier.

»Alles auf meine Rechnung«, prahlte Schönberger und ließ den Korken der ersten Pulle knallen.

»So viel hast du auch noch nicht gewonnen«, knurrte Bos. »Warum lässt ausgerechnet du die Puppen tanzen? Du hast uns doch erst vor vierzehn Tagen an deinem Geburtstag eingeladen. Und jetzt schon wieder? Ihr müsst ja als Beamte verdammt gut verdienen.«

»Nee. Ich hab 'ne Prämie erhalten.«

»Prämie? Die Polizei zahlt Prämien? Das ist mir ja ganz neu.«

»Nicht von meinem Verein. Eher durch die Bundesbahn.«

»Wieso bekommst du von der Bahn eine Prämie?«

Schönberger hob das Glas. »Du musst nicht alles wissen, mein Lieber. Prosit, meine Herren. Entschuldigung: und meine Damen natürlich.« Er trank den Sektkelch in einem Zug aus und schüttelte sich scherzhaft. »Lecker, die Brause.« Direkt goss er nach.

Krönert zeigte kein Interesse an den Getränken, sondern bemühte sich, einem der Mädchen, die ihm Gesellschaft leisteten, die Bluse zu öffnen, was ihm nach einiger Anstrengung auch gelang. Danach machte er sich am Verschluss ihres Büstenhalters zu schaffen, scheiterte aber kläglich. Die Brünette begleitete seine Bemühungen mit quietschendem Kichern. Auch die zweite Dame neben ihm amüsierte sich sichtlich.

»Lass die Nutten in Ruhe und beweg dich zu mir an den Tisch«, rief Bos und scheuchte die blutjunge Frau von seinem Schoß. »Setz dich rüber zu deinen Freundinnen«, flüsterte er ihr ins Ohr. »Ich komme gleich nach.« Dann wandte er sich Schönberger zu, der seinen Gewinn zählte. »Das gilt auch für dich«, knurrte er.

»Du verjagst mich von meinem Platz?«, erwiderte der Polizist entgeistert.

»Ja«, lautete die knappe Antwort.

»Wieso? Ich ...«

»Jetzt verschwinde schon! Außerdem: Auch du musst nicht alles wissen.«

Am liebsten hätte Schönberger dem Lackaffen Bos seine Faust ins Gesicht geknallt, beließ es aber bei der Vorstellung. Vielleicht würde er den Kerl noch brauchen. Und Streit war mit Sicherheit nicht im Interesse seines Auftraggebers. Mit unterdrückter Wut sprang Schönberger deshalb auf und verzog sich beleidigt mit der vollen Sektflasche auf eines der Sofas im hinteren Teil des Zimmers. »Das wirst du bereuen«, zischte er leise.

Krönert hatte sich inzwischen widerwillig erhoben und sah bedauernd zu den beiden jungen Frauen hinunter, die ihre Blusen schlossen. »Ich bin gleich wieder da, meine Süßen«, säuselte er. Dann ging er zum Tisch.

Bos schob ihm einen Stuhl an seine linke Seite. »Setz dich. Wir haben etwas zu besprechen.«

Krönert nahm wie befohlen Platz und Bos goss sich nach.

Als Krönert sein Glas ebenfalls auffüllen wollte, fuhr Bos ihn an: »Lass das.«

»Warum?«

Bos senkte die Stimme. »Du musst morgen etwas erledigen. Der Chef hat mich eben angerufen. Er braucht die Unterlagen. Und die Waffe. Sofort. Und du sollst sie ihm besorgen.« Er schob einen Zettel über den Tisch. »Hier, das ist die Adresse.«

»Gibt es für *diese* Wohnung keinen Schlüssel?«

»Der Chef hat mir keinen gegeben.«

»Hast du nicht danach gefragt?«

»Das geht dich überhaupt nichts an!«, blaffte Bos. »Außerdem hast du ja den letzten schon verbaselt!«

Er hat sich nicht getraut, dachte Krönert und wechselte vorsichtshalber das Thema: »Und wie soll ich das nun anstellen?«

»Ist doch nicht dein erstes Mal! Du wartest, bis alles ruhig ist, gehst rein, suchst die Sachen und das war's.«

»Und wenn mich jemand stört?«

»Dann machst du die Fliege.« Bos griff zum Glas und trank einen Schluck. »Sollte das nicht klappen ...« Er bückte sich und schob Krönert eine Aktentasche zu. »Da drin findest du, was du für eine solche Situation benötigst.«

146

Krönert griff zur Tasche, öffnete sie und starrte hinein. »Was soll ich mit der Pistole?«

»Für den Fall der Fälle. Quasi zur Eigensicherung, wie unser Kollege von der Kripo sagen würde.« Er schaute kurz zu Schönberger, der sich mittlerweile mit einem der Mädchen, das sich eben noch um Krönert bemüht hatte, anzufreunden schien. »Aber kein Wort zu ihm.«

»Gehört er denn nicht zu uns?«

Bos lachte leise. »Einer von der Polizei? Spinnst du? Wir benötigen sie manchmal, und auch die brauchen uns von Zeit zu Zeit. Eine Hand wäscht die andere. Aber Polente bleibt Polente, egal, welche Kontakte Heinz hat. Auch wenn der Chef große Stücke auf ihn hält: Ich traue dem nicht von zwölf bis Mittag. So solltest du es auch halten. Also, denk dran und verplapper dich nicht.«

Krönert nickte.

»Nimm die Kleine mit, wenn du willst. Nur: heute Finger weg vom Alkohol. Du musst morgen einen klaren Kopf haben.« Bos klopfte Krönert auf die Schulter. »Es wäre doch wirklich schade, wenn dir etwas zustoßen würde, oder? Schließlich gehörst du ja zu uns.«

Sein Gesichtsausdruck jedoch sagte das Gegenteil.

31

Freitag, 6. Oktober 1950

Der Anruf erreichte Goldstein gegen zehn Uhr am Morgen. Die Kripo Gelsenkirchen meldete einen Toten in einem Hotel in der Innenstadt. Bei der Leiche war ein Ausweis auf den Namen Wolfgang Müller gefunden worden. Und auch die Beschreibung aus dem Fahndungsaufruf passte. Man werde den Tatort zunächst unverändert lassen, damit die Bochumer Kollegen ihn ebenfalls in Augenschein nehmen könnten. Voraussetzung sei allerdings, dass unverzüglich ein mit dem Fall Müller befasster Beamter dort erschiene.

Mit Blaulicht und Sirene ließ sich Goldstein vom Herner Präsidium zu dem Hotel in Gelsenkirchen kutschieren. Er wies sich bei den Polizisten aus, die den Zugang zum Gebäude sicherten, und einer von ihnen führte ihn in die zweite Etage des Hauses.

Im Gang warteten schon die Mitarbeiter eines Beerdigungsunternehmens auf die Freigabe der Leiche, um sie in das gerichtsmedizinische Institut zu bringen. Goldstein nickte den Männern zu und betrat das Hotelzimmer.

»Morgen«, grüßte er und hielt seinen Ausweis hoch. »Hauptkommissar Peter Goldstein. Kripo Herne.«

Einer der Beamten kam auf ihn zu. Er trug wie alle anderen Handschuhe. »HK Schwarz. Schön, dass Sie so schnell kommen konnten.« Er deutete auf den Toten. »Ist das Ihr Mann?«

»Darf ich?«

»Ja. Wir sind fast fertig mit der Spurensicherung. Eigentlich haben wir nur auf Sie gewartet.«

Der Herner Polizist trat näher an einen Stuhl heran, auf dem eine in sich zusammengesunkene Person im Schlafanzug saß. Dabei achtete er darauf, nicht in die Blutlache zu treten, die die Dielen bedeckte. Das Blut hatte eine braune Färbung angenommen und war an den Rändern der Lache bereits eingetrocknet.

Der Kopf des Toten war nach vorn gesunken, das Kinn ruhte auf dem Brustkorb. Mit dem süßlichen Geruch des Blutes mischte sich der Gestank menschlicher Exkremente. Goldstein ging um den Toten herum, bückte sich und sah in das Gesicht. Obwohl auf der linken Seite das Auge, die halbe Wange und Teile des Ohrs fehlten, erkannte er den Mann zweifelsfrei wieder. Es war Wolfgang Müller.

»Ja. Das ist der Gesuchte.«

Müllers rechter Arm hing schlaff an der Seite herunter, die Hand war leicht geöffnet. Blut war über den Arm und das Handgelenk gelaufen. Auf dem Boden darunter lag eine Pistole. Lauf und Griff waren verschmiert.

Goldstein richtete sich auf. »Selbstmord?«

»Sieht alles danach aus«, antwortete sein Gelsenkirchener Kollege. »Zumindest sind in diesem Zimmer keine Anhaltspunkte eines Kampfes festzustellen. Wenn Sie sich das Einschussloch genauer ansehen, werden sie den Schmauchhof erkennen. Ich tippe auf einen aufgesetzten Schuss in die rechte Schläfe, ausgeführt vom Opfer selbst.«

Goldstein schaute sich die Einschusswunde genauer an. »Ich sehe sehr viel getrocknetes Blut und Gewebeteile.«

»Und Schmauchspuren.«

»Ja, könnte sein.« Goldstein war nicht ganz überzeugt, wollte sich aber nicht auf eine Diskussion mit seinem Kollegen einlassen. Die gerichtsmedizinische Untersuchung würde Klarheit schaffen.

»Hat der Arzt sich schon auf einen Todeszeitpunkt festgelegt?«

»Das Opfer ist nicht länger als drei oder vier Stunden tot, meint er. Der Schuss fiel also zwischen fünf und sechs Uhr in der Früh. Auf jeden Fall hat der arme Teufel sich nicht mehr die Mühe gemacht, sich etwas anzuziehen, bevor er sich das Gehirn weggepustet hat.«

»Warum sollte er?«

»Haben Sie auch wieder recht. Obwohl, mir würde der Gedanke, nur im Schlafanzug gefunden zu werden, nicht gerade gefallen«, kicherte Schwarz.

Goldstein empfand diese Art von Humor angesichts eines Toten als unpassend und ging deshalb nicht darauf ein. Stattdessen fragte er: »Und die Patronenhülse?«

»Haben wir sichergestellt. Sie lag unter dem Fenster.«

»War das schon offen, als Sie kamen?«, erkundigte sich der Herner und sah hinaus. Schräg gegenüber des Hotels stand ein mehrstöckiges Wohnhaus. Aus einigen Fensteröffnungen beobachteten Bewohner interessiert den Polizeieinsatz.

»Ja. Aber das Zimmermädchen, das die Leiche entdeckt hat, kann nicht ausschließen, das Fenster selbst geöffnet zu haben. Der Gestank sei unerträglich gewesen, hat sie ausgesagt. Na ja, kann man ja verstehen.« Er rümpfte selbst die Nase. »Wirklich nicht sehr angenehm.«

»Sie weiß es nicht mehr?«, wunderte sich Goldstein.

»Nein. Die Arme war völlig aufgelöst. Schock, meint der Arzt. Wir haben sie ins Krankenhaus bringen lassen.«

»Gibt es Zeugen?«

»Bisher nicht. Es waren keine weiteren Gäste im Haus.«

»Hat denn niemand den Schuss mitbekommen?« Goldstein war erstaunt.

»Nein. Es gibt hier zwar eine Rezeption – Sie müssen daran vorbeigekommen sein –, aber der Mann, der hier tagsüber den Laden schmeißt, ist fast taub. Er hat weder etwas gehört noch gesehen. Außerdem war er zur fraglichen Zeit kurz einkaufen, hat er ausgesagt. Frische Brötchen für sein Frühstück. Morgens kämen ohnehin nie Gäste. Müller hatte für eine Woche im Voraus bezahlt, aber einen falschen Namen angegeben. Sie können sich gerne mit dem Mann unterhalten ... wobei: Unterhalten ist der falsche Begriff. Brüllen würde diese Art von Konversation eher beschreiben.«

Jetzt musste auch Goldstein schmunzeln. »Haben Sie sonst etwas gefunden?«

Schwarz nickte mit dem Kopf in Richtung des Schrankes. »Nur einen Rucksack. Darin der Ausweis und rund dreihundert Mark. Ein weiteres Indiz für eine Selbsttötung. Ein Raubmörder hätte diese Beute nicht zurückgelassen. Dann ein wenig Kleidung und noch ein interessantes Detail: Eine Perücke und ein künstlicher Bart lagen im Badezimmer. Das war es aber, Müller ist nicht mit großem Gepäck gereist.«

Wie auch, dachte Goldstein, wir haben ihm ja nicht viel Zeit zum Packen gelassen. Er ging zur Tür, blieb stehen und sah sich noch einmal um. Irgendwie erschien ihm dieser Selbstmord zu glatt, zu einfach. Warum, fragte er sich, flüchtete Müller erst erfolgreich vor der Polizei und schoss sich einige Tage später in einer Gelsenkirchener Absteige eine Kugel in den Schädel? Das passte doch nicht zusammen. Doch der Kommissar verschwieg seine Bedenken. Sollten die Kollegen in Ruhe ihre Arbeit tun. »Schicken Sie mir eine Durchschrift Ihres Ermittlungsberichtes?«

»Selbstverständlich.«

»Ach, in welche Gerichtsmedizin wird die Leiche gebracht? Bochum oder Essen?«

»Bochum.«

Das traf sich gut. Dort war Doktor Gerber medizinischer Leiter, mit ihm verband Goldstein etwas, das man fast Freundschaft nennen konnte. »Vielen Dank, dass Sie mich verständigt haben«, Goldstein hob zum Abschied grüßend die Hand. »Ich warte dann auf Ihre Ergebnisse.«

32

Freitag, 6. Oktober 1950

Der Mann beobachtete die Villa seit den frühen Morgenstunden, vor Sonnenaufgang hatte er Stellung bezogen. Und jetzt war es fast Mitternacht. Niemand hatte Licht eingeschaltet, das Haus betreten oder verlassen. Es schien sich keine Menschenseele darin aufzuhalten. Um sicherzugehen, schlenderte er zur Haustür, drückte beide Klingelknöpfe und wartete. Keine Reaktion.

Er sah sich um. Die Straße war menschenleer, darum umrundete er das Haus, um in den Garten zu gelangen.

Der Kies unter seinen Füßen knirschte leise. Nach wenigen Schritten stand er vor einem Törchen in einer kleinen Mauer, die den Vorgarten vom Rest des Grundstücks abgrenzte. Prüfend drückte er auf die Klinke des Tores. Natürlich verschlossen. Mit einem Satz sprang er darüber, bückte sich und lief geduckt zur Rückseite des Hauses.

Es war stockdunkel, das Licht der Straßenlaternen reichte nicht bis hier. Ihm konnte das nur recht sein. Er schlich weiter, bis er den Hintereingang fand. Einen kurzen Moment richtete er das schwache Licht seiner Taschenlampe auf das Schloss der Tür. Auf den ersten Blick erkannte er, dass es kein Problem für ihn darstellen würde.

Zunächst setzte er seinen Dietrich ein, den er aus der Innentasche seiner Jacke zog. Er handhabte das Instrument fast lautlos, jedoch ohne Erfolg. Gut. Dann eben aufbohren.

Er entledigte sich seines Rucksacks, öffnete ihn und holte einen kleinen, mechanischen Handbohrer daraus hervor. Tastend versicherte er sich, dass der Metallbohrer fest im Futter steckte. Er schaltete die Taschenlampe wieder ein, nahm sie in den Mund und beleuchtete den Türbeschlag. Schließlich setzte er den Bohrer an. Als er sicher war, den richtigen Angriffspunkt gefunden zu haben, knipste er die Leuchte wieder aus, drückte gegen den Bohrer und begann, an der Kurbel zu drehen. Mit einem leisen Surren fraß sich die Bohrspitze in den Stahl. Es dauerte nicht lange, dann war der Schließzylinder zerstört.

Der Einbrecher griff zu einem Schraubendreher und einem Hammer. Nach zwei, drei Schlägen fiel der Zylinder im Hausinnern klirrend auf den Boden.

Der Mann verharrte lauschend. Alles blieb ruhig.

Er führte das Werkzeug in die Öffnung und mit einem Klicken sprang die Tür auf. Die ganze Prozedur hatte keine fünf Minuten gedauert.

Nachdem er sein Werkzeug im Rucksack verstaut hatte, huschte er ins Haus. Die erste Hürde war genommen.

Vorsichtig schlich er die Treppe hinauf. Einige der Stufen knarrten. Er wusste, dass das Schloss der Wohnungstür nicht so viel Widerstand leisten würde. Und er behielt recht: Sekunden später zog er in der Wohnung die Vorhänge zu. Dann begann er mit der Suche.

Systematisch öffnete er alle Schränke, Schubladen und Koffer. Er sah in jede Blumenvase, jeden Karton, jeden Topf. Er durchsuchte die Kleidung, riss das Futter heraus und tastete das Innere ab. Jedes Kissen und jede Matratze wurde von ihm aufgeschlitzt. Die Teppiche hob er an und rückte die Möbel so weit wie möglich beiseite. Er hängte die Bilder ab und schaute dahinter. Auch die Lampenschirme erfuhren eine Prüfung. Schließlich klopfte er die Wände ab, um einen versteckten Hohlraum aufzuspüren. Kurz: Der Einbrecher stellte die Wohnung auf den Kopf.

Nach dreistündiger, gründlicher Suche gab er auf. Das, was er suchte, war nicht hier. Und wenn doch, hatte es der Wohnungsinhaber so gut verborgen, dass er mehr Zeit benötigte. Viel mehr Zeit.

33

Samstag, 7. Oktober 1950

Peter Goldstein hatte sich an diesem Tag freigenommen, um das Präsent für Lisbeth zu kaufen. Unter einem Vorwand verließ er gegen neun Uhr das Haus und suchte Marianne Berger auf, seit Jahren die beste Freundin seiner Frau. Marianne wohnte ebenfalls in der Teutoburgia-Siedlung, zwei Straßen entfernt.

Nachdem sie ihm einen Kaffee eingeschenkt hatte, trug Goldstein sein Anliegen vor: »Morgen hat Lisbeth Geburtstag.«

»Ich weiß«, antwortete Marianne.

»Dummerweise habe ich noch kein Geschenk für sie.«

»Dann wird es aber Zeit.«

»Ich dachte, vielleicht könntest du mir helfen.«

»Das mache ich doch gerne.«

Goldstein war erleichtert.

»Was möchtest du wissen?«, fragte Marianne und rührte Zucker in ihren Kaffee.

»Ich zermartere mir schon seit Tagen den Kopf, mir fällt jedoch nichts ein, was ich ihr schenken könnte.«

»Wie wäre es mit einem Parfüm?«

»Daran habe ich auch schon gedacht. Aber ...« Er kratzte sich am Kopf. »Was gibt es da so?«

»Och, einiges. *Tosca, 4711, Marbert*, wobei letztere Firma eher Cremes herstellt.«

»Und wo bekomme ich das?«

»In Drogerien oder Kaufhäusern.«

»Was käme denn für Lisbeth infrage?«

155

Marianne Berger lachte auf. »Das solltest du schon selberwissen, findest du nicht? Was benutzt sie denn im Moment?«

»Keine Ahnung«, antwortete Goldstein zerknirscht.

Mariannes Lachen wurde noch lauter. »Männer!«

»Ich dachte, du wüsstest, was sie sich wünscht.«

Lisbeths Freundin überlegte kurz. »Ich hab's. Nylonstrümpfe. Sie hat mir kürzlich erzählt, dass sie sich einen neuen Strumpfhalter gekauft hat. Und jetzt fehlen ihr die passenden Strümpfe.« Sie sah Goldstein an und wieder erklang ihr Gekicher. »Du wirst ja rot. Was ist denn dabei, dass sich eine Frau solche Dessous kauft?«

»Sie ist Mitte vierzig.«

»Na und? Deshalb muss sie doch nicht in Sack und Asche gehen. Kauf ihr ein paar Nylons und ein Parfüm. Das wird sie freuen.«

Goldstein schluckte. »Ich hatte dich eben so verstanden, dass du für mich ... Also ich meine, kannst nicht du ...?«

»Dein Geschenk einkaufen?« Sie tippte sich an die Stirn. »Mein Lieber, das ist ja wohl deine Aufgabe.«

Sie stand auf, zog ihn vom Küchenstuhl hoch und schob ihn zur Eingangstür. »Und jetzt sieh zu, dass du Land gewinnst. Sonst haben die Geschäfte geschlossen und Lisbeth guckt in die Röhre.«

Eine halbe Stunde später lief Peter Goldstein suchend durch die Drogerieabteilung des Kaufhauses. Unschlüssig nahm er einen Flakon nach dem anderen in die Hand, nur um ihn sofort wieder zurück in das Regal zu stellen.

»Kann ich Ihnen helfen?«, erkundigte sich eine Verkäuferin.

»Nein, äh, ja. Ich suche ein Geschenk für meine Frau.«

Die junge Frau musterte ihn erwartungsvoll. »An was haben Sie denn gedacht?«

»Ja also ... ein Parfüm?«

»Und was für eines?«

Goldstein versuchte sich zu erinnern, welche Marken Marianne genannt hatte. Ohne Erfolg.

»Was benutzt Ihre Ehefrau sonst?«

Die Frage kannte er schon. »Ich weiß nicht genau.«

Die Verkäuferin griff in ein Fach und hielt ihm eine Flasche hin. »*4711*. Ein Klassiker. Da können Sie nichts falsch machen.«

Goldstein nickte dankbar. »Wenn Sie meinen. Und dann benötige ich noch eine Creme.« Er legte seine Stirn in Falten. »Irgendwas mit Bert, Herbert oder so ähnlich.«

Die Angestellte schmunzelte. »Sie meinen *Marbert?*«

»Ja.«

Die Frau bückte sich und tauchte mit zwei Schachteln in der Hand wieder auf. »Tages- oder Nachtcreme?«

Verständnislos versuchte Goldstein, das Gehörte einzuordnen.

»Soll es für den Tag oder die Nacht sein?«

Der Polizist fragte sich im Stillen, warum Frauen nachts nicht dieselbe Creme benutzten wie am Tag, traute sich aber nicht, seine Unwissenheit zu offenbaren. »Ich nehme natürlich beide«, sagte er deshalb und bemühte sich, seiner Stimme die Unsicherheit zu nehmen.

»Beide? Die sind aber nicht gerade billig.«

Jetzt konnte er nicht mehr zurück. »Ach wissen Sie, das spielt keine Rolle«, erwiderte er großspurig. »Und dann noch diese, äh, Nylons.«

»Die haben wir dort drüben. Wenn Sie mir bitte folgen würden.«

Auf dem Weg durch die Gänge zur Strumpfabteilung überschlug Goldstein, was ihn seine Großzügigkeit wohl kosten würde und kam auf etwa vier Mark. Jetzt noch die Strümpfe für vielleicht eine Mark, ja, das würde in etwa passen. Lisbeth und er hatten sich nämlich in die Hand versprochen, für ihre gegenseitigen Geschenke nicht mehr als fünf Mark auszugeben.

»Dreißig, zwanzig oder fünfzehn den?« Die Stimme der Verkäuferin riss ihn aus seinen Gedanken.

»Bitte was?«

»Die Strümpfe. Mit den wird die Garnstärke bezeichnet.« Als sie sein ratloses Gesicht sah, setzte sie hinzu: »Je feiner die Garnstärke, umso eleganter wirken Nylons.«

»Ach so. Dann die feineren, bitte.« Goldstein erinnerte sich daran, dass Lisbeth sich im Krieg mit einem Stift einen geraden Strich auf ihre braunen Waden gemalt hatte. »Und haben die Strümpfe eine Naht?«

Die Verkäuferin schaute ihn fassungslos an. »Es gibt sie nur mit Naht.«

»Das wusste ich nicht.«

»Auch mit Hochferse?«

Goldstein hatte nicht die geringste Ahnung, wovon die junge Frau sprach und nickte nur.

»Und die Farbe?«

»Braun.«

»Dunkel oder hell?«

Goldstein schwor sich, nie wieder ohne weibliche Unterstützung ein Kaufhaus zu betreten. »Eher dunkel.«

»Haben Sie sonst noch einen Wunsch?«

Ja. Den Laden hier zu verlassen. Er war sich nur selten in seinem Leben so dumm und hilflos vorgekommen wie im Moment. »Nein, danke.«

Sie gingen zur Kasse. Die Verkäuferin legte die Waren ab, entfernte die Preisschilder und reichte sie der Kassiererin. Während diese die Beträge in ihre Registrierkasse tippte, verpackte die andere Goldsteins Einkäufe in Geschenkpapier.

»Dreiundzwanzigvierzig«, hörte er die Frau dann sagen.

Mit zitternder Hand fingerte er die Geldscheine hervor und steckte das Wechselgeld ein. Wegelagerer, dachte er beim Herausgehen. Halsabschneider! Er hatte soeben mehr als fünf Prozent seines monatlichen Gehaltes ausgegeben.

Erst als er sich auf der Straße umdrehte, registrierte er das Schild über dem Eingang. *Kaufhaus Trasse.*

34

Montag, 9. Oktober 1950

Im Büro rief sich Goldstein den gestrigen Tag ins Gedächtnis. Lisbeth hatte sich aus ganzem Herzen über seine Geschenke gefreut. Sie war ihm um den Hals gefallen und hatte ihn überschwänglich geküsst. Alle Unstimmigkeiten der letzten Zeit waren wie weggeblasen. Schließlich rügte sie ihn, dass er zu viel Geld ausgegeben hätte, doch ihr Gesichtsausdruck zeigte, dass sie das nicht im Mindesten störte. Sowohl der Tag als auch der Abend waren harmonisch verlaufen, selbst zwischen ihm und seinem Schwiegervater fiel kein böses Wort. Und als er seiner Frau dann versprochen hatte, sich den Dienstag freizunehmen, um mit ihr den schon lang geplanten, aber immer wieder verschobenen Ausflug in die Landeshauptstadt zu machen, schien sie ihm endgültig verziehen zu haben.

Es klopfte. Eine Mitarbeiterin brachte die Post. Obenauf lag eine Akte der Polizei Gelsenkirchen. Der Bericht seiner Kollegen.

Goldstein nahm ihn zur Hand und studierte die Ausführungen aufmerksam. Noch immer hielt sich bei ihm das Gefühl, dass am Selbstmord Müllers etwas nicht stimmte. Nur was?

Er sah sich die Tatortfotos genauer an. Das schäbige Hotelzimmer. Der Stuhl, auf dem Müller in sich zusammengesackt war. Das Blut. Der herunterhängende rechte Arm. Und die Pistole auf dem Boden darunter. Was, zum Teufel, war hier falsch?

Goldstein las den Bericht erneut. An einem Satz blieb er hängen. *... Hat sich das Opfer die Waffe mit der rechten Hand an die rechte Schläfe gehalten. Die Schmauchspuren rechts ...*

Müller hatte sich mit der rechten Hand erschossen. Das war es!

Der Hauptkommissar sprang auf, eilte zum Regal und suchte den Bericht des Gerichtsmediziners heraus, den dieser nach der Untersuchung des toten Lahmer erstellt hatte. Hastig blätterte er durch die Seiten.

Dann fand er das Gesuchte. Schwarz auf weiß stand da, was Gerber schon am Fundort des Toten gesagt hatte: *Der Schnitt selbst reicht von rechts oben nach links unten. Das bedeutet, der Täter hat die Tatwaffe mit der linken Hand geführt.*

Müller war mit aller Wahrscheinlichkeit Linkshänder! Und ein Linkshänder erschießt sich mit der rechten Hand? Der Polizist griff zum Hörer.

»Gerber«, meldete sich der Mediziner.

»Goldstein. Sagen Sie, haben Sie eigentlich die Begutachtung der Leiche schon abgeschlossen, die am Freitag eingeliefert wurde?«

»Das Schussopfer? Ja.«

»Gibt es etwas Besonderes?«

»Ja. Es war tot.«

»Sehr komisch.« Gerber war für seine makabren Scherze berüchtigt.

»Was wollen Sie wissen?«

»Ihre Einschätzung.«

»Tja, Todesursache Schussverletzung in der rechten Schläfe. Dabei wurden Teile des Kleinhirns zerfetzt und …«

»Das meine ich nicht«, unterbrach ihn Goldstein. »Handelt es sich um eine Selbsttötung?«

»Auf den ersten Blick ja. Aufgesetzter Schuss, Schmauchspuren an der rechten Hand …«

»Und auf den zweiten?«

»Keine Stanzmarke. Und Faserspuren im Einschuss-kanal.«

»Können Sie etwas konkreter werden?«

»Wenn sich jemand eine Wumme an die Schläfe hält und abdrückt, entsteht meistens als Stanzfigur die Laufmündung auf der Haut, aber die fehlt bei unserer Leiche. Außerdem müssen Schmauchspuren sichtbar sein.«

»Gab es die denn nicht?« Dann waren seine Zweifel, die er bei der Untersuchung des Toten zaghaft geäußert hatte, doch berechtigt gewesen.

»Ja, aber nicht unmittelbar am Einschussloch, son-dern in einer geringeren Konzentration und ungleich-mäßig verteilt etwas weiter entfernt. Im Schusskanal finden sich Faserspuren. Aber das sagte ich ja bereits, oder?«

»Und was heißt das nun alles?«, fragte Goldstein, ob-wohl er die Antwort schon kannte.

»Ich schließe daraus, dass der Schuss durch Stoff ab-gefeuert wurde. Vermutlich, um den Knall zu dämpfen. Da käme zum Beispiel ein Kissen infrage.«

Ein Kissen? Davon hatte sein Kollege am Tatort nichts erwähnt. Und auch im Bericht stand darüber kein Wort.

»Warum sollte ein Selbstmörder sich leise umbringen wollen?«, fragte Goldstein, allerdings mehr sich selbst.

»Keine Ahnung. Sie sind der Polizist. Finden Sie es her-aus.«

»Am Tatort lag aber kein Kissen«, murmelte Goldstein.

»Bitte?«

»Ach, ich habe eigentlich nur laut gedacht. Ein Kissen oder etwas Ähnliches habe ich nicht ausmachen können.« Doch, korrigierte er sich augenblicklich in Gedanken. Die Kopfkissen. Sie lagen auf dem Bett.

»Dann war es auch kein Selbstmord«, antwortete Gerber trocken. »Ein Toter kann nur sehr schlecht etwas verstecken. Und dieser Schuss war sofort tödlich, glauben Sie mir. Da steht keiner mehr auf und schafft etwas beiseite.«

»Es gab keine Kampfspuren«, wunderte sich Goldstein. »Wer lässt sich denn ohne Widerstand eine Kugel in den Kopf schießen?«

»Haben Sie sich die Handgelenke des Toten angesehen?«

»Nicht genau. Zumindest das rechte war voller Blut.«

»Stimmt. Und darunter eine gut sichtbare Druckstelle. Links war sie nicht so ausgeprägt und kann leicht übersehen werden, wenn man nicht danach sucht. Es könnte sein, dass diese Abschürfungen von einem Seil stammen. Möglich wäre auch eine andere Ursache. Ein wirklicher Beweis ist das jedoch nicht. Lediglich ein starkes Indiz.«

»Vielen Dank, Herr Gerber. Steht das auch so in Ihrem Bericht?«

»Selbstverständlich. Ich werde ihn heute verfassen, muss ihn aber selbst in die Maschine tippen.« Er lachte. »Und das benötigt seine Zeit.«

Ein Kissen. Wie konnten seine Kollegen das übersehen? Goldstein entschloss sich, der Angelegenheit nachzugehen, ohne die Gelsenkirchener zu informieren.

Gerbers Bericht würde sie mit der Nase auf ihr Versäumnis stoßen. Da musste er sie nicht noch mit seinem Wissen schulmeistern.

Unverzüglich ließ sich der Kommissar zu dem Hotel fahren. Es dauerte etwas, bis er dem Portier begreiflich machen konnte, dass er einen Blick in den Raum werfen wollte, in dem Müller gefunden worden war. Nach einem lautstark geführten Frage- und Antwortspiel brachte Goldstein endlich in Erfahrung, dass das Zimmermädchen gerade mit den üblichen Reinigungsarbeiten auf der entsprechenden Etage beschäftigt sei. Der Polizist solle sich an sie wenden.

Dann stand der Mann auf, umkurvte seinen Tresen, ging zum Treppenhaus und brüllte nach oben: »Da kommt gleich einer von der Polizei. Du kannst den in das Zimmer lassen.« Danach nickte er Goldstein zu, als ob er sagen wollte: »Alles erledigt.«

Die höchstens Siebzehnjährige öffnete ihm die Zimmertür und sah ihn dankbar an, als er ihr versicherte, dass er alleine zurechtkommen würde.

Der Teppich in dem Hotelzimmer war bereits durch einen anderen, ebenso alten, ersetzt worden. Ansonsten sah alles so aus, wie es Goldstein bei seinem ersten Besuch vorgefunden hatte. Ein seltsamer Geruch durchzog das Hotelzimmer. Wahrscheinlich ein Desinfektionsmittel.

Zielstrebig ging der Polizist zum Bett und nahm die beiden Kissen in Augenschein. Sie waren frisch bezogen worden. Goldstein öffnete die Knopfleiste und zog das Inlett heraus. Es war unbeschädigt. Beim zweiten Kissen wurde er fündig: ein Loch. Die Ränder verbrannt. Schmauchspuren.

Sorgfältig drückte er das Inlett zurück in den Bezug und drapierte das Kissen wieder auf dem Bett. Seine Kollegen würden auf denselben Gedanken kommen wie er, sobald ihnen Gerbers Ergebnisse vorlagen. Sie würden das Zimmer erneut durchsuchen, das Kissen finden und die Selbstmordthese verwerfen. Er wollte ihnen nicht zuvorkommen.

Aber in einem Punkt musste er noch seine Neugier befriedigen. Er trat auf den Flur und sprach das Zimmermädchen an. »Sie haben doch das Zimmer geputzt und die Bettwäsche neu bezogen, nachdem alles von der Polizei freigegeben worden war, oder?«

Sie nickte als Antwort.

»Waren die Kissenbezüge unbeschädigt?«

»Ja«, antwortete sie schüchtern. »Abba ...«

»Aber was?«

»Dat eine Inlett war kaputt. Bestimmt die Motten. Deshalb hab ich Mottenkugeln ausgelegt.«

Daher der Geruch. Und die Kleine nahm an, Motten hätten das Loch verursacht. Sollte sie.

Die Täter waren also so vorausschauend gewesen, das Kissen vorher aus dem Bezug zu holen, bevor sie es Müller an die Schläfe drückten. So blieb der Bezug intakt und sie konnten hoffen, dass die Schussöffnung nicht entdeckt wurde. Clever.

Aber nicht clever genug.

165

35

Montag, 9. Oktober 1950

Hauptkommissar Schwarz griff zum Telefonhörer und wählte die Nummer, die nur dem inneren Kreis bekannt war und über die der Kontakt zu den Amerikanern und der Organisation Gehlen hergestellt wurde. Nur wenige dieses Zirkels kannten sich persönlich, und wenn, dann aus dem Dienst bei Wehrmacht, Waffen-SS oder SS. Sie einte die Ablehnung des neuen Staates und ihr Hass auf die Sowjetunion, deren Angriff auf Deutschland nach ihrer Auffassung unmittelbar bevorstand. Doch sie würden im Gegenzug hinter den feindlichen Linien den Kampf fortsetzen und gemeinsam mit den westlichen Alliierten das beenden, was Hitler mit dem *Unternehmen Barbarossa* begonnen hatte.

Er zählte die Klingeltöne mit. Nach dem sechsten Läuten legte er auf, nur um anschließend erneut dieselbe Rufnummer zu wählen. Jemand nahm ab und fragte: »Ja?«

Schwarz antwortete mit dem vereinbarten Code: »Ist Alfred zu sprechen?«

»Nein, warum?«

»Ich habe ihm Karten für ein Mozart-Konzert besorgt. Sie spielen den *Ring der Nibelungen.*«

»Das ist von Wagner.«

»Da habe ich mich wohl geirrt.«

»Was gibt es?«, erwiderte der Angerufene.

»Sind Sie über die Fälle Lahmer und Müller informiert?«

»Ja.«

»Die Selbstmordversion Müllers lässt sich nicht halten.«

»Weshalb?«

»Der mit der Untersuchung beauftragte Gerichtsmediziner hat mir seine Ergebnisse mitgeteilt. Er ist zu der Auffassung gekommen, dass Müller ermordet wurde. Außerdem hatte ich den Eindruck, dass auch der Bochumer Kollege an unserer Version zweifelt.«

Es blieb still in der Leitung.

»Sind Sie noch dran?«, fragte Schwarz.

»Wer weiß bisher von dem Bericht?«

»Außer mir niemand. Aber der Arzt will ihn heute abfassen.«

»Wie ist der Dienstweg in einem solchen Fall?«

»Üblicherweise erhält der Leiter der ermittelnden Behörde den Report als Erster.«

»Das wäre dann Ihr Vorgesetzter?«

»Nicht unbedingt. Schließlich wurde Müller in einer anderen Stadt bereits zur Fahndung ausgeschrieben.«

»Verstehe. Wer ist in Bochum zuständig?«

»Kriminalrat Saborski.«

»Wilfried Saborski?«

»Ich glaube ja.«

»Das dürfte keine Probleme geben. Ich kenne den Mann dem Namen nach. Er diente unter dem Totenkopf. Wie heißt der Arzt?«

»Doktor Gerber.«

»Danke für die Information. Ich kümmere mich darum.«

»Da gibt es noch etwas.«

»Ja?«

»Das Zimmermädchen. Der Hotelportier hat sich gemeldet und mir gesteckt, dass Goldstein …«

»Wer ist das?«, unterbrach ihn der andere.

»Der Bochumer Kollege, der den Fall bearbeitet. Also, dass dieser Polizist vor einigen Stunden im Hotel aufgetaucht ist, um mit der Hotelangestellten zu sprechen.«

»Warum muss uns das interessieren?«

»Sie hat die Bettbezüge gewechselt.«

»Haben Sie das Kissen nicht vorher ausgetauscht?«

»Nein. Ich hatte dazu keine Gelegenheit.« Schwarz standen kalte Schweißtropfen auf der Stirn.

»Das könnte in der Tat zum Problem werden und hätte nicht passieren dürfen. Erledigen Sie das. Aber diskret!«

Schwarz erschrak. »Ich soll … Ich meine, ich kann doch das Mädchen nicht …«

»Sie brauchen die Kleine nicht umzulegen.« Die Stimme klang ärgerlich. »Wir haben schon genug Aufmerksamkeit erzeugt. Reden Sie mit ihr, setzen Sie sie von mir aus unter Druck. Nur sorgen Sie dafür, dass Sie den Mund hält. Was ist mit dem Portier?«

»Ich habe ihn mit einem Hundertmarkschein überzeugt, dass es besser für ihn ist, zu schweigen.«

»Wenigstens etwas, was Sie richtig gemacht haben.«

Das Knacken in der Leitung zeigte, dass sein Gesprächspartner aufgelegt hatte. Schwarz wusste, dass er sich einen weiteren Fehler nicht würde erlauben können. Unverzüglich machte er sich deshalb daran, seinen Auftrag auszuführen.

Das Zimmermädchen arbeitete noch. Schwarz ließ sie von dem Portier rufen und verschwand mit ihr im Raum hinter dem Tresen. Sorgfältig schloss er die Tür.

»Sie wissen, wer ich bin?«, begann er das Gespräch.

»Ja«, antwortete die junge Frau eingeschüchtert.

»Sie heißen Angelika Felsbach?«

Ein Nicken als Antwort.

Schwarz griff in seine Jackentasche und zog ein Goldkettchen hervor. »Gehört das Ihnen?«

Kopfschütteln.

»Ich fand das aber in Ihrer Manteltasche.«

Ein langer, entgeisterter Blick. Noch heftigeres Kopfschütteln.

»Wenn die Kette nicht Ihr Eigentum ist, wie kommt sie in Ihren Mantel?«

»Ich weiß nicht, ich hab ...«

»Sie haben Sie gestohlen, nicht wahr? Einem Gast?«

»Nein, dat stimmt nich. Ich hab noch nie wat geklaut.« Ihre Augen wurden feucht.

»Dann war es eben heute das erste Mal. Ich glaube, wir müssen uns auf dem Polizeipräsidium weiter unterhalten.«

Sie schlug die Hände vor das Gesicht und schluchzte. »Bitte ...«

Schwarz beobachtete ungerührt das Ergebnis seiner Einschüchterung und sagte: »Es gäbe vielleicht eine Möglichkeit, eine Anzeige zu vermeiden.«

In ihren Gesichtszügen war vorsichtige Hoffnung zu erkennen.

»Sie geben die Kette zurück und kündigen. Außerdem verlieren Sie kein Wort über das, was Sie in diesem Hotel gesehen oder gehört haben.«

»Abba, ich, äh, meine Familie brauch doch dat Geld.«

»Sie arbeiten hier stundenweise?«

»Ja.«

»Was verdienen Sie im Monat?«

Sie zögerte.

»Na, so ungefähr.«

»Sechzig, siebzig Mark.«

Schwarz griff zu seiner Brieftasche. »Hier sind dreihundert. Das dürfte zunächst reichen. Suchen Sie sich eine andere Stelle.« Er hielt das Schmuckstück hoch. »Ich kümmere mich um das hier. So, und jetzt packen Sie Ihre Sachen und verschwinden. Sollte mir zu Ohren kommen, dass Sie sich nicht an unsere Abmachung halten ...« Er zielte mit dem linken Zeigefinger auf das Schmuckstück. »Immer daran denken.«

Sie nickte dankbar, nahm das Geld entgegen und ging.

Kurz darauf folgte ihr Schwarz und erkundigte sich bei dem schwerhörigen Alten nach der Postadresse der Angestellten. Der Mann durchstöberte seine Schubladen und fand einen Zettel mit einer Anschrift.

Der Kommissar steckte ihn ein. »Vergessen Sie die Kleine. Und ihre Adresse. Ach ja, und besorgen Sie sich ein neues Zimmermädchen.«

36

Saborskis Sekretärin klopfte und schob ihren Kopf durch den Türspalt.

»Ich wollte doch nicht gestört werden«, brauste ihr Vorgesetzter prompt auf.

»Entschuldigen Sie, Herr Kriminalrat. Aber ich glaube, das ist wirklich wichtig.« Sie trat einen Schritt beiseite und ein groß gewachsener, hagerer Mann mit einem militärischen Bürstenhaarschnitt kam herein.

Er wartete, bis die Vorzimmerdame Saborskis Büro verlassen hatte und stellte sich vor: »Ministerialdirektor Olsberg. Bundeskanzleramt.« Er streckte Saborski die Hand entgegen. »Ich weiß, wer Sie sind«, meinte er nur, als der Kriminalrat zu einer Erwiderung ansetzte. Olsberg sah sich um, ging dann zu der Sitzgruppe am Fenster und nahm unaufgefordert Platz. Mit der Bestimmtheit eines Mannes, der Anordnungen gab und ihnen nicht Folge leistete, fragte er: »Können Sie mir eine Tasse Kaffee bringen lassen?«

Saborski schnaubte innerlich. Was bildete der Kerl sich eigentlich ein? Trotzdem beugte er sich dem Wunsch seines Gastes. Bevor er nicht wusste, was es mit dessen Besuch auf sich hatte, wollte er auf der Hut sein und alles unterlassen, was ihm womöglich schaden konnte.

Kurz darauf stand der Kaffee vor ihnen und Saborski ergriff das Wort. »Was führt Sie zu mir?«

Der Angesprochenen tat so, als habe er die Frage nicht gehört. »Sie sind seit 1938 bei der Polizei?«

Saborski nickte.

»Davor Gestapo, nehme ich an?«

Saborski zog es vor, zu schweigen.

»Und SS natürlich.«

Saborski wurde mulmig zumute. Der Kerl war erschreckend gut informiert. Zwar wussten die britischen Behörden von seiner Tätigkeit für Gestapo und SS, beides hatte jedoch bei seinem Entnazifizierungsverfahren keine Rolle gespielt und war deshalb auch nicht aktenkundig geworden. »Was hat das mit Ihrem Besuch ...«

Olsberg unterbrach ihn ungerührt. »Warten Sie ab. Zunächst bitte ich Sie noch um etwas Geduld. Es kann nicht mehr lange dauern.«

Tatsächlich schellte in diesem Moment das Telefon.

»Der Herr Polizeipräsident«, meldete die Stimme seiner Sekretärin mit Erstaunen und stellte das Gespräch durch.

»Herr Saborski, ist Ministerialdirektor Olsberg in Ihrem Büro?«

Der Kriminalrat warf einen Blick auf seinen Gast, der ruhig an seinem Kaffee nippte. »Sitzt mir gegenüber.«

»Gut. Ich möchte, das Sie mit ihm in jeder, ich betone, in wirklich jeder Hinsicht kooperieren.«

»Ist das eine dienstliche Anweisung?«

»Wie hat es sich denn angehört?«

»Verstehe.«

Das Gespräch war beendet.

»Das war Ihr Vorgesetzter, nicht wahr?« Ohne eine Antwort abzuwarten, fuhr Olsberg fort: »Durch Ihre Tätigkeit während und vor dem Krieg haben Sie sicher erfahren, dass Verschwiegenheit lebensnotwendig sein kann. Das gilt für den Einzelnen, aber auch für ganze Völker, insbesondere für Deutschland.«

Saborski nickte bestätigend.

»Alles, was wir nun besprechen, unterliegt strikter Geheimhaltung. Sie stehen dafür mit Ihrem Amtseid ein. Habe ich mich klar ausgedrückt?«

Dem Kriminalrat ging die Blasiertheit seines Gastes zunehmend auf die Nerven. »Selbstverständlich.«

»Gut. Die westlichen Alliierten und wir haben einen gemeinsamen Feind, der jenseits der Elbe steht. Es ist nicht eine Frage des Ob, sondern nur des Wann, bis er uns eine neue kriegerische Auseinandersetzung aufzwingen wird. Darauf müssen wir vorbereitet sein.«

Saborski war irritiert. Worauf wollte Olsberg hinaus?

»Sie ermitteln im Mordfall an einem Knut Lahmer. Lahmer hat ursprünglich für uns gearbeitet.«

»Wer ist uns?«, wollte Saborski wissen.

»Das braucht Sie im Detail nicht zu interessieren. Nur so weit: Deutsche und amerikanische Patrioten arbeiten daran, dem Gegner nach seinem Angriff auf Westeuropa so viel Schaden wie möglich zuzufügen.«

Wilfried Saborski hatte zwar keine Ahnung, worauf Olsberg anspielte, machte aber ein wissendes Gesicht.

»Lahmer hat – sagen wir – die Spielregeln nicht eingehalten. Er wurde zum Verräter. Müller hatte den Auftrag, ihn auszuschalten, was er getan hat. Aber das wissen Sie ja bereits.«

»Ja.«

»Leider hat Müller dann die Nerven verloren und sich erschossen.«

Das wusste der Kriminalrat noch nicht.

»Nun meinen einige, darunter auch einer Ihrer Mitarbeiter, es hätte sich nicht um Suizid gehandelt, sondern um Mord.«

»Diese Hinweise liegen mir nicht vor«, erwiderte Saborski.

»Das ist mir bekannt. Der Gerichtsmediziner arbeitet an seinem Bericht. Wir möchten, dass er eindeutig ausfällt. Für das Bundeskanzleramt«, Olsberg betonte das Wort deutlich, »stellt sich der Sachverhalt wie folgt dar: Lahmer wurde wegen finanziellen Auseinandersetzungen von seinem Kompagnon Müller umgebracht, der, die sichere Verhaftung und Verurteilung vor Augen, seinem Leben ein Ende gesetzt hat. Das sehen Sie doch ebenso, oder?«

Saborski lief es kalt den Rücken herunter. Solche Typen wie Olsberg hatte er in der Tat früher nur im Reichssicherheitshauptamt getroffen. Skrupellos und machtbesessen. Dagegen waren seine Geschäfte mit Trasse die eines Waisenknaben. »Von wem soll Müller denn umgebracht worden sein?« Noch während er die Worte aussprach, erkannte er seinen Fehler. Er hätte die Klappe halten sollen! Aber jetzt war es zu spät.

Olsberg setzte die Tasse ab, die er die ganze Zeit in der Hand gehalten hatte, und fixierte Saborski. Dann sprach er langsam weiter. Seine Stimme war eiskalt. »Darüber sollten Sie noch nicht einmal nachdenken, geschweige denn sprechen. Ich kann mich an Männer erinnern, die ähnliche Äußerungen bitter bereut haben.«

174

Der Ministerialdirektor machte sich nicht die Mühe, seine Drohung zu verschleiern.

Saborski wurde schlagartig klar, dass diese Leute über Leichen gingen, wenn es sein musste. Und er hatte nicht vor, zu ihren Füßen zu liegen. »Entschuldigen Sie. Ich habe mich versprochen.«

»Sicher.« Olsberg griff wieder zur Tasse. »Wirklich gut, der Kaffee. Also, ich erwarte von Ihnen, dass der Fall als aufgeklärt zu den Akten gelegt wird. Wir können keine zusätzliche Unruhe in dieser Angelegenheit gebrauchen. Und seien Sie versichert: Dieses Verfahren wurde mit ganz oben abgestimmt. Damit meine ich nicht Ihren Polizeipräsidenten, wie Sie bestimmt schon vermutet haben.« Olsberg stand auf und drückte dem Kriminalrat seine Visitenkarte in die Hand. »Rufen Sie mich an, wenn es Neuigkeiten in Sachen Müller gibt.«

Als auch Saborski sich erheben wollte, winkte Olsberg ab. »Danke. Ich finde selbst hinaus. Einen schönen Tag noch, Herr Kriminalrat.« Mit diesen Worten verließ er das Büro.

Saborski benötigte eine Viertelstunde, um das Gehörte zu verarbeiten. Olsberg hatte seinen Fall soeben als aufgeklärt bezeichnet, mit welchen Neuigkeiten sollte Saborski ihn bloß versorgen?

Schließlich öffnete er die Tür zu seinem Vorzimmer. »Ich möchte Goldstein sprechen. Sofort.«

»Tut mir leid, Herr Kriminalrat. Er hat heute einen Tag Urlaub.«

»Morgen ist er wieder im Dienst?«

»Soweit ich weiß, ja.«

»Bestellen Sie ihn für Mittwoch zu mir. Und jetzt rufen Sie Doktor Gerber von der Gerichtsmedizin an. Ich werde ihn in einer Stunde persönlich aufsuchen.«

37

Mittwoch, 11. Oktober 1950

Wie versprochen, lag zwei Tage nach Goldsteins Gespräch mit Gerber dessen Bericht auf seinem Schreibtisch.

Der Polizist nahm ihn zur Hand und überflog die Zeilen. Er stutzte. Da stand nichts von den Faserspuren im Schusskanal. Und auch die ungewöhnliche Verteilung der   Schmauchspuren und die fehlende Stanzmarke wurden nicht erwähnt. Kein Wort von einem Kissen zur Dämpfung des Knalls. Und nichts von den Spuren am Handgelenk. Gerbers eindeutiges Fazit lautete: Selbsttötung.

Goldstein rief ihn an, landete aber bei Gerbers Assistentin.

»Tut mir wirklich leid, Herr Hauptkommissar. Herr Gerber hat einige Tage Urlaub. Er ist nicht zu sprechen.«

Frustriert legte der Kommissar auf. Nach Diktat verreist. Ein Weg, unliebsame Rückfragen zu vermeiden. Aber so einfach ließ er sich nicht abwimmeln. Vor wenigen Wochen hatte der Gerichtsmediziner ihn nach einer Geburtstagsfeier in seinem Wagen mit nach Herne genommen. Er wollte ihn bis zur Teutoburgia-Siedlung bringen, Goldstein hatte jedoch darauf bestanden, sich von dem Arzt lediglich bis zu dessen Wohnung mitnehmen zu lassen. Von dort war es nicht weit bis zur nächsten Straßenbahnhaltestelle.

Der Polizist stand auf. Er würde sich persönlich nach dem Grund für den Sinneswandel des Mediziners erkundigen.

Gerber wohnte nicht weit entfernt vom Wasserschloss Strünkede in einem Mehrfamilienhaus mit Jugendstilfassade. Goldstein stieß die Eingangstür auf und betrat den Flur, er wusste, dass Gerber links im Erdgeschoss wohnte. Der Kommissar drückte auf den Klingelknopf. Es dauerte einen Moment, doch dann zeigten schlurfende Schritte, dass jemand zu Hause war.

Die Tür öffnete sich und vor ihm stand Gerber, im Morgenmantel, dunkle Ringe unter den Augen. Er war unrasiert und ein intensiver Schweißgeruch ging von ihm aus. Anscheinend hatte er sich einige Tage nicht gewaschen. Der Arzt starrte ihn mit müdem Blick an.

»Ich muss mit Ihnen reden«, begann Goldstein.

»Wie Sie sehen, bin ich gerade unpässlich«, antwortete Gerber, dessen Aussprache vom Alkohol undeutlich war, und machte Anstalten, die Tür zu schließen.

Schnell schob Goldstein seinen rechten Fuß in den Türspalt. »Warum haben Sie die Untersuchungsergebnisse im Fall Müller falsch dargestellt?«

In Gerbers Gesichtszügen zuckte es. Dann trat er einen Schritt zurück. »Also gut. Kommen Sie herein«, sagte er resignierend. Er schlurfte ins Wohnzimmer. »Wollen Sie auch ein Bier?«, lallte er und ließ sich in einen Sessel fallen.

Im Wohnraum sah es chaotisch aus. Auf dem Tisch standen zwei leere Schnapspullen, Bierflaschen lagen auf dem Boden. Ein Aschenbecher quoll über, es stank nach Schweiß, Alkohol und kaltem Rauch.

»Nein, danke.«

Gerber nickte, griff zu einem Bierkasten, der links neben seiner Sitzgelegenheit stand und zog eine weitere Flasche heraus. Er öffnete sie und trank mit großen Schlucken. »Hilft gegen den inneren Schweinehund. Haben Sie auch einen Schweinehund, Goldstein?«

Als dieser nicht sofort antwortete, sprach der Mediziner weiter. »Natürlich haben Sie einen. Wir alle haben einen. Fragt sich nur, wie viel es kostet, ihn zu bestechen. Sind Sie bestechlich? Sicher. Jeder hat seinen Preis. Wie hoch ist Ihrer, Goldstein?«

Der Polizist hörte mit wachsender Ungeduld seinem Gegenüber zu, der in Selbstmitleid versank. Als er es nicht mehr ertragen konnte, fragte er: »Warum haben Sie die Untersuchungsergebnisse verfälscht?«

»Sie meinen den Selbstmord, der kein Selbstmord war?« Gerber lachte bitter. »Mein Schweinehund wurde gefüttert, damit er die Klappe hält.« Er bewegte den Arm im Halbkreis. »Hat nur nicht so richtig funktioniert. Deshalb versuche ich es jetzt mit Alkohol. Klappt leider nur begrenzt.«

»Wollen Sie damit andeuten, dass Sie genötigt wurden, den Bericht umzuschreiben?«

»Genötigt?« Erneutes Lachen. »Gut formuliert, aber ja, so können Sie das auch nennen.«

»Wer hat Sie unter Druck gesetzt?«

Gerber schwieg und trank.

»Nun reden Sie schon!«

»Kein Wort mehr erfahren Sie von mir.« Gerber nahm wieder einen Schluck und schaute Goldstein aus traurigen Augen an. »Ich gebe Ihnen noch einen Ratschlag: Lassen Sie es dabei bewenden. Müller war ein Mörder. Wen interessiert es, ob er sich selbst die Pistole an den Kopf gehalten hat oder ihm jemand dabei geholfen hat.«

Mich, dachte Goldstein. Mich interessiert das.

»Müller hat sich umgebracht und fertig. Ist vielleicht besser so. Erspart dem Staat die Prozesskosten. Und den anschließenden Knastaufenthalt.« Gerber griff neben sich und zauberte eine weitere Flasche Schnaps hervor. Er schraubte den Verschluss auf, setzte an und trank. Der Hochprozentige lief ihm aus den Mundwinkeln. Der Arzt wischte sich die Alkoholreste mit dem Handrücken ab und sagte: »Wissen Sie, ich möchte noch etwas länger leben. Und schließlich hat es mit Müller ja keinen Falschen getroffen. Also, egal was Sie auch unternehmen werden: Ich bleibe bei dem, was in meinem Bericht steht.«

Für einen Moment erwog Goldstein, die Wahrheit aus dem Arzt herauszuprügeln, stattdessen fragte er: »Was, wenn ich eine zusätzliche gerichtsmedizinische Untersuchung beantrage?«

Wieder das bittere Lachen. »Was wollen Sie denn untersuchen lassen? Asche?«

Es dauerte einen Augenblick, bis Goldstein die Tragweite dieser Antwort begriff. Gerber hatte die Leiche bereits freigegeben und sie war im Krematorium verbrannt worden.

Angewidert und frustriert wandte sich Goldstein zum Gehen. »Sie tun mir leid«, sagte er nur noch.

Er war fast an der Wohnungstür, da hörte er Gerber rufen: »Ich habe Ihrem Gesicht angesehen, was Sie von mir halten. Schwächling, stand da geschrieben. Das stimmt doch, oder? Sie halten mich für einen Versager, einen Lügner. Für jemanden, der für einen Silberling seine Überzeugungen preisgibt.«

Goldstein blieb stehen und wartete.

Gerber schrie weiter: »Sie mit Ihrer verdammten Heldenattitüde. Der Ritter ohne Furcht und Tadel. Ich möchte Sie sehen, wenn Sie sich in meiner Lage befänden. Sie würden anders handeln? Dass ich nicht lache. Wer gibt Ihnen eigentlich das Recht, über mich zu urteilen?« Gerbers Gebrüll ging in ein Schluchzen über. »Ich möchte einfach nur leben«, wiederholte er.

»Denken Sie an meine Worte«, hörte Goldstein noch, als er die Tür hinter sich zuzog.

Dann ließ er Gerber mit seiner Verzweiflung allein.

Zurück im Präsidium telefonierte der Hauptkommissar mit seinem Kollegen Schwarz von der Kripo Gelsenkirchen.

»Haben Sie den Bericht des Gerichtsmediziners schon erhalten?«, fiel er statt einer Begrüßung mit der Tür ins Haus.

»Guten Tag, Herr Kollege«, antwortete Schwarz. »Und um Ihre Frage zu beantworten: ja.«

»Was halten Sie davon?«

»Ich verstehe zwar nicht ganz, was Sie meinen, aber er deckt sich in vollem Umfang mit unseren Untersuchungsergebnissen. Selbstmord.«

Goldstein biss sich auf die Lippen. Sollte er Schwarz über seine Gespräche mit Gerber informieren? Doch da der Arzt bei seiner Stellungnahme bleiben würde, stand Aussage gegen Aussage. Einen Trumpf hatte er noch im Ärmel. »Und was ist mit dem Einschussloch in dem Kissen?«

Schwarz schwieg einen Augenblick. Dann fragte er zurück: »Von welchem Kissen reden Sie?«

»Ich meine, auf dem Bett ein Inlett mit einem Einschussloch ausgemacht zu haben. Aber vielleicht irre ich mich auch.«

»Herr Kollege, reden Sie nicht um den heißen Brei herum. Da war kein solches Kissen. Das wäre mir aufgefallen. Also, worauf wollen Sie hinaus?«

»Na ja, Müller war Linkshänder. Und es kommt mir einfach komisch vor, dass er die Waffe in der rechten Hand gehalten haben soll.«

»Und was hat das mit dem vermeintlichen Loch zu tun?«, erkundigte sich Schwarz.

»Nichts«, versicherte Goldstein. »Gar nichts. Ich sagte ja: Möglicherweise habe ich mich getäuscht.«

Aber die Saat des Zweifels war ausgebracht. So hoffte er jedenfalls.

Kaum hatte Goldstein aufgelegt, klingelte das Telefon. Die Sekretärin Saborskis teilte ihm mit, dass ihn der Kriminalrat sprechen wolle. Unverzüglich.

Goldstein seufzte und machte sich auf den Weg nach Bochum.

38

Im *Central Café* wartete Johann Bos bei einem Cognac bereits auf Paul Krönert. Bos war einige Tage auf Reisen gewesen. Sehr private Geschäfte hatten dazu geführt, dass er sich erst jetzt mit Krönert treffen konnte.

»Hattest du Erfolg?«, begrüßte er seinen Kumpan.

Der verneinte.

»Verdammt noch mal. Wirklich alles durchsucht?«

»Natürlich«, antwortete Krönert verärgert. »Ich bin kein Anfänger. Da war nichts. Und wenn doch, war es sehr gut versteckt.«

Bos schraubte sich aus dem Sessel. »Wie hab ich denn das zu verstehen? Ich denke, du hast die Bude auf den Kopf gestellt«, meinte er drohend.

»Jetzt reg dich ab. Ich habe wirklich alles durchsucht. Aber ich konnte ja schlecht die Möbel zerlegen und die Tapeten von den Wänden reißen. Zu viel Lärm. Außerdem hatte ich nicht genug Zeit.«

Bos nickte. Das leuchtete ihm ein. »Die Pistole hast du also auch nicht gefunden?«

»Nein. Ich habe sorgfältig nachgesehen.«

»Und du bist dir sicher, dass Lahmer die Knarre unter dem Kopfkissen aufgehoben hat?«

»So war es zumindest bisher. Und bei der Ordnungsmacke, die er hatte, glaube ich nicht, dass er sie irgendwo liegen gelassen hat. Bist du jemals in seiner Mansardenwohnung gewesen?«

»Nein.«

»Mann, der war ein Pedant. Da hatte alles seinen Platz. Als ich ihn gefragt habe, warum es bei ihm immer so ordentlich ist, hat er mir erzählt, das habe ihm seine Mutter mit dem Ochsenziemer eingeprügelt. Ich hätte die Alte ... Aber egal. Genau so sah es in der anderen Wohnung aus.«

»Und in seiner Bude in der Feldstraße war auch nichts?«

»Das habe ich dir doch schon alles drei Mal gesagt.«

»Dann will ich es eben zum vierten Mal hören!«, brüllte Bos los. »Der Chef reißt mir den Kopf ab, wenn er von deinem Misserfolg erfährt.«

»Also gut. Nein, auch da war nicht die Spur von irgendwelchen Unterlagen oder der Waffe.«

»So ein Mist.« Bos dachte nach. Schließlich fand er eine Erklärung. »Es war jemand vor dir da.«

»In der Feldstraße? Unmöglich. Ich habe mir die Wohnung an dem Freitagmorgen vorgenommen, zwei Tage nachdem Knut erledigt wurde. Das war drei Tage bevor du dem Kerl von der Polente hier im *Central* die Anschrift gegeben hast.«

»Das weiß ich selbst«, blaffte Bos. »Ich meine die andere Bude.«

»Die in der Schäferstraße?«

Bos schnaubte. »Natürlich. Wovon reden wir denn die ganze Zeit?«

»Ach so. Aber woher hatte die Polizei die Adresse? Der Chef hat sie dir doch erst vor Kurzem gegeben, oder?«

Bos nickte.

»Ich habe mich schon gefragt, warum Lahmer zwei Wohnungen hatte.«

»Keine Ahnung.« Bos nippte am Hochprozentigen. »Vielleicht eine zum Wohnen, eine zur Tarnung. Egal. Ist nicht mein Problem.«

»Hat er deshalb zwei Namen benutzt?«

»Vermutlich. Da ist etwas im Krieg vorgefallen. Lahmer hat einmal so etwas angedeutet, als er besoffen war. Ich halte mich da raus. Das würde ich dir ebenfalls raten.«

»Mach ich.«

»Dumm nur, das wir so spät vom Chef erfahren haben, wo Lahmer noch gewohnt hat. Wenn du die Bude eher in Augenschein genommen hättest, wären wir jetzt bestimmt schlauer. Was soll's. Weißt du genau, dass Lahmer die Waffe an seinem letzten Abend nicht zu dem Treffen mit Müller mitgenommen hat?«

»Als ich mich mit ihm hier im Cafe´ getroffen habe, hatte er sie in der Manteltasche, hat er mir gesagt. Ich habe gemeint, dass es ein Risiko wäre, eine Wumme mit zu einer Feier zu nehmen, weil er sie schließlich im Suff verlieren könnte. Er hat mir nach kurzem Nachdenken zugestimmt und ist zurück in seine Wohnung gefahren, um sie dort zu deponieren. Das hat er mir jedenfalls erzählt, als er zurück war. Durchsucht habe ich ihn natürlich nicht.« Er kicherte. »Stell dir sein Gesicht vor, wenn ich gesagt hätte: He, Knut, gib mir deine Knarre, damit du dich nicht wehren kannst, wenn dir dein Kumpel Müller mit einem Messer die Kehle durchschneidet. Der hätte dumm aus der Wäsche geguckt.« Krönert bekam einen Lachanfall.

Bos schaute seinen Partner einen Moment entgeistert an. »Sehr komisch. Jetzt reiß dich zusammen! Wieso bist du dir so sicher? Sonst ist dein Gedächtnis doch nicht das Beste.«

»Ich erinnere mich nur schlecht an Namen und Orte«, entgegnete Krönert leicht beleidigt. »Das geht vielen so.«

»Ist ja gut. In welche Wohnung hat er die Waffe denn gebracht?«

»Woher soll ich das wissen? Gefragt habe ich nicht.«

»Und dann?«

»Haben wir hier im Café noch etwas getrunken. Bis zu seinem Aufbruch nach Bochum habe ich fast die ganze Zeit mit Knut an einem Tisch gesessen. Da hätte er das Teil nicht verschwinden lassen können.«

»Fast?«

»Zum Scheißhaus bin ich nicht mit ihm gerannt, wenn du das meinst«, erklärte Krönert trotzig. »Du warst an dem Abend ja ebenfalls im *Central*. Außerdem hat Müller die Pistole später nicht bei ihm gefunden, als er seine Tasche durchsucht hat.«

»Stimmt. Vielleicht wäre es doch besser gewesen, die Waffe ... Ach was.« Bos machte eine abwehrende Handbewegung. »Passiert ist eben passiert. Sollte die Kripo die Wumme haben, können wir es jetzt auch nicht mehr ändern. Ich befürchte nur, dass der Chef die ganze Angelegenheit nicht so komisch finden wird wie du.«

»Hätte er uns eben früher einweihen müssen. Außerdem: Die Wumme wird der Polente doch nicht viel nützen.«

»Du bist wirklich naiv.«

»Wieso? Soweit ich weiß, hat Lahmer sie in letzter Zeit nicht benutzt.«

»Richtig. Aber trotzdem: Wenn die einen Schusstest machen, die Projektile vergleichen und dann noch eins und eins zusammenzählen ...«

Es war Krönert anzusehen, wie es in seinem Kopf arbeitete. »Scheiße!«, fasste er das Ergebnis seiner Überlegungen zusammen.

»Sag ich ja. Und das Problem mit den verschwundenen Papieren. Der Chef wird ziemlich sauer sein.«

»Und jetzt?« Krönert wirkte zerknirscht.

»Ich werde ihn anrufen müssen.«

Bos sollte recht behalten. Das Gespräch begann unfreundlich.

»Krönert hat also weder die Waffe noch die Unterlagen gefunden. Er ist ein Versager!«, sagte der Mann am Telefon mit gepresster Stimme.

Bos bemühte sich, Krönert in Schutz zu nehmen. »Ihm fehlte die Zeit, um alles in der Wohnung zu demontieren. Vom Lärm, den das gemacht hätte, ganz zu schweigen.«

»Für die Dokumente lasse ich das gelten. Die können wirklich in irgendwelchen kleinen Geheimfächern verschwinden. Aber eine Pistole?«

»Ich befürchte, die Polizei war eher da als wir.«

»Wie kommen Sie darauf?« Mühsam beherrscht artikulierte der Chef seine Frage.

»Nur so ein Gefühl. Wer sollte die Waffe sonst haben?«

Wieder eine Pause. »Konkrete Anhaltspunkte für Ihre Annahme haben Sie nicht?«

»Nein.«

»Sie könnten richtig liegen. Ich muss diese Information erst überdenken und meine Schlüsse daraus ziehen. Sie hören von mir.«

Als es in der Leitung klickte, atmete Bos tief durch.

39

Mittwoch, 11. Oktober 1950

Dicke Luft«, raunte Saborskis Sekretärin Goldstein zu, als er ihr Büro betrat. »Schon seit zwei Tagen.«

Wie seinen Chef kannte der Hauptkommissar auch dessen Mitarbeiterin seit Jahren. Obwohl sie von anderen als Zerberus gefürchtet war, verstand Goldstein sich gut mit der Vorzimmerdame. »Wegen mir?« Goldstein war sich keiner Schuld bewusst.

»Keine Ahnung. Da war so ein Ministerialdirektor hier. Kam aus Bonn. Und während ihres Gesprächs hat auch noch der Präsident angerufen. Seitdem ist seine Laune im Keller.«

»Danke für die Warnung«, erwiderte der Kommissar und zeigte fragend auf die mit schwarzem Leder gepolsterte Tür zu Saborskis Amtszimmer.

»Gehen Sie ruhig rein. Er erwartet Sie.«

Kriminalrat Saborski saß hinter seinem wuchtigen Schreibtisch und studierte Akten. »Nehmen Sie schon einmal Platz, Herr Goldstein«, meinte sein Vorgesetzter kühl. »Ich habe gleich Zeit für Sie.«

Goldstein grinste innerlich. Auf diesen Einschüchterungsversuch fiel selbst ein Polizeianwärter nicht mehr herein.

Saborski ließ seinen Untergebenen geschlagene zehn Minuten warten, bis er sich zu ihm bequemte. »Vielen Dank, dass Sie kommen konnten.«

Das waren ja völlig neue Töne. Seit wann übte sich der Kerl in Süßholzraspeln, dachte Goldstein und beschloss, auf der Hut zu sein. Irgendetwas stank hier zum Himmel. Und zwar gewaltig.

»Geben Sie mir einen kurzen Lagebericht im Fall Lahmer und Müller«, begann der Kriminalrat die eigentliche Unterredung.

Goldstein tat ihm den Gefallen und verschwieg auch nicht, dass er anderer Auffassung als Gerber war. Allerdings erzählte er Saborski nichts von seinem Besuch bei dem Gerichtsmediziner und dem Kissen, welches er in dem Hotel entdeckt hatte.

»Müller hat sich also in die rechte Stirn geschossen, obwohl er, wie Sie vermuten, Linkshänder war?«

»Ja.«

»Und deshalb gehen Sie davon aus, dass es kein Selbstmord war?«

»So ist es.«

»Hm.« Der Kriminalrat stand auf und ging zu einem Wandschrank. Er öffnete die Eichentür und zog nach kurzem Suchen seine Dienstpistole daraus hervor. Dann kehrte er zum Tisch zurück, die Waffe in der linken Hand.

»Ich bin Rechtshänder, wie Sie wissen.« Er entsicherte die Walther mit rechts, zog den Verschluss nach hinten, um den Abzugshahn zu spannen, und hielt sich die Pistole an die linke Schläfe.

Goldstein erstarrte. »Haben Sie sich vergewissert, dass kein Geschoss im Magazin ...«

Es klickte vernehmlich, als der Schlitten nach vorne schnellte. »Bei einer geladenen Waffe wäre ich jetzt tot. Und das als Rechtshänder. Kein großes Problem, finden Sie nicht auch?«

Goldstein musste sich eingestehen, dass sein Vorgesetzter recht hatte. Das allein war tatsächlich kein tragfähiger Anhaltspunkt für Mord. Aber er hatte ein weiteres Indiz. »Ich habe im Hotelzimmer ein Kissen gefunden, welches ein Einschussloch aufweist.«

Saborski grinste. »Ja, davon habe ich gehört.«

Der Kommissar stutzte. Woher konnte der Kriminalrat das wissen?

»Ihr Gelsenkirchener Kollege hat seinen Vorgesetzten von Ihrem Verdacht informiert. Im Übrigen: Das hätten Sie eigentlich ebenfalls tun müssen. Nun, lassen wir das. Also, HK Schwarz hat seinen Chef über Ihren Hinweis in Kenntnis gesetzt. Natürlich ist Schwarz sofort in das Hotel gefahren und hat das Inlett überprüft. Fehlanzeige. Es war unbeschädigt. Wie erklären Sie sich das?« Saborski musterte Goldstein aufmerksam.

Dessen Gedanken rasten. Kein zerschossenes Kopfkissen? War es ausgetauscht worden? Oder hatte Schwarz gelogen?

»Ich sehe, es hat Ihnen die Sprache verschlagen. Aber keine Angst. Dieser kleine Irrtum bleibt unter uns. Schließlich arbeiten wir ja schon so lange zusammen. Und Fehler machen wir alle.«

Goldsteins Mund war staubtrocken. Das konnte doch alles nicht wahr sein! Gerbers Rückzug – ein abgekartetes Spiel. Ohne jeden Zweifel. Und er war der Spielball. Als Krönung die geheuchelte Freundlichkeit Saborskis. Einfach nur zum Kotzen.

»Und Doktor Gerber hat ja in seinem Bericht den Selbstmord eindeutig bestätigt. Sie befanden sich auf dem Holzweg, mein Lieber. Manchmal sieht man ja den Wald vor lauter Bäumen nicht. Wie gesagt, der Fall kann damit zu den Akten gelegt werden. Es sei denn, es gibt neue, mir noch nicht bekannte Erkenntnisse.« Er musterte Goldstein. Als dieser schwieg, erhob sich Saborski. »Ich erwarte Ihren Abschlussbericht.«

Er hielt Goldstein die Hand zum Abschied hin. »Ach ja, ich habe gehört, dass Sie gestern einen Tag Urlaub genommen haben, um mit Ihrer Frau nach Düsseldorf zu fahren.« Er seufzte. »Das müsste ich eigentlich auch einmal tun.« Als ob es ihm gerade erst eingefallen wäre, fügte er hinzu: »Was halten Sie von einigen Tagen Urlaub? Eine Woche? Das würde Ihnen und Ihrer Familie sicher guttun.« Er nutzte Goldsteins Überraschung und fuhr fort: »Nein, Sie brauchen mir nicht zu danken. Das ist doch selbstverständlich. Auf Wiedersehen, Herr Hauptkommissar.« Mit diesen Worten war Goldstein entlassen.

Wie betäubt stand der Polizist im Vorzimmer, bis ihn Saborskis Sekretärin ansprach. »Sie sehen ja aus, als ob Sie dem Teufel persönlich begegnet wären. War es so schlimm?«, fragte sie mitfühlend.

»Schlimmer«, murmelte Goldstein leise. »Und das mit dem Teufel stimmt ebenfalls.«

40

Donnerstag, 12. Oktober 1950

Konrad Müller war nicht bei der Sache. Sein Steiger hatte ihn schon zum zweiten Mal gerügt, weil er die leeren Wagen nicht rechtzeitig am Strebeingang bereitgestellt hatte, damit sie mit der gerade abgebauten Kohle gefüllt werden konnten. Stattdessen hockte er auf einem Holzstapel und hing trüben Gedanken nach. Erst die fordernden Rufe der anderen Kumpel rissen ihn aus seiner Lethargie. Seine Überlegungen kreisten nur um seinen Vater und die Männer, die ihn umgebracht hatten.

Der eine Mörder war derzeit unerreichbar für ihn. Er saß seine Strafe in einem Zuchthaus ab. Nach der Entlassung war immer noch Zeit, sich um ihn zu kümmern.

Jetzt galt es, sich mit dem Nazirichter zu beschäftigen. Dafür musste Konrad jedoch sein weiteres Vorgehen planen.

Natürlich hatte er die Möglichkeit, Pauly anzuzeigen. Aber mit einem solchen Schritt war er schon einmal gescheitert. Das Einstellungsschreiben der Staatsanwaltschaft konnte er wörtlich zitieren, so oft hatte er es frustriert gelesen. Immerhin kannte er mittlerweile den Aufenthaltsort des Richters. Doch was hatte er sonst in der Hand? Ein Unrechtsurteil, gewiss. Davon hatten Richter im Nationalsozialismus viele gefällt. Und bisher war noch nicht einer von ihnen deswegen auf einer Anklagebank gelandet. Selbstjustiz? Mit dem Gedanken hatte er oft gespielt und dabei auch innere Befriedigung empfunden. Nur: Wollte er wirklich seine Zukunft einem kurzen Glücksgefühl der Rache opfern? Er war sich nicht sicher.

»Wo bleiben die Leeren?«, rief einer seiner Kollegen und stierte in das Dunkel. Der Schein seiner Helmlampe drang nur schwach durch die glitzernde Wand aus Kohlenstaub. »Wo steckst du, Konrad?«, brüllte er dann.

Konrad Müller raffte sich auf und schob die Wagen weiter.

»Du machst uns noch dat ganze Gedinge kaputt, wenn du so rumtrödelst«, beschwerte sich ein anderer Kumpel. »Was is los mit dir?«

»Entschuldigung. Hab heute den Kopf ziemlich voll.«

»Gesoffen, wa? Steck deine Birne in den Eimer da vorn. Da is Wasser drin. Macht dich wieder munter.«

»Nee, das ist es nicht.«

Lachend schlug der Bergmann Müller auf die Schulter. »Der Kleine hat Liebeskummer. Keine Frage. Wie heißt denn deine Süße?«

»Quatsch«, wehrte sich Müller halbherzig. Es war nicht verkehrt, seine Kollegen in diesem Glauben zu lassen. Das ersparte ihm erneute Fragen, auf die er keine Antwort wusste.

Er stemmte sich mit der Schulter gegen die zwei Wagen und drückte sie mit der ganzen Kraft seines schmächtigen Körpers weiter.

»Die kloppen wir getz noch voll und dann is Schicht für heute«, meinte der älteste der Bergleute und griff zur Schaufel. »Nun los, Junge. Steh nich rum un halt Maulaffen feil.«

Eine gute Stunde später verließ Konrad Müller die Kaue Richtung Lohnhalle, um bei dem zuständigen Fahrsteiger nach ein paar Tagen Urlaub zu fragen. Seine Schwester sei krank geworden, schwindelte er. Und da ihr Mann noch in Gefangenschaft sei, habe sie niemanden, der sich um die Kinder kümmere und Besorgungen erledigte.

Der Fahrsteiger, ein gutmütiger Fünfzigjähriger, akzeptierte die Geschichte. So machte sich der junge Bergmann daran, das umzusetzen, was er sich während der Schicht ausgedacht hatte.

Sein Plan schien einfach. Pauly suchte den Kontakt zu Wolfgang Müller, seinem Onkel. Er hatte selbst mitangesehen, dass Müller ein Mörder war, was die Vermutung nahelegte, dass auch Pauly Dreck am Stecken hatte. Und wenn er dafür Beweise sammeln könnte, müsste sich die Staatsanwaltschaft mit dem früheren Richter befassen. So hoffte er zumindest. Ihm fehlten nur die belastenden Hinweise auf mögliche Verstrickungen Paulys in die Machenschaften Müllers. Bis jetzt, machte er sich selbst Mut. Aber er würde sie beschaffen, wenn er ihn sooft wie möglich beobachtete. Und genau dafür wollte er seine freien Tage nutzen.

41

Donnerstag, 12. Oktober 1950

Goldstein war erst gegen Mittag aufgewacht, nachdem er sich bis in die Morgenstunden unruhig von einer Seite auf die andere gewälzt hatte und dabei das Gespräch mit Saborski immer wieder vor seinem geistigen Auge abgelaufen war. Der Kriminalrat hatte ihn quasi aus dem Verkehr gezogen. Mit freundlichen Worten und ohne jeden Vorwurf, gewiss. Kaltgestellt war er trotzdem. Er zermarterte sich den Kopf, aber eine schlüssige Erklärung für Saborskis Verhalten fiel ihm nicht ein. Die Ermordung Müllers sollte unter den Teppich gekehrt werden, das war eindeutig. Hatte dieser mysteriöse Ministerialdirektor aus dem Kanzleramt etwas damit zu tun? Diese Vermutung lag auf der Hand, denn es war jemand mit sehr viel Einfluss, der da hinter den Kulissen die Strippen zog. Sonst hätte Gerber sich an diesem Täuschungsmanöver nicht beteiligt. Der Arzt fürchtete sogar um sein Leben. Oder war sein Gestammel nur der alkoholumnebelte Hilferuf eines Säufers gewesen?

Und was war mit Schwarz? Hatte sein Kollege nur schlampig gearbeitet und deshalb das beschädigte Inlett nicht am Tatort gefunden? Wenn ja, musste ein Unbekannter es nach seinem Besuch ausgetauscht haben, da Schwarz ja behauptet hatte, später seien alle Kissen unbeschädigt gewesen. Zeit genug dafür wäre ja gewesen. Nur: Wer konnte von dem Kissen wissen? Saborski, Schwarz und natürlich das Zimmermädchen. Die Kleine hatte bestimmt nichts mit der Sache zu tun, vermutete Goldstein. Sie erschien ihm zu naiv.

Aber warum hatte der Unbekannte das Inlett nicht schon früher ausgetauscht, sondern erst, nachdem er es entdeckt hatte? Zufall? Schlamperei? Daran glaubte der Kommissar nicht. Nein, sehr wahrscheinlich hatte Schwarz gelogen.

Goldstein richtete sich auf. Er hatte eine Entscheidung getroffen. Er würde weiter ermitteln, Beurlaubung hin oder her. Nur vorsichtig musste er sein. Jeden seiner Schritte genau abwägen. Denn eins war klar: Er legte sich ab sofort mit den ganz Großen an.

Nach einem verspäteten Frühstück fuhr er mit der Bahn nach Gelsenkirchen, um dort mit dem Zimmermädchen des Hotels zu sprechen. Es war schwierig, dem Portier sein Anliegen klarzumachen, aber das hatte Goldstein bereits erwartet. »Die Kleine, die hier geputzt hat?«, fragte der Alte schließlich. »Ist nicht da. Hat gekündigt.« Mehr gedachte er nicht zu sagen und kramte weiter ungerührt in irgendwelchen Unterlagen. Er kümmerte sich keinen Deut mehr um den Polizisten.

»Wie heißt denn das Mädchen?«

Der Mann sah nicht einmal auf. Goldstein packte ihn bei der Schulter. »Wie sie heißt, will ich wissen.«

»Wer?«

»Das Zimmermädchen.« Der Kommissar verlor langsam die Geduld.

»Ach so. Angelika.«

»Und weiter?«

»Weiß nicht.«

»Die Anschrift?«, schrie der Kommissar fast.

Kopfschütteln.

»Sie war hier stundenweise beschäftigt?«

Bedächtiges Kopfnicken.

»Sie müssen sie doch irgendwie erreicht haben.«

Erneutes Nicken.

»Verdammt noch mal, nun rücken Sie endlich heraus mit der Sprache und lassen sich nicht jedes Wort einzeln aus der Nase ziehen! Wie konnten Sie sie erreichen?«

»Angerufen.«

»Also bei ihr zu Hause.«

»Nee, die Familie hat kein Telefon. Bei Nachbarn. Die haben der Angelika Bescheid gesagt.«

»Dann geben Sie mir die Telefonnummer.«

»Ist auch weg. Stand auf dem Zettel mit der Anschrift. Hab ich in den Müll geworfen. Vorgestern. Warum sollte ich den aufheben, wo sie doch gekündigt hatte.« Der Mann schaute Goldstein treuherzig an. »Die Mülltonne wurde gestern geleert. Da brauchen Sie erst gar nicht suchen.«

Hätte der Portier den letzten Satz nicht fallen lassen, wäre Goldstein geneigt gewesen, dem Kerl zu glauben. Jetzt war sein Misstrauen geweckt.

»Hat einer meiner Kollegen mit Ihnen gesprochen?«

Schweigen.

»Hauptkommissar Schwarz möglicherweise?«

Der Hotelangestellte blickte kurz auf. »Nee«, meinte er nur.

Goldstein sah ihm an, dass er log. Aber hier würde er nichts mehr erfahren.

Auf der Straße verspürte er das Bedürfnis nach einer Zigarette. Er suchte in seiner Tasche und musste feststellen, dass er das Päckchen auf dem Wohnzimmertisch hatte liegen lassen. Er sah sich um. Weit und breit war keine Bude auszumachen. Und dann begann es auch noch leicht zu regnen. Was für ein Scheißtag!

Mit einem lauten Knall wurde auf der anderen Stra-ßenseite ein Fenster geschlossen. Goldstein sah nach oben. Jemand zog im dritten Stock gerade die Gardinen zu. Natürlich! Auch als Müllers Leiche gefunden wurde, hatten die Kiebitze in ihren Fenstern gelegen. Vielleicht hatte einer von ihnen ja etwas beobachtet, was ihm weiterhelfen konnte.

Kurz entschlossen überquerte er die Straße, betrat das gegenüberliegende Gebäude und stieg in die dritte Etage.

Er drehte an der Klingel, die ein schnarrendes Geräusch von sich gab. Schritte waren zu hören. Ein schwergewichtiger Mann, der die sechzig deutlich überschritten hatte, öffnete die Tür.

»Ja?«, fragte er mit einer piepsigen Stimme, die in einem seltsamen Kontrast zu seiner Körperfülle stand.

Goldstein zückte seinen Dienstausweis. »Kriminalpolizei. Sie sind«, er warf einen schnellen Blick auf das Türschild, »Herr Wüttow?«

»Genau.«

»Ich hätte ein paar Fragen an Sie. Dürfte ich hereinkommen?«

Wüttow trat beiseite. Im Wohnungsflur roch es nach abgestandenem Rauch. »Gehn wir inne Stube.«

Im Wohnzimmer zeigte Wüttow auf einen der Sessel und ließ sich selbst auf das Sofa fallen. Da wartete er auf das Kommende.

»Sie wissen vermutlich, dass im Hotel gegenüber eine Leiche gefunden wurde?«

Der Dicke nickte.

Goldstein sagte: »Meine Kollegen haben Sie ja befragt, aber ich muss nun erneut ...«

»Nee«, unterbrach ihn Wüttow. »Bei mir war noch niemand. Wissen Se, ich hab mich ziemlich gewundert, warum nich.«

Das überraschte Goldstein nicht wirklich. Wenn sich die halbe Kriminalpolizei im mittleren Ruhrgebiet auf die Selbstmordthese Müllers eingeschworen hatte, gab es auch keinen Grund, mögliche Zeugen eines Mordes zu verhören. »Jetzt haben Sie ja die Gelegenheit, mir Ihre Beobachtungen zu schildern.«

»Wat für Beobachtungen?«, piepste der Mann.

»Ist Ihnen in den Tagen vor dem letzten Freitag etwas Besonderes aufgefallen? Oder an dem fraglichen Morgen selbst?«

Wüttow runzelte die Stirn. »Am Freitag«, echote er. »Oder an dem Morgen ...« Er knetete seine Finger. »Nee, eigentlich ... Abba warten Se mal. Doch, da war wat.«

»Und was?« Goldstein beugte sich gespannt nach vorn.

»Ich glaub, dat war am Mittwoch. Ja, genau. Meine Else war nämlich an dem Tag krank un war nich zur Arbeit. Ich hab ihr den Pfefferminztee ans Bett gebracht. Un dann hab ich dat Fenster aufgemacht. War ja ein schöner Tag. Richtig mild. Nich so'n Wetter wie heute.« Er sah nach draußen. Der Regen war heftiger geworden und dicke Tropfen platschten gegen die Fensterscheibe. »Un da hab ich den beobachtet. Der kam mir gleich so komisch vor.«

»Wen haben Sie gesehen?«

»Na, den Mann da. Der stand erst vorm Hotel un is danach innen Hof gegangen. Ich mein, wat hat der im Hof zu suchen? War keiner von den Angestellten, die kenn ich ja alle. Also, nur so vom Sehen, mein ich. Gesprochen hab ich mit denen noch nie. Mal kurz mit dem fast Tauben. Un mit die Kleine, die da putzt.«

»Sie haben einen Mann registriert, der den Hotelhof betreten hat. Und weiter?«

»Is er wieder rausgekommen un in dat Hotel rein.«

Goldstein war enttäuscht. Ein toller Zeuge.

»Da is er abba sofort wieder raus. Un dann die Straße runtergelaufen. Also, nich so richtig gelaufen. Weil, dat konnte der nich so.«

»Warum nicht?«

»Wegen dem sein Bein. Dat rechte. Hat der nachgezogen. Wie mein Hannes.«

»Hannes?«

»Mein Sohn. War bei die Pioniere. Dem hat der Iwan auch innen Fuß geschossen. Abba innen linken. Der hinkt genauso.«

Goldsteins Gehirn arbeitet auf Hochtouren. Was hatte ihm sein Kollege Markowsky berichtet? Als er die Geldkassette den Räubern nicht sofort aushändigen und fliehen wollte, hatten die Täter ihm in den rechten Fuß geschossen. Der Überfall auf den Geldboten! Hatte Wüttow etwa Allemeyer vor dem Hotel gesehen?

»Können Sie den Mann beschreiben?«

»Äh, nee. Also, nich so richtig.«

»Versuchen Sie es.«

»Ja, also. Der war groß. Vielleicht einsachtzig. Oder noch größer. Dat kann man von hier oben nur schlecht sagen, wissen Se. Un der dicke Mantel. Deshalb is mir der auch aufgefallen. Wer rennt bei so 'nem warmen Wetter wie vor'n paar Tagen mit 'nem Mantel durch die Gegend? Ach ja, un der Hut.«

»Und wie sah er aus?«

»Der Hut?«

»Natürlich nicht. Konnten Sie das Gesicht des Mannes sehen?«

Wüttow blickte Goldstein vorwurfsvoll an. »Ich sach doch, dat is von hier oben nich zu erkennen. Mehr kann ich Ihnen nich erzählen, Herr Kommissar.«

Goldstein dachte einen Moment nach. Dann erkundigte er sich: »Sie haben sicher im Haus über die Vorfälle gesprochen.«

Wüttow nickte heftig.

»Dachte ich mir. Was haben denn die anderen wahrgenommen?«

»Nichts. Die sind tagsüber alle auf Arbeit. Ich bin ja schon in Rente. Un wenn meine Else auch auf Schicht is, gucke ich eben aus'm Fenster. Wat soll ich auch sonst machen?«

Goldstein erhob sich. »Bleiben Sie sitzen, Herr Wüttow, ich finde allein hinaus.«

Als der Hauptkommissar die Wohnzimmertür fast erreicht hatte, meldete sich Wüttow erneut zu Wort. »Ich weiß ja nich, ob es wichtig is, abba an dem Freitagmorgen war der Hinkefuß noch mal da.«

Goldstein blieb stehen und fuhr herum. »Was sagen Sie da?«

»Ja. Abba nich allein. Da war so'n zweiter Kerl dabei. Nur erkennen konnte ich nich viel. War ja ziemlich dunkel.« Wüttow rieb sich das Kinn. »Es könnte natürlich jemand anderes gewesen sein. Also einer, der auch hinkt. Denn da bin ich mir sicher. Gehinkt hat der.«

»Wann war das?«

»Dat war so gegen fünf Uhr. Vielleicht auch'n bisken später. Abba garantiert noch keine sechs. Denn da geht meine Else aus'm Haus. Un die war an dem Morgen noch da.«

Das deckte sich mit den Angaben, die Schwarz über den Todeszeitpunkt Müllers gemacht hatte. Hatte es sich bei dem Hinkenden tatsächlich um Allemeyer gehandelt? Und hatte er etwas mit dem Tod Müllers zu tun?

»Vielen Dank, Herr Wüttow. Sie haben mir wirklich sehr geholfen.«

Der Dicke strahlte. »Gern geschehen.«

42

Freitag, 13. Oktober 1950

Am Morgen war Konrad Müller von seiner Wohnung in Wanne-Eickel mit der Straßenbahn in die Herner Innenstadt gefahren. Sein Ziel war die Kleingartensiedlung, in der Pauly Quartier bezogen hatte.

Das schlechte Wetter des gestrigen Tages war wie weggeblasen, als er zu Fuß das letzte Stück des Weges entlangging. Von dem fast wolkenlosen Himmel schien die Herbstsonne und der junge Mann machte es sich auf einem Stück Wiese gemütlich, in Sichtweise jener Laube, in der er Pauly vor einiger Zeit gesehen hatte.

Obwohl er sich täglich für Stunden in dem Schrebergarten aufhielt, hatte er den Richter nicht mehr zu Gesicht bekommen. Da von Zeit zu Zeit Rauch aus dem Schornstein des Gartenhäuschens aufstieg, war er beruhigt. Es war also immer noch bewohnt.

Müller verschränkte die Arme hinter dem Kopf und schaute den winzigen Wolken bei ihrer Wanderung nach Osten zu.

Irgendwann musste er eingeschlafen sein. Lautes Rufen weckte ihn. Er schreckte hoch und sah sich hektisch um. Wenige Meter von ihm entfernt stand hinter einem Zaun einer der Kleingärtner und wies ihn mit strengem Tonfall zurecht: »So weit kommt dat, dat jeder auf unser Wiese seinen Rausch ausschläft. Verschwinde, du Bengel! Sonst mach ich dir Beine.« Drohend hob er einen Rechen und wedelte damit in Müllers Richtung. »Lungerst sowieso ständig hier herum. Wat hasse eigentlich bei uns zu suchen?«

Konrad lächelte und erhob sich. »Schon gut, ich habe ihren wertvollen Rasen ja nicht umgegraben«, entschuldigte er sich. »Und besoffen bin ich auch nicht. Ich bin lediglich etwas eingenickt. Das ist alles.« Betont lässig schlenderte er Richtung Ausgang.

Als er die Laube Paulys passierte, meinte er, hinter einem der kleinen Fenster eine Bewegung wahrgenommen zu haben. Schnell drehte er den Kopf beiseite. Ein wenig unsicher war er durch den Auftritt des Schrebergärtners nun doch geworden. Was, wenn auch der Richter auf ihn aufmerksam geworden war? Auszuschließen war das nicht. Aber selbst wenn – Pauly wusste nicht, wer er war. Trotzdem verließ Müller die Anlage, um in einer nahe gelegenen Gaststätte eine kleine Mahlzeit einzunehmen. Danach würde er wieder zurückkehren.

Die Kneipe war fast leer. Am Tresen hielten sich drei Männer an ihren Gläsern fest, im hinteren Bereich des Lokals saß ein einsamer Gast an einem der runden Tische. Müller nahm in der Nähe des Eingangs Platz und orderte zwei Frikadellen mit Kartoffelsalat und ein Bier. Wenig später stellte die Bedienung, eine dralle Blonde mit ausladenden Hüften, seine Bestellung vor ihm hin.

Mit gutem Appetit begann Müller zu essen.

Ein weiterer Kunde betrat die Wirtschaft. Müller sah kurz hoch. Für einen Moment trafen sich ihre Blicke. Der Neuankömmling war hager und groß gewachsen. Eine dunkle Haarsträhne fiel in sein Gesicht. Mit einer fahrigen Handbewegung wischte er sie beiseite. Der Kerl erinnerte an eine Ratte.

Konrad Müller zahlte und machte sich wieder auf den Weg zurück zum Schrebergarten. Den Rest des Tages verbrachte er mit kürzeren Spaziergängen zwischen den Parzellen, ausgiebigen Ruhepausen auf einer kleinen Bank in Eingangsnähe und dem Verbrauch fast einer ganzen Schachtel Zigaretten.

Mittlerweile hatte die Dämmerung eingesetzt. Erste, besonders helle Sterne waren am östlichen Himmel auszumachen. Der Vollmond hing groß über dem Horizont. Die Vögel hatten ihr Gezwitscher eingestellt und es war ruhig in der Schrebergartenanlage geworden. Nur von der nahen Straße war gelegentlich das Hupen eines

Fahrzeugs und das Kreischen der Straßenbahn zu hören.

Müller beschloss, seinen Posten für heute aufzugeben. Er warf einen letzten Blick auf Paulys Laube, als dort plötzlich eine Lampe aufleuchtete. Die Tür wurde geöffnet und Müller machte einen weiteren Mann aus, der mit dem Rücken zu ihm im Türrahmen stand. Fetzen eines Gesprächs wehten zu ihm her. Worüber wurde da gesprochen?

Vorsichtig schlich Müller näher. Er war keine zwanzig Meter mehr von dem Holzhaus entfernt, als das Licht wieder ausging. Völlig blind stand er da und hörte das Schlagen einer Tür. Dann hatten sich seine Augen an die Dunkelheit gewöhnt und er erkannte, dass die Tür zur Laube geschlossen war. Nicht die geringste Spur von Pauly und dem anderen Kerl.

Müller zuckte mit den Schultern und wollte sich gerade zum Gehen wenden, als er leises Flüstern aus Richtung des Grundstücks hörte. Gespannt stierte er in die Finsternis, aber er sah niemanden. Und was da geflüstert wurde, verstand er auch nicht.

Hinter ihm knackte ein Zweig. Müller fuhr herum. Die Ratte aus dem Gasthaus schwang einen Holzknüppel über dem Kopf und Konrad konnte nicht mehr ausweichen. Krachend traf ihn der Schlag auf die Stirn. Ein heftiger Schmerz überrollte seinen Körper. Kleine Lichtpunkte tanzten vor seinen Augen. Die grinsende Ratte wischte sich eine Haarsträhne aus dem Gesicht. Dann fiel Müller auf die Knie. Er wurde bewusstlos.

43

Kaum war er wieder in Herne, betrat Goldstein die Hauptpost und rief Markowsky an.

»Hast du eigentlich immer noch die Akte über den Raubüberfall auf diesen Allemeyer auf dem Schreibtisch liegen?«, fragte er seinen Kollegen.

»Ja, warum?«

»Kannst du sie mir in das Café an der Behrensstraße bringen? Ich warte dort auf dich.«

»Wo bist du?«

»In der Post.«

»Aber das ist doch nebenan. Warum kommst du nicht einfach in mein Büro?«

»Saborski hat mich beurlaubt. Ich möchte nicht, dass mich jemand sieht. Vor allem nicht Schönberger.«

»Was hat Schönberger mit deiner Beurlaubung zu tun?«

Goldstein ärgerte sich, dass ihm der Name seines Kollegen, den er verdächtigte, gemeinsame Sache mit Kriminellen zu machen, herausgerutscht war. Deshalb erläuterte er: »Eigentlich nichts. Wir haben nur im Moment, sagen wir, ein paar Probleme miteinander. Gibt sich sicher bald wieder. Bringst du mir nun die Akte? Ich möchte sie nur überfliegen. Es dauert nicht lange.«

Markowsky seufzte. »Einverstanden. Du hast ja noch wegen dem Geburtstag meines Sohnes einen gut bei mir.«

Nach diesem Gespräch wählte Goldstein ein zweites Mal, um im Vorzimmer Trasses anzurufen. Als sich die Sekretärin meldete, erklärte er ihr, dass er bei seinem Besuch die letzte Adresse Allemeyers vergessen habe. Ob sie ihm diese telefonisch durchgeben könne?

»Einen Augenblick.«

Goldstein zückte Bleistift und Notizblock.

»Hören Sie?«

Sie gab ihm die Anschrift, brachte aber ihren Zweifel daran vor, dass Goldstein ihn dort erreichen könne. Schließlich habe der Geldbote ja nach Kanada auswandern wollen.

Der Hauptkommissar notierte die Adresse, bedankte sich und legte auf.

Es waren nur wenige Meter bis zu dem Café. Goldstein trat durch die Tür und den schweren, roten Stoffvorhang, der die Gäste vor Zugluft schützte. Das Lokal war schlecht besucht. Zwei ältere Damen unterhielten sich leise an einem der hinteren Tische und an der langen Theke studierte ein Mann bei einem Kaffee die Tageszeitung.

Goldstein suchte sich einen Platz an der Fensterfront, um Markowsky schon früh ausmachen zu können. Es dauerte keine zehn Minuten, da kam sein Kollege die Straße entlang. Der Kommissar winkte ihm durch das Fenster zu. Wenig später saß Markowsky neben ihm, einen heißen Kakao vor sich und schob Goldstein die Akte hinüber.

»Hier.«

Der Hauptkommissar lehnte sich zurück und legte die Zigarettenschachtel, die er am Bahnhof gekauft hatte, beiseite. Dann griff er zu der Akte. Vieles, was er las, war ihm bekannt, anderes unwichtig. Die meisten Seiten überblätterte er schnell. Etwa in der Mitte der Unterlage fanden sich die Hinweise auf den Tathergang. Allemeyer war von dem Räuber am späten Abend unmittelbar vor der Hausbank Trasses in der Bochumer Innenstadt überfallen und mit vorgehaltener Waffe zur Herausgabe der Geldkassette genötigt worden. Als er der Aufforderung nicht sofort nachgekommen war, schoss ihm der Täter in den Fuß und flüchtete mit der Geldkassette. Die Tageseinnahmen von zwei Kaufhäusern Trasses in Höhe von über zwanzigtausend Mark waren verloren. Allemeyer hatte ausgesagt, er habe in der Dunkelheit die maskierte Person kaum gesehen und wisse deshalb nicht, wie sie ausgesehen habe. Dunkle Kleidung habe sie getragen. Das sei alles. Ein Zeuge, der zufällig in der Nähe gewesen war, bestätigte zwar den Tatablauf, sah sich aber ebenfalls außerstande, den Täter zu beschreiben. Die vollständige Aussage des Zeugen, so der Bericht der ermittelnden Kollegen, befände sich hinten in der Akte.

Goldstein suchte nach diesem Blatt. Als er jedoch den Namen des Augenzeugen las, stellten sich ihm die Nackenhaare hoch. Unterschrieben war die Schilderung von einem gewissen Paul Krönert.

»Was hat dich denn so erschreckt?«, erkundigte sich Markowsky.

Der Kommissar schlug den Vorgang zu und reichte ihn seinem Kollegen. »Das erzähle ich dir später.«

»Hm. Wie du meinst.« Markowsky schien verärgert, was ihm Goldstein nicht verdenken konnte. Aber er wollte zu diesem Zeitpunkt noch niemanden einweihen – immerhin wusste er nicht, wem er im Präsidium vertrauen konnte. Zudem tappte er selbst noch im Dunkeln.

Schnell wechselte er das Thema: »Hast du dir eigentlich das letzte Spiel von Schalke angeschaut?«

Markowsky war ein glühender Verehrer der Gelsenkirchener Mannschaft.

»Natürlich! Ein tolles Spiel.«

Die beiden Männer nahmen sich die Zeit, einige Minuten über Fußball zu fachsimpeln. Dann erhob Goldstein sich. »Lass uns demnächst ein Bier trinken, ja? Mittwoch?«

»Einverstanden.«

Der Hauptkommissar schlug Markowsky kumpelhaft auf die Schulter. »Danke für die Akte. Und bestell dir noch etwas zu trinken. Die Rechnung geht auf mich.«

Auf der Straße steckte der Hauptkommissar sich eine Kippe in den Mund und nahm einen tiefen Zug. Ein rascher Blick auf seine Notizen verriet ihm, dass Allemeyer in der Bahnhofstraße 25 gewohnt hatte. Das war nicht weit.

Bei der Adresse angekommen, fand sich auf den Messingschildern neben den Klingelknöpfen kein Allemeyer. Und auch Goldsteins Nachfragen bei anderen Hausbewohnern blieben ohne Ergebnis. Der Gesuchte sei, so die übereinstimmende Auskunft, kurz nach seiner Genesung ausgezogen. Wohin wusste keiner. Nur eine Rentnerin meinte, ihren früheren Nachbarn noch vor einigen Tagen in der Herner Innenstadt gesehen zu haben. Da ihr Augenlicht nicht mehr das Beste sei, können sie das natürlich nicht mit Sicherheit sagen. Aber gehinkt hätte der Mann, den sie für Allemeyer gehalten habe.

Goldstein nickte. Er hatte nicht wirklich erwartet, dass der Geldbote des Kaufhauses Trasse noch unter seiner alten Adresse anzutreffen war. Aber den Versuch war es wert gewesen. Wenn die alte Dame sich nicht geirrt hatte, hielt sich Allemeyer ja noch in Herne und Umgebung auf.

Und vielleicht hatte er ja vor dem Hotel in Gelsenkirchen gestanden.

44

Samstag, 14. Oktober 1950

Als er erwachte, war es dunkel. Immer noch oder schon wieder? Er hatte keinen Schimmer, wie lange er bewusstlos gewesen war.

In seinem Schädel brummte ein Bienenschwarm. Sein Mund fühlte sich pelzig an und er verspürte Durst. Als er mit der Zunge über seine Mundwinkel tastete, bemerkte er verkrustetes Blut. Er erschrak: Seine Hände und Beine waren gefesselt. Der rechte Arm eingeschlafen und schon völlig taub. Mühsam drehte er sich auf den Rücken, um die Blutzirkulation in seinen Extremitäten in Gang zu bringen.

Konrad Müller versuchte, seine Erinnerungen zu sortieren. Das Rattengesicht aus der Gaststätte hatte ihn mit einem Prügel niedergeschlagen. Vermutlich ein Partner Paulys. Müller stöhnte auf bei dem Gedanken, mit welchem Leichtsinn er vorgegangen war. Er hätte besser auf der Hut sein sollen. Pauly war gefährlich und er hatte sich wie ein dummer Junge benommen.

Das Einschalten des Lichts. Die Stimmen. Das Flüstern. Alles nur Täuschung, um seine Aufmerksamkeit zu erregen und ihn abzulenken! Damit die Ratte Gelegenheit fand, sich von hinten anzuschleichen. Wie lange wusste Pauly wohl von seinem Beschattungsversuch? Tage? Oder gar Wochen? Was war er doch für ein Idiot. Für Selbstmitleid blieb ihm keine Zeit – er musste hier raus. Und das schnell.

Schritte näherten sich. Konrad Müller ließ sich sofort wieder auf die Seite fallen und schloss die Augen. Er musste Ruhe bewahren.

Dann das metallische Geräusch eines sich drehenden Schlüssels. Das Knarren der sich öffnenden Tür. Ein schwacher Lichtschein drang durch seine geschlossenen Lider.

»Ist unser Freund noch bewusstlos?«, fragte jemand.

»Sieht ganz danach aus.« Eine andere Stimme.

Eine Person kam näher und trat ihm mit voller Wucht in den Magen. Müller biss sich auf die Lippen, um keinen Laut von sich zu geben.

»Tief und fest.« Das war wieder die zweite Stimme. Befehlsgewohnt.

»Du hast ihn nicht geknebelt. Hol das nach. Ich will nicht,

dass er nach seinem Aufwachen hier herumschreit. Da vorne hängt ein Lappen. Nimm den.«

Ein Stück Stoff wurde zerrissen.

»Warum schnüffelt der hinter uns her?«

»Woher soll ich das wissen? Er ist mir vor einigen Tagen schon aufgefallen. Da habe ich ihm keine große Bedeutung beigemessen. Im Schrebergarten lungern häufiger junge Burschen herum, treffen sich mit ihren Mädchen. Aber der da blieb immer in der Nähe der Laube. Deshalb habe ich genauer auf ihn geachtet und dich kommen lassen.«

»Und was machen wir jetzt mit dem Kerl?«

»Ich habe mit meinem Onkel gesprochen. Er muss verschwinden. In fünf Stunden öffnen die Geschäfte. Ich besorge Chloroform, damit er tagsüber ruhig bleibt. Heute Nacht schaffen wir ihn weg.«

Müllers Herz schlug so heftig, dass er meinte, es würde zerspringen. Das mussten sie doch hören! Gleich würde sich jemand über ihn beugen und dann ...

»Warum erledigen wir das nicht gleich hier? Wir könnten uns das mit dem Betäubungsmittel schenken.«

O mein Gott!

»Ich will die Sauerei nicht in dieser Bretterbude haben. Schließlich möchte ich noch einige Tage hierbleiben. Wegschaffen müssen wir die Leiche so oder so. Und ich kann ihn nicht beseitigen, ohne zu wissen, wer er ist und warum er mir gefolgt ist. Hier ist alles hellhörig und ich kann ihn nicht ausfragen. Ohne Knebel schreit er doch sofort los. Nein, wir machen das so, wie ich es gesagt habe. Wir beenden das an anderer Stelle.«

Müller stand der Angstschweiß auf der Stirn. Wenn ihn einer der Männer genauer ansah, war es um ihn geschehen. Aber nichts dergleichen passierte.

»Hast du ihn durchsucht?«

»Ja. Ein wenig Kleingeld und ein Kamm. Damit kann er nichts anfangen.«

»Gut. Keine Papiere?«

Einer der beiden kam näher. Müller versuchte, seine Muskeln zu entspannen und den Atem zu kontrollieren. Er wurde an der Schulter gepackt und umgedreht. Seine Haut war feucht. Das mussten sie doch bemerken. Grob bekam er ein stinkendes Stück Stoff in den Mund gestopft. Irgendetwas wurde darum gewickelt. Er unterdrückte den aufkommenden Brechreiz.

Endlich war es vorbei. Die Männer verließen den Schuppen und verriegelten die Tür. Er war wieder allein.

Was hatte der eine gesagt? *In fünf Stunden öffnen die Geschäfte.* Dann war es jetzt etwa drei Uhr in der Frühe. Seine Gedanken rasten. Ein gewaltsamer Ausbruchsversuch schied aus. Wie auch, mit gefesselten Armen und Beinen. Außerdem wäre der Lärm in der Nacht zu auffällig. Nein, er musste still und leise verschwinden. Nach Möglichkeit noch während der Dunkelheit. Er hatte keine Zweifel, dass die Männer es ernst meinten.

Wann wurde es hell? Gegen sieben, halb acht. Ihm blieben gerade einmal vier Stunden, um sein Leben zu retten.

Die Fesseln. Wie sollte er sie loswerden? Wenn er die Handgelenke an etwas Scharfkantigem würde reiben können, ginge es womöglich. Das Atmen fiel ihm schwer. Schuld waren der Knebel in seinem Mund und die Panik, die sich nicht mehr unterdrücken ließ. Konrad Müller rieb seinen Kopf auf dem Boden. Auf und ab. Vielleicht ein Dutzend Mal. Endlich lockerte sich das Band, das den Lappen festhielt. Noch ein kräftiger Ruck … Erleichtert spuckte er den Stofffetzen aus und atmete tief ein.

Er drehte sich erst auf die Seite, dann auf den Bauch und danach auf den Rücken. Seite, Bauch, Rücken. So rollte er durch den Schuppen, bis er an eine Wand stieß. Wieder zurück zur gegenüberliegenden Wand. Dann drehen. Und die Prozedur zwischen den restlichen zwei Wänden wiederholen.

Heftig atmend blieb er liegen. Er war auf kein Hindernis gestoßen. Der Raum schien völlig leer zu sein.

Panik kroch in ihm hoch. Womit sollte er die Seile durchtrennen? Sein Kamm fiel ihm ein. Hatte er ihn noch? Stabiler Edelstahl, ein Geschenk seiner Mutter. Nur waren dessen Zinken sorgfältig abgerundet, um Verletzungen zu vermeiden – garantiert nicht scharf genug. Wenn es ihm jedoch gelänge, eine Zinke abzubrechen? Die so entstehende Kante dürfte ausreichen.

Es gelang ihm, trotz seiner gefesselten Handgelenke seine Gesäßtasche zu erreichen. Erleichtert atmete er auf – sie hatten ihn ihm gelassen. Er zog ihn hervor und lehnte sich mit dem Rücken an die Wand. So kam er mit den Händen bis auf den Boden. Vorsichtig schob er den Kamm mit den Fingern in die richtige Position und presste ihn auf die Steine. Erst linksherum, danach rechts. Immer und immer wieder. Und endlich brachen zwei der Zinken.

Mit der Kuppe des Zeigefingers strich Müller über die Bruchkante. Sie war scharf. Doch der nächste Schritt stellte sich als schwieriger heraus. Er konnte gefesselt nur geringen Druck auf das Seil ausüben. Immer wieder rutschte ihm der Kamm aus den Fingern oder, fast noch schlimmer, sägte nicht an der Kordel, sondern an seinen Händen. Er fühlte, wie er blutete. Aber er gab nicht auf. Er musste diese Fesseln loswerden!

Nach einer gefühlten Ewigkeit hatte er Erfolg. Die Leine begann zu reißen. Er zerrte und ruckte bis seine Hände frei waren. Glücklich massierte er die schmerzenden Gelenke. Jetzt noch die Beine befreien und dann ...

Für einen Moment hielt er inne. Er war so von dem Gedanken besessen gewesen, die Fesseln zu lösen, dass er über das Danach nicht nachgedacht hatte. Was nun? Er war immer noch in diesem Schuppen eingeschlossen, hatte kein Werkzeug für einen Ausbruch, keine Waffe zur Verteidigung.

Nachdem er auch seine Beine befreit hatte, durchsuchte er systematisch in völliger Dunkelheit den Raum. Wie er befürchtet hatte, war dieser leer. Müller drückte vorsichtig gegen den Tür. Sie war fest verschlossen. Wieder kämpfte er die aufsteigende Panik nieder. Denk nach, Konrad, sagte er sich. Es muss einen Weg geben. Es muss einfach!

Die Wände des Schuppens bestanden aus massivem Holz. Die würde er nicht durchbrechen können. Als Bodenbelag dienten Ziegelsteine. Steine? Eine Idee durchzuckte ihn. Kein Beton? Steine wurden in der Regel auf gestampftem Sand oder Asche verlegt. Darunter war nichts als Mutterboden. Wenn das auch hier der Fall war, hatte er eine Chance. Er bückte sich und suchte mit den Fingern die Fugen des letzten Steins vor der Holzwand. Dort begann er, mit dem Kamm zu kratzen. Es dauerte nicht lange, und der Ziegel war freigelegt. Konrad hebelte ihn hoch, legte ihn beiseite und wahrhaftig: Asche! Gott sei Dank. Festgedrückt zwar, aber kein Beton. Er stieß den Kamm in den Ascheboden. Problemlos ließen sich einige Brocken lösen. Müller arbeitete verbissen weiter. Die Ascheschicht war nur wenige Zentimeter dick und darunter stieß er, wie erhofft hatte, auf Erde. Schöne, lockere Erde.

Rasch waren weitere Steine entfernt und Müller begann zu graben. Erst mit dem Kamm, um die Asche zu durchstoßen, dann mit den Händen. Seine Fingernägel brachen und er kratzte sich die Kuppen blutig. Egal. Er wühlte sich in das Erdreich wie ein Maulwurf. Und endlich war ein Loch entstanden, das groß genug war, um hindurchzusehen.

Langsam schob er den Kopf nach vorn, blieb jedoch bereits mit den Schultern hängen. Irgendjemand hatte ihm erzählt, dass Ratten oder Mäuse, sobald ihr Kopf durch eine Öffnung passte, auch den Rest des Körpers hindurchpressen könnten. Er aber war keine Maus. Er musste weitergraben. Zügig und vor allem leise. Er buddelte um sein Leben.

Irgendwann hatte er das Zeitgefühl verloren. Jeden Moment konnten Pauly und sein Kumpan in den Schuppen zurückkommen. Er hatte nur diese eine Chance. Immer schneller schaufelten seine Hände das

Erdreich beiseite, bis das Loch breit genug war. Er kroch hindurch.

Auf der anderen Seite der Bretterwand blieb er auf dem Bauch liegen. Ein unendliches Glücksgefühl durchströmte ihn. Er hatte es geschafft. Langsam rappelte er sich auf, sah sich um. Alles war ruhig. Im Osten zeigte sich bereits das Morgenrot. Gleich ging die Sonne auf. Mit einem Satz sprang er über den Gartenzaun und hastete Richtung Ausgang. Begann zu laufen. Rannte, ohne sich umzudrehen.

Die Menschen, die zur Frühschicht gingen, wunderten sich über den jungen Mann, der an ihnen vorbeilief. Völlig verdreckt, mit Blut an Händen und im Gesicht, laut lachend. Was die anderen dachten, war Konrad Müller völlig egal. Er wollte nur möglichst schnell weit weg von Pauly und dem Schuppen. Und nie mehr in eine solche Situation geraten.

45

Samstag, 14. Oktober 1950

Peter Goldstein war wütend. Auf Saborski, aber auch auf sich selbst. Warum hatte er es sich ohne Widerspruch gefallen lassen, dass der Kriminalrat die Einstellungen der Ermittlungen quasi angeordnet und ihn in eine Art Zwangs-urlaub geschickt hatte? Jetzt nachträglich bei Saborskis Vorgesetzten zu intervenieren, würde ihm nur unangenehme Fragen einbringen: »Weshalb haben Sie Ihre Bedenken denn nicht sofort geäußert, Herr Hauptkommissar? Wie erklären Sie sich den Bericht des Gerichtsmediziners, der zu völlig anderen Ergebnissen kommt als Sie?« Und am gravierendsten: »Welche Beweise haben Sie eigentlich?«

Nein, er musste eine Alternative finden. Weiter auf eigene Faust zu ermitteln war schwierig. Solange sein Urlaub andauerte, fand er zwar die Zeit dafür, aber was war später? Der Kriminalrat würde ihm sämtliche Aktivitäten, die im Zusammenhang zum Fall Müller standen, mit Sicherheit untersagen, sofern er keine neuen Anhaltspunkte für einen Mord liefern konnte. Widersetzte er sich, handelte es sich um ein Dienstvergehen und er könnte diziplinarisch zur Verantwortung gezogen werden. Das wollte er nicht riskieren. Er war einfach nicht zum Helden geboren.

Doch plötzlich kam ihm eine Idee: Wieso konnten nicht Dritte das übernehmen? Menschen, die ebenfalls von Berufs wegen ihre Nase in die Angelegenheiten anderer Leute steckten. Journalisten! Goldstein dachte an einen ganz bestimmten.

Der Kommissar half seinem Schwiegervater im Garten beim Umgraben eines der Beete, in dem sie ihr Gemüse zogen. Danach setzte er den Komposthaufen um und säuberte die Kaninchenställe, eine Aufgabe, die er nur ungern übernahm. Hermann Treppmann hatte mit seinen zweiundsiebzig Jahren erhebliche Probleme mit den Bandscheiben und Schwierigkeiten, den Rücken zu krümmen. Wann immer es möglich war, erledigte deshalb Lisbeth diese Arbeit für ihren Vater. Aber heute war ihr Mann im Haus und die Reinigung blieb an ihm hängen.

Peter Goldstein wusch sich gründlich. Als er aus dem Waschkeller, in dem ihr Badezuber stand, zurückkehrte, wartete seine Frau bereits auf ihn.

»Ich habe Ilse Bertelt beim Einkaufen getroffen.«

Die Mutter des Jungen, den er vor sieben Jahren verhaftet hatte. Ihm wurde bei dem Gedanken flau im Magen.

»Ja?«

»Sie hat mich wieder so vorwurfsvoll angeschaut. Hast du mir wirklich alles über die Verhaftung erzählt?«

Goldstein hasste diese Frage. Denn er hatte ihr nicht ganz die Wahrheit gesagt, hatte ihr natürlich verschwiegen, dass er den jungen Bertelt noch einmal in der Untersuchungshaft im Gestapokeller besucht und ausgefragt hatte. Dass er den Jungen, den die Gestapo auf das Übelste misshandelt hatte, auch noch angelogen hatte. Erwins Aussage gegen Goldsteins Hilfestellung für Mutter und Großvater. Das hatte er ihm damals versprochen, obwohl er wusste, dass er diese Zusage nicht würde halten können.

»Aber ja!«, antwortete er trotzdem seiner Frau. »Was sollte ich dir verheimlicht haben?« Dabei bemühte er sich, ein unschuldiges Gesicht zu machen.

Lisbeth sah ihn prüfend an. Goldstein beschlich das Gefühl, dass sie ihm nicht glaubte. Glücklicherweise gab sie sich mit seiner Antwort zufrieden. »Dann ist es ja gut«, meinte sie nur.

Goldstein versuchte, die Schuldgefühle zu verdrängen. Er ging nach dem Gespräch ins Wohnzimmer und meldete sich telefonisch bei Franz Hinterhuber, Mitarbeiter der hiesigen lokalen Tageszeitung.

Der Hauptkommissar kannte Hinterhuber seit etwas über einem Jahr, seit der junge Redakteur aus Süddeutschland ins Ruhrgebiet gewechselt war. Der Leiter der Lokalredaktion hatte ihn damals dazu verdonnert, täglich der Herner Kripo Hintergrundinformationen zu den offiziellen Pressemitteilungen des Polizeipräsidiums Bochum zu entlocken. Auch Goldstein war von ihm kontaktiert worden. Und in der Tat konnte der Polizist dem Nachwuchsjournalisten einige Male Tipps geben, die sein Ansehen in der Redaktion, vor allem aber bei dessen Chef, verbesserten. Kurz gesagt: Hinterhuber war ihm einen Gefallen schuldig.

Die Redaktionsräume der Zeitung befanden sich ganz in der Nähe der Einkaufsstraße in der Innenstadt. In drei großen Zimmern standen die Schreibtische von sieben Journalisten. Die Türen zwischen den Räumen waren weit geöffnet. Schreibmaschinen klapperten, Telefone schellten, lautstark wurde diskutiert. Goldstein wunderte sich, wie jemand bei diesem Geräuschpegel einen klaren Gedanken fassen, geschweige denn aufschreiben konnte.

Hinterhuber wartete bereits auf ihn. »Lassen Sie uns einen Kaffee trinken«, schlug er vor. »Dann können wir uns ungestörter unterhalten.«

Kurz darauf hockte Goldstein erneut in dem Caféhaus. Zum zweiten Mal seit gestern, langsam wurde er zum Stammgast.

»Sie haben eben ja so geheimnisvoll getan, Herr Hauptkommissar. Um was geht es?«

»Die Sache ist ein wenig heikel. Ich kann mich auf Ihre Diskretion verlassen?«

»Natürlich. Habe ich Sie schon jemals enttäuscht?«

»Nein. Also, die Sache ist folgende. Wir ermitteln in einem Mordfall ...« Goldstein erzählte Hinterhuber vom Mord an Lahmer, Müllers Flucht und dem vermeintlichen Selbstmord des Täters. Er begründete seinen Verdacht, dass Müller einem Verbrechen zum Opfer gefallen sein könnte, verschwieg jedoch Gerbers Sinneswandel. Schließlich kam er zum problematischen Teil. »Der Fall ist für meinen Vorgesetzten abgeschlossen. Das bedeutet, dass ich nicht weiter ermitteln darf. Zumindest nicht offiziell. Wenn aber Sie die Selbstmordthese öffentlich bezweifeln und die Bevölkerung zur Mithilfe aufrufen, kann Ihnen das niemand verbieten.«

»Und wie bin ich an die Informationen gekommen?«

Goldstein antwortete mit einer Gegenfrage. »Das müssen Sie nicht preisgeben, oder?«

»Eigentlich nicht. Unsere Quellen genießen Vertrauensschutz.«

»Sehen Sie. Sie können doch eine Formulierung benutzen wie: ›aus gut unterrichteten Kreisen.‹ So in der Art.«

»Nicht besonders originell.«

»Lassen Sie sich etwas einfallen. Sie sind der Journalist.«

Hinterhuber war anzusehen, dass es in ihm arbeitete. Schließlich sagte er: »Einerseits reizt mich die Geschichte natürlich. Sehr spannend. Andererseits kann ich dem

Redaktionsleiter keinen Informanten angeben. Das wird ihm nicht gefallen.«

»Sie wollen mir also nicht helfen?« Goldstein war enttäuscht.

»Das habe ich nicht gesagt. Es wäre nur hilfreich, wenn ich wenigstens Sie benennen dürfte.«

Der Kommissar wollte schon ablehnen, lenkte aber dann doch ein. »Nur ungern. Wie zuverlässig ist Ihr Vorgesetzter?«

»Sie meinen, ob er sich an den Quellenschutz hält?«

Goldstein nickte.

»Ich bin mir sicher, dass Sie sich deswegen nicht sorgen müssen.«

»Gut. Einverstanden. Aber eine Bedingung habe ich noch.«

»Welche?«

»Der Artikel muss im überregionalen Teil der Zeitung erscheinen. Einerseits ist der Mord in Gelsenkirchen verübt worden. Andererseits ist so die Resonanz auf Ihre Meldung größer. Und nebenbei hoffe ich, damit ein wenig von mir als Tippgeber abzulenken.«

»Ich denke, das kann ich Ihnen zusichern. Es wäre ohnehin ungewöhnlich, in einer Lokalausgabe über ein Verbrechen zu berichten, das in einer anderen Stadt passiert ist. Außerdem meine ich mich zu erinnern, dass im Hauptteil schon etwas über diesen Müller gestanden hat.«

Der Polizist nickte. »Ich habe es gelesen, allerdings war es nur eine kurze Notiz, nicht mehr. Wir sind uns also einig?«

Der Journalist reichte seinem Gegenüber die Hand.

»Ja. Aber ich bekomme die Geschichte exklusiv.«

Der Kommissar sicherte es ihm zu.

»Danke, dass Sie mich ins Vertrauen gezogen haben.«

Hoffentlich enttäuschst du mich nicht, dachte Goldstein, denn dann muss ich mich verdammt warm anziehen.

46

Montag, 16. Oktober 1950

Konrad Müller war noch vor dem Frühstück in das zwei Straßen entfernte Hallenbad gegangen, um ausgiebig zu duschen. Als er mit nassem Haar wieder nach draußen trat, schlug es von der nahe gelegenen Kirchturmuhr acht. Zeit, einige Brötchen zu kaufen, um es sich mit einem Kaffee und der Tageszeitung am Tisch seiner Einraumwohnung bequem zu machen.

Obwohl auch die Zeche, bei der er beschäftigt war, Ledigenheime – die spöttisch als Bullenkloster tituliert wurden – unterhielt, hatte sich Konrad Müller für eine Privatwohnung entschieden.

Seit frühester Jugend ein Einzelgänger, waren die erzwungenen Aufenthalte in den Ferienlagern der Hitlerjugend für ihn eine einzige Qual gewesen. Gemeinsam mit zwanzig Jungen in einem Zimmer – furchtbar. Glücklicherweise war er aufgrund gesundheitlicher Probleme nicht zur Wehrmacht, sondern nur als Flakhelfer eingezogen worden und erlebte die Befreiung seiner Heimatstadt Hamburg als Siebzehnjähriger. So blieben ihm die Kaserne und der darauf folgende Kampfeinsatz erspart.

Die Jahre, die er nach dem Tod seiner Mutter in Heimen verbringen musste, ließen seine Abneigung gegen Schlafsäle schon fast pathologisch werden. Als er das Internat endlich verlassen durfte, schwor er sich, zukünftig nie mit mehr als zwei Personen in einem Raum zu schlafen.

Er biss mit Genuss in das mit Marmelade beschmierte Brötchen und blätterte durch die Zeitung. Die fette Überschrift sprang ihm sofort ins Auge. *Mysteriöser Todesfall in Gelsenkirchener Hotel.* Und etwas kleiner darunter: *Zweifel an der Selbstmordthese der Polizei.* Müller kaute und las. Bisher, so die Zeitung, seien alle Beteiligten davon ausgegangen, dass es sich bei dem vor einigen Tagen in der Absteige gefundenen W. M. um einen Selbstmörder gehandelt habe. Mittlerweile aber lägen Indizien dafür vor, dass auch Mord nicht auszuschließen sei. Der Verfasser blieb, was seine Quellen anging, seltsam vage. Als Indiz für eine Selbsttötung erging er sich lediglich in Spekulationen, ob das Opfer den Schuss mit der rechten oder linken Hand ausgeführt habe. Für beides, so war zu lesen, gäbe es nämlich Hinweise. *Es heißt, der Tote sei Linkshänder gewesen*, stand da wörtlich. *Warum sollte er dann die Waffe mit der rechten Hand führen?*

Die Bevölkerung wurde aufgefordert, ungewöhnliche Vorkommnisse im oder um das Hotel herum, die in Zusammenhang mit der Tat stehen konnten, zu melden.

Seltsamerweise war keine Kontaktanschrift der Polizei, sondern die der Presse angegeben.

Konrad goss sich Kaffee nach und sein Blick fiel auf ein kleines Bild des Hotels, in dem die Leiche gefunden worden war. Das war ihm beim ersten Lesen nicht aufgefallen. Müller stutzte. Tatsächlich! Er kannte das Haus. Dort hatte er auf Pauly gewartet. Wann war der Tote noch gleich entdeckt worden? Im Artikel war vom vorletzten Freitag die Rede. Zwei Tage zuvor hatte er den Nazirichter vor dem Gebäude beobachtet. Standen die Initialen W. M. etwa für Wolfgang Müller, seinen Onkel? Ihn schauderte.

Pauly kannte seinen Onkel. Das stand fest. Was, wenn der Richter auch seinen Verwandten umgebracht hatte? Und war das seine Chance, Pauly ans Messer zu liefern? Der Polizei wollte er sein Wissen nicht preisgeben. Die ging ja, glaubte man dem Zeitungsbericht, von Selbstmord aus und schenkte seiner Aussage möglicherweise keine Beachtung. Nein, er musste den Weg über die Presse gehen.

Er griff erneut zu dem Blatt, um den Namen des Verfassers zu suchen. Ein Franz Hinterhuber. Das war sein Mann.

Zufrieden, einen Weg gefunden zu haben, beendete er sein Frühstück und machte sich auf zum Postamt, um in der Redaktion anzurufen.

Franz Hinterhuber war sofort am Apparat.

»Ich habe heute in Ihrem Artikel gelesen, dass sie Informationen über diesen Mord in Gelsenkirchen suchen«, begann Müller das Gespräch. »Ich könnte Ihnen so einiges erzählen.«

»Und was?«, fragte Hinterhuber.

»Sie haben doch auch so etwas wie eine Schweigepflicht?«

»Ja. Das nennt man Zeugnisverweigerungsrecht. Ergibt sich aus dem Recht, das im Grundgesetz verankert ist.«

»Das heißt, Sie werden meinen Namen nicht nennen?«

»Genau.«

»Gut. Ich glaube, ich kenne den Toten. W. M. steht für Wolfgang Müller, nicht wahr?«

»Da haben Sie recht. Woher wissen Sie das?«

»Müller ist mein Onkel. Und er ist ein Mörder.«

Für einige Sekunden war es still in der Leitung. Dann fragte Hinterhuber: »Können Sie das beweisen?«

»Das nicht gerade. Aber Ende September wurde in Bochum ein Mann ermordet. Das stand auch in der Zeitung. Ich war Zeuge.«

»Haben Sie das der Polizei gesagt?«

»Nein.«

»Warum nicht?«

»Das ist eine lange Geschichte.«

»Für solche Geschichten habe ich Zeit. Ich bin ganz Ohr.«

Und Müller erzählte.

Während Müllers Bericht atmete Hinterhuber mehrmals tief durch. Was für eine Nachricht! Das würde in der Redaktion wie eine Bombe einschlagen und seine Karriereaussichten schlagartig verbessern.

Allerdings durfte er diese Geschichte nicht ungeprüft veröffentlichen. Vielleicht handelte es sich bei seinem Gesprächspartner um einen dieser Wichtigtuer, die immer anrufen, wenn die Bevölkerung um Mithilfe gebeten wird. Obwohl Konrad Müller diesen Eindruck nicht machte. Trotzdem. Er brauchte eine Bestätigung.

»Ich kann verstehen, dass Sie damit nicht zur Polizei gehen wollen«, sagte Hinterhuber, nachdem Müller geendet hatte. »Aber Sie sollten es trotzdem tun.«

»Kommt nicht infrage. Ich hätte mich sofort als Zeuge des Mordes an Lahmer melden müssen. Bestimmt habe ich mich strafbar gemacht.«

Hinterhubers juristische Kenntnisse waren eher dürftig. Aber möglicherweise hatte Müller recht. »Ich mache Ihnen einen Vorschlag. Ich rufe einen befreundeten Polizisten an, der mit dem Fall befasst ist. Ihn frage ich, ob er bereit ist, sich mit Ihnen und mir auf informeller Ebene zu treffen.«

»Wer ist das?«, wollte Müller wissen.

»Ein Hauptkommissar. Sein Name ist Goldstein. Ich bin mit ihm schon seit Jahren bekannt.« Manchmal war eine kleine Notlüge erforderlich, dachte Hinterhuber. »Goldstein ist absolut zuverlässig und kein Paragrafenreiter.«

Nach kurzem Zögern antwortete Müller: »Einverstanden. Nur nicht im Polizeipräsidium.«

»Natürlich nicht. Schlagen Sie einen anderen Ort vor.«

»Ich kenne mich hier nicht so gut aus«, gestand Müller. »Wenn Sie …?«

»Mache ich. Ich versuche jetzt, den Beamten zu erreichen, und Sie rufen mich in einer Stunde zurück. Dann sehen wir weiter.«

47

Montag, 16. Oktober 1950

Der Anruf Hinterhubers erreichte ihn, als er gerade das Haus verlassen wollte, um sich mit Heinrich Matting zu treffen. Der Kollege hatte vor einem Jahr die Ermittlung in dem Raubüberfall auf Allemeyer geleitet. Goldstein kannte ihn seit Langem und hatte sich mit ihm zum Mittagessen in einem Bochumer Restaurant verabredet.

»Ich bin in Eile. Worum geht es?«, fragte er knapp.

»Ihre Strategie hatte Erfolg. Bei mir hat sich ein vielversprechender Zeuge gemeldet.« Der Journalist berichtete von dem Gespräch mit Müller. »Haben Sie Interesse?«

»Machen Sie Witze?« Der Hauptkommissar war wie elektrisiert. Genau auf so einen Informanten hatte er gehofft. »Wann kann ich mit dem Mann sprechen?«

»Jederzeit, glaube ich. Er möchte nur nicht ins Polizeipräsidium kommen.«

Der Polizist überlegte. Lisbeth hatte sich schon beschwert, dass er trotz seiner freien Tage arbeitete und nur selten zu Hause war. »Du bist mehr mit deinem Beruf verheiratet als mit mir. Oder du hast eine Freundin«, hatte sie festgestellt und ihn dabei mit Röntgenblicken durchbohrt. Obwohl er ihr ansah, dass dieser Satz nicht ernst gemeint war, verspürte er doch ein schlechtes Gewissen. Deshalb erschien es ihm sinnvoller, mit seinen inoffiziellen Ermittlungen ein wenig kürzerzutreten.

»Wie wäre es mit Freitag?« Für morgen Abend hatte er sich mit Markowsky auf ein Bier verabredet. Das galt in Lisbeths Augen als Freizeitbeschäftigung. Dann noch ein weiterer Termin am Dienstagmorgen. Der Donnerstag war sein erster Arbeitstag nach dem einwöchigen Urlaub.

»Gegen elf Uhr. Treffen wir uns am Wasserschloss Strünkede? Dort kann ich mich mit dem Informanten ungestört unterhalten.«

»Wir.« Hinterhubers Stimme klang bestimmt.

»Wie bitte?«

»Wir reden mit ihm. Ich werde dabei sein. So lautete unsere Abmachung.«

Der Kommissar seufzte, doch Hinterhuber hatte recht. »Bis Freitag«, meinte er zum Abschied.

Zu dem Restaurant, in dem er auf Matting wartete, gehörte ein kleiner Biergarten, der von mächtigen Kastanien überdacht wurde. Goldstein suchte sich dort einen Platz, obwohl die Kellnerin ihn warnte, dass möglicherweise reife Früchte von den Bäumen fallen und ihn treffen könnten. Ihm war das egal. Er wollte die Strahlen der Herbstsonne ausnutzen. Wer wusste schon, wie lange der Altweibersommer noch andauern würde?

Heinrich Matting traf ein, als der Hauptkommissar gerade sein bestelltes Bier serviert bekam.

»Für mich bitte auch eines«, orderte Matting, noch ehe er sich setzte.

Dann schlug er Goldstein freundschaftlich auf die Schulter. »Mensch, klasse, dass wir beide mal wieder zusammensitzen. Unser letztes Gespräch ist schon eine

Ewigkeit her. Ich habe mich über deinen Anruf wirklich gefreut.« Er schaute seinen Kumpel spitzbübisch an. »Obwohl ich dich in Verdacht habe, dass es nicht nur um ein Bierchen mit alten Kollegen geht, oder?«

Matting und er waren fast gleich alt. Im Gegensatz zu Goldstein, der keinen Kriegsdienst leisten musste, sondern unabkömmlich gestellt war, wurde Matting Offizier und musste an der Ostfront kämpfen. Schwer verletzt wurde er aus dem umkämpften Stalingrad ausgeflogen. Die Erfahrungen an der Wolga hatten ihn für sein Leben gezeichnet und zum glühenden Pazifisten werden lassen.

Goldstein lachte. »Bin ich so leicht zu durchschauen? Aber du liegst natürlich richtig. Du hast doch die Untersuchung bei dem Raubüberfall auf den Geldtransport vor einem Jahr geleitet?«

»Bei dem der Bote in den Fuß geschossen wurde?«

»Genau der.«

»Ja, habe ich.«

Die Kellnerin kam und nahm ihre Bestellung auf. Goldstein entschied sich für Schweinebraten, sein Kollege wählte die Würstchen.

»Kannst du mir etwas über den Fall erzählen?«

»Sagst du mir auch, warum dich das interessiert?«

»Es hängt mit meinen derzeitigen Ermittlungen zusammen. Aber mehr möchte ich noch nicht preisgeben.«

Matting grinste. »Alter Geheimniskrämer. Hast du schon einen Blick in die Akte geworfen?«

Der Hauptkommissar nickte.

»Dachte ich mir. Dann kann ich mir den Formalkram schenken?«

»Es geht mir eher um die Hintergründe.«

»Verstehe. Die Angelegenheit war ziemlich undurchsichtig. Der Geldbote, ich meine, sein Name war ...«

»Allemeyer«, half ihm Goldstein weiter.

»Genau. Also, dieser Allemeyer schleppte die Einnahmen von zwei Kaufhäusern durch die Gegend. Das hatte es bis dato so nicht gegeben und wurde uns mit Einsparmaßnahmen erklärt. Geringere Wege, hieß es. So richtig glaubwürdig war das für mich nicht. Vorher lief das wie folgt ab: Der Bote holte den Ertrag im Kaufhaus in Herne ab und lieferte ihn bei einer dortigen Bank an. Dann fuhr er nach Bochum und machte dort dasselbe. An diesem Abend jedoch sammelte er die Gelder in Herne und Bochum ein, um sie dann in Bochum am Nachtschalter abzugeben. Wir haben das ausgerechnet: Die Zeiteinsparung betrug knapp fünf Minuten. Und die gefahrene Strecke reduzierte sich um gerade mal zwei Kilometer. Nicht die Welt, oder?«

»Sehe ich auch so.«

»Deshalb kam ja der Verdacht auf, dass der Bote und jemand aus dem Kaufhaus in der Sache mit drinhängen.«

»Wer konnte denn die Anweisung geben, das Verfahren zu ändern?«

»Das haben wir uns ebenfalls gefragt. Und es kam nur einer infrage.«

»Wieland Trasse?«

»Genau. Seltsam war auch, dass der Bote an diesem Tag eine Stunde früher unterwegs war als üblich. Wie hätte der Räuber das wissen können, wenn er nicht über den geänderten Zeitablauf informiert wurde? Außerdem waren die Einnahmen an diesem Tag besonders hoch.«

»Warum seid ihr diesem Verdacht nicht weiter nachgegangen?«

»Anordnung von oben. Schönberger, der mit mir zusammengearbeitet hat, vertrat die These, dass der Räuber, um die Lage zu sondieren, schon erheblich früher am Tatort auf den Boten gewartet habe.«

»Du hast das aber nicht geglaubt?«

Matting schüttelte den Kopf. »Nie. Aber Saborski hat sich die Auffassung Schönbergers zu eigen gemacht. Damit war die Sache gelaufen. Der Fall wird wohl bald als unaufgeklärtes Verbrechen endgültig ad acta gelegt.« Er zuckte mit den Schultern. »Die richtigen Freunde muss man halt haben.«

»Was willst du damit andeuten?«

Sein Kollege grinste vielsagend. »Nichts. Absolut gar nichts.«

»Waren die Einnahmen versichert?«

»Na klar. Und die Assekuranz hat auch gezahlt.«

»Wenn ich dich richtig verstehe, vermutest du also einen Versicherungsbetrug?«

»So ist es. Nur beweisen kann ich leider nicht das Geringste.«

Die Kellnerin brachte die bestellten Speisen. Matting griff zum Besteck, legte es jedoch wieder beiseite. »Unser Gespräch bleibt doch vertraulich, oder? Ich möchte nämlich meine Pension nicht gefährden.«

»Kein Angst«, entgegnete Goldstein und schob sich ein Stück Braten in den Mund. »Von mir erfährt niemand ein Wort.«

Eine Stunde später saß Goldstein in der Straßenbahn auf dem Rückweg nach Herne. Gleich morgen früh würde er nach Bochum in die dortige Gerichtsmedizin fahren. Er wollte mehr über Gerbers Expertise wissen. Aber dann hatte er vor, die wenigen Resttage seines Urlaubs zu genießen.

Während der Fahrt ließ er die Unterhaltung mit seinem Kollegen Revue passieren. Mattings letzte Bemerkung machte ihm zu schaffen. Erneut überkamen ihn Zweifel an seinem Vorgehen. War er selbst nicht gerade dabei, sich viel zu weit aus dem Fenster zu hängen? Was, wenn seine Vermutungen über den Kriminalrat doch unbegründet waren? Er gefährdete durch seine Alleingänge möglicherweise seine Stellung. Wovon sollten Lisbeth, ihr Vater und er zukünftig leben, wenn er sich eines Dienstvergehens schuldig machen und aus dem Polizeidienst entfernt würde?

Er rief sich die Unterhaltung mit Saborski in Erinnerung. »Wie gesagt, der Fall kann damit zu den Akten gelegt werden. Es sei denn, es gibt neue, mir noch nicht bekannte Erkenntnisse.« Das waren seine letzten Worte gewesen.

Das Auftauchen von Konrad Müller konnte so interpretiert werden. Damit verstieß Goldstein nicht gegen Saborskis Anweisungen, wenn er sich mit ihm traf. Natürlich musste er seinen Chef darüber informieren. Denn wenn Müller sich tatsächlich als wichtiger Zeuge entpuppte, würde Saborski spätestens davon erfahren, wenn er seinen Bericht ablieferte.

48

Seit Tagen freute sie sich auf diesen Abend und hatte sich extra einen neuen Rock gekauft. Pastellblau. Allerdings keinen aus der von den Modemachern propagierten *Engen Linie*. Damit konnte sie sich nicht anfreunden. Denn um solche Röcke tragen zu können, hätte sie ihren leider immer noch vorhandenen Hüftspeck in ein Taillenmieder zwängen müssen. Da schon ihr Strumpfgürtel an den unmöglichsten Stellen zwickte, wollte sie sich ein Mieder keinesfalls antun. Auch wenn sie der letzte Schrei waren, waren die Dinger dummerweise völlig unbequem und für eine Verabredung zum Tanzen nur bedingt geeignet. Auf ihre ungetragene Bluse jedoch war sie besonders stolz. Weiß, mit einem wellig fallenden Schalkragen. Sie trug ihren kleinen Hut, der farblich genau auf ihre übrige Bekleidung abgestimmt war. Vor dem ersten Tanz gedachte sie ihn abzunehmen, um ihre langen, braunen Haare besser zur Geltung kommen zu lassen.

Und dann ihre Nylons. Wie hatte sie sich bemüht, dass die Naht kerzengerade lag. Eine Viertelstunde lang! Aber jetzt saß alles perfekt.

Viel Sorgfalt hatte sie auf ihr Make-up verwendet: mandelförmig geschminkte Augen, frisch gezupfte, schmale Augenbrauen und ein dunkelroter Lippenstift. Sie fand, sie sah zehn Jahre jünger aus.

Marianne Berger nippte an ihrer Coca-Cola und sah auf die Uhr. Schon fünfzehn Minuten nach sieben. Hatte ihr Verehrer sie versetzt?

Dean Martin schmachtete *I'll Always Love You* aus den Lautsprechern. Einige Paare bewegten sich eng umschlungen auf der Tanzfläche. Auch mehrere Frauen tanzten miteinander. Kein Wunder – im *Central Café* war der Frauenüberschuss deutlich sichtbar. Ein einzelner Mann saß an keinem der Tische.

Marianne Berger seufzte. Halb acht. Er würde nicht kommen. Enttäuscht stützte sie das Kinn auf ihre Handfläche. Es war ihr Alter, ohne Frage. Mit Anfang vierzig konnten sie mit den jungen Dingern, deren Männer im Krieg gefallen waren, nicht konkurrieren. Die führten keinen ständigen Kampf gegen die überflüssigen Pfunde und passten problemlos in die langen, hautengen Röcke mit Beinschlitz.

Manfred arbeitete in derselben Firma wie sie, war allerdings etwa fünf Jahre jünger. Umso mehr hatte sie sich gefreut, als er sie zum Tanzen eingeladen hatte. Bisher hatten sie sich so gut wie nicht beachtet. Sie waren Kollegen, mehr nicht. Das heutige Treffen sollte den Anstoß für ein Kennenlernen liefern. Sie hatte sich so viel vorgenommen. Aber er war nicht gekommen. Mistkerl!

Viertel vor acht. Was sollte sie tun? Zahlen und gehen? Für einen Moment war sie versucht, ihrem Selbstmitleid nachzugeben. Dann schmetterte Vico Torriani *Santa Lucia* durch das Café. Ihr derzeitiges Lieblingslied. Das gab den Ausschlag – sie blieb und würde sich amüsieren. Jetzt erst recht!

Drei Männer betraten das *Central*. Ohne Damenbegleitung! Sie nahmen auch nicht den Weg zu den wenigen Tischen, an denen andere Frauen einzeln oder zu zweit saßen, sondern steuerten die freien Plätze weiter hinten im Saal an.

Verstohlen musterte Marianne die Neuankömmlinge. Zwei von ihnen trugen graue Anzüge mit großem Revers, breite Krawatten und seidene Einstecktücher. Einer der beiden sah wirklich gut aus. Schlank, mit dunklem, vollem Haar. Und kein Ehering, soweit Marianne das aus der Entfernung erkennen konnte.

Der Dritte kam eher unscheinbar daher. Stoffhose, Pullover, keinen Binder. Völlig unangemessen für einen Tanzabend, dachte sie.

Marianne registrierte, dass sie die Aufmerksamkeit des Schlanken auf sich gezogen hatte. Er suchte Blickkontakt. Ertappt sah sie auf ihre Hände, die in ihrem Schoß lagen. So einfach wollte sie es dem Unbekannten nicht machen.

Fünf Minuten später trat die Serviererin an ihren Tisch, eine Sektschale auf ihrem Tablett.

»Das habe ich nicht bestellt«, wunderte sich Marianne Berger.

»Von dem Herrn dahinten«, entgegnete die Kellnerin und lächelte verschwörerisch.

Marianne blickte in die angegebene Richtung. Der Schlanke deutete eine Verbeugung an und hob sein Glas.

Für einen kurzen Moment erwog sie, das Getränk zurückgehen zu lassen. Normalerweise ließ sie sich nicht von einem völlig Fremden einladen. Doch sie griff zum

Champagnerkelch und trank einen Schluck. Dem Fremden zulächelnd stellte sie ihr Glas wieder ab. Sie erkannte den zufriedenen Ausdruck auf dem Gesicht des Mannes und wusste: Es war nur eine Frage der Zeit, bis er ihr seine Aufwartung machte.

Tatsächlich musste sie nur wenige Minuten warten. Der Unbekannte stand auf, näherte sich ihrem Tisch und neigte den Kopf. »Darf ich bitten?«, fragte er. Seine Stimme war tief und melodisch, geradezu einschmeichelnd.

Marianne Berger tat so, als müsse sie das Angebot gründlich abwägen. Dabei war ihre Entscheidung schon gefallen, als sie den Sekt akzeptiert hatte. »Gerne«, erwidert sie, nahm ihren Hut ab, schüttelte ihr Haar und erhob sich.

Ihr neuer Verehrer war ein guter Tänzer. Er führte souverän, ohne zu dominieren. Zusammen schwebten sie über die Tanzfläche. Marianne war hingerissen – was für ein Mann! Trotzdem löste sie sich nach einer Viertelstunde von ihm. »Entschuldigen Sie, aber ich bin etwas außer Atem. Ich möchte mich ein wenig frisch machen.«

Mit Genugtuung registrierte sie seine Enttäuschung. Genau diese Reaktion hatte sie beabsichtigt.

Als er sie zurück zu ihrem Platz führte, fragte er: »Dürfte ich vielleicht später noch einmal um einen Tanz bitten?«

Sie griff zu ihrer Handtasche und sah ihm in die Augen. »Das würde mich freuen.«

Nachdem sie von der Damentoilette zurückgekommen war, verschwendete ihr Verehrer keine Zeit und stand erneut vor ihr. »Gestatten Sie, dass ich mich vorstelle. Paul Krönert.«

»Angenehm, Marianne Berger«, antwortete sie und reichte ihm die Hand.

Krönert beugte sich tief nach vorn und hauchte einen Handkuss. Sie schmolz dahin. Ein Gentleman!

»Hätten Sie etwas dagegen, wenn ich mich zu Ihnen setze?« Paul Krönert blickte fragend auf einen der freien Stühle an ihrem Tisch.

»Es wäre mir ein Vergnügen.« Sie strahlte ihn an. Der Abend versprach nun doch noch richtig nett zu werden.

49

Dienstag, 17. Oktober 1950

Wie bei jedem seiner Besuche in der Gerichtsmedizin verspürte er Unbehagen. Die endlos langen, hell gekachelten Flure. Die weißen Türen, hinter denen auf Stahltischen Leichen obduziert wurden. Die Deckenleuchten, die alles in grelles Licht tauchten. Die heruntergekühlten Räume, in welchen die Leichen in großen, wie übereinandergestapelten Schubladen auf ihre Einäscherung warteten. Und schließlich der ekelhaft süße Geruch des Formaldehyds, der den Gestank des Todes überlagerte.

Endlich hatte er den Raum mit der Nummer dreiundzwanzig erreicht. Er klopfte und trat ein.

Befreit atmete er auf. Ihn erwartete ein normales Büro,

kein Labor. Nirgendwo standen Gläser mit menschlichen Organen, keine Skelettteile waren ausgestellt. Nach Desinfektionsmittel roch es allerdings auch.

»Guten Tag, Herr Goldstein«, begrüßte ihn Doktor Geller, eine blonde Endvierzigerin mit kurzen Haaren. »Sie sehen so erleichtert aus.«

Goldstein schmunzelte. »Ich hatte mit etwas anderem gerechnet. Einer Art medizinischer Folterkammer.«

Claudia Geller lachte auf. »Wie bei Doktor Frankenstein?«

»So ähnlich.«

»Da muss ich Sie leider enttäuschen«, grinste sie breit. »Was führt Sie zu mir?«

»Doktor Gerber. Genau genommen der Bericht, den er über Wolfgang Müller verfasst hat.«

»Müller? Wer ist das?«

Goldstein erinnerte sich, dass Ärzte häufig nicht die Namen ihrer Patienten, sondern nur die Krankheit, unter denen diese litten, im Gedächtnis behielten. Obwohl sich Gerichtsmediziner mit Menschen beschäftigten, die in aller Regel bereits das Zeitliche gesegnet hatten, unterschieden sie sich in diesem Punkt sicher nicht von ihren Kollegen.

»Schussverletzung aus nächster Nähe«, schob er schnell nach. »In die rechte Schläfe. Vor nicht ganz zwei Wochen.«

»Ach ja. Um die vierzig, schlank?«

»Das ist er.«

Sie stand auf, ging zu einem Aktenschrank, der fast eine ganze Wand des Raumes einnahm und zog eine

Schublade hervor. *L bis N* war in großen Buchstaben auf dem Fach zu lesen.

Claudia Geller schnippte mit dem Zeigefinger die einzelnen Akten der Hängeregistratur weiter und murmelte dabei leise Namen: »Mandel, Meier, Moller, Müller Hermann ... Müller Walther ... Müller Wolfgang. Hier haben wir ihn ja.« Sie nahm den Hefter zur Hand und begann darin zu blättern. »Ja. Aufgesetzter Schuss. Selbstmord. Was interessiert Sie daran?« Sie reichte ihm die Mappe.

»Nicht der offizielle Bericht. Den kenne ich bereits. Ich meine ...« Er stockte. Wie sollte er der Assistentin erklären, dass ihr Vorgesetzter möglicherweise ein Obduktionsergebnis gefälscht hatte?

»Sie meinen, ob Doktor Gerber seine Auffassung bezüglich der Todesursache dieses Müller geändert haben könnte?«

Goldstein sah sie verblüfft an.

Sie lachte wieder. »Nun gucken Sie nicht so erstaunt. Der Chef und ich haben eng zusammengearbeitet. An dem Tag, als die Leiche eingeliefert wurde, hatte ich Urlaub. Doktor Gerber hat deshalb die Leichenschau ohne Unterstützung durchgeführt. Üblicherweise assistiere ich und halte seine Untersuchungsergebnisse stichwortartig in einem Notizbuch fest. Später diktiere ich anhand dieser Aufzeichnungen einen ersten, vorläufigen Bericht und lege ihn Doktor Gerber vor, der ihn überarbeitet. Danach wird er abgetippt und unterzeichnet. In diesem Fall hat mein Chef allein gearbeitet. Das sollte nicht sein, kommt aber schon einmal vor. Er erstellt die Einträge dann selbst, benutzt aber die übliche Kladde. Das scheint er auch hier getan zu haben. Nur fehlen die Ursprungsnotizen in dem Heft. Sie wurden herausgerissen. Die Erklärung dafür liegt auf der Hand. Die endgültige Darstellung unterschied sich von den Notizen, die bei der Obduktion angefertigt wurden. Mein Vorgesetzter wollte nicht, dass es darüber zu Missverständnissen kommt. Relevant ist ohnehin nur der offizielle Obduktionsbericht. Bevor Sie jetzt die falschen Schlüsse ziehen: Ungewöhnlich ist dieser Vorgang keineswegs. Zumindest nicht grundsätzlich.«

»Wie habe ich das zu verstehen?«

»Sehen Sie, es passiert immer wieder, dass dem obduzierenden Arzt bei Abfassen des Berichtes Ungenauigkeiten in der Obduktionsmitschrift auffallen. Entweder hat er etwas übersehen, oder die Aufzeichnungen waren nicht vollständig beziehungsweise präzise genug. In einem solchen Fall erfolgt eine Nachuntersuchung und die Ergebnisse werden gegebenenfalls korrigiert. Allerdings war es bisher bei Doktor Gerber nicht üblich, die Notizen zu vernichten. Sie wurden bei einem Irrtum lediglich geändert. Herausgerissen hat er die Blätter aus der Kladde noch nie.«

»Ich meine mich zu erinnern, dass Obduktionen von zwei Medizinern durchgeführt werden müssen.«

Claudia Geller war diese Frage sichtlich unangenehm. Doch sie rang sich zu einer Antwort durch. »Das ist richtig. Aber die Angelegenheit war vermutlich eilig. Deshalb hat Doktor Gerber ja allein gearbeitet.«

Goldstein rief sich die letzte Seite des Berichts ins Gedächtnis zurück. Da standen zwei Unterschriften. »Sie haben trotzdem unterzeichnet?«

»Herr Goldstein, ich …«

»Schon gut«, beruhigte er sie. »Ob Sie sich an die Vorschriften gehalten haben, interessiert mich nicht im Geringsten.«

Sie blickte ihn erleichtert an.

»Könnte ich diese Kladde sehen?«

»Natürlich. Aber Sie werden nichts von Interesse finden. Die Seiten, um die es geht, fehlen ja. Ich nehme an, Doktor Gerber wollte nicht den Verdacht aufkommen lassen, dass auch er die gesetzlichen Verordnungen nicht buchstabengetreu eingehalten hat. Deshalb hat er wahrscheinlich die Notizen entfernt.«

Goldstein ließ sie in dem Glauben.

Die Ärztin durchwühlte die Unterlagen auf ihrem Schreibtisch, fand nach kurzem Suchen das Gewünschte und reichte es dem Hauptkommissar. »Hier. Nach Datum geordnet.«

Goldstein blätterte bis zum sechsten Oktober. Tatsächlich fehlten zwei Seiten. Er legte die Kladde zurück auf den Sekretär. »Sobald ein Obduktionsbericht unterschrieben und damit offiziell ist, wer bekommt ihn als Erster?«

»Die mit dem Fall betraute Dienststelle.«

»Also der ermittelnde Polizeibeamte?«

»Nicht unbedingt. Eigentlich die zuständige Dienststelle. Wenn Sie das genau wissen wollen ...«

Goldstein wollte.

Doktor Geller griff zum Telefonhörer und führte ein Telefonat. Als sie geendete hatte, meinte sie: »Das ist wirklich merkwürdig. Es gab zwei Berichte. Einer wurde von Doktor Gerber selbst getippt, das hat mir unsere Sekretärin bestätigt. Sie war an diesem Tag krank, hat aber den Eintrag über den Ausgang des Schreibens im Postbuch gesehen. Einen Tag später kam Doktor Gerber zu ihr und bat sie, die Ausarbeitung erneut zu tippen. Sie sei auf dem Postweg verloren gegangen. Das ist der Vorgang, den ich mit unterschrieben habe.«

»Und an wen sind diese Dokumentationen gegangen?«

»Beide an Kriminalrat Saborski.«

Das hatte Goldstein befürchtet. »Eine Frage habe ich noch: Wann kommt Doktor Gerber zurück?«

Sie sah ihn erstaunt an. »Er hat um seine Versetzungen in den vorzeitigen Ruhestand nachgesucht. Ich dachte, das wüssten Sie.«

50

Dienstag, 17. Oktober 1950

Es schellte, als die Familie bei Kaffee und Kuchen saß.

Lisbeth Goldstein schob ihren Stuhl nach hinten und stand auf. »Wer das wohl sein mag?«

Vor der Tür wartete Marianne Berger.

»Komm rein«, meinte Lisbeth und trat beiseite. »Trink eine Tasse Kaffee mit uns.«

Ihre Freundin schüttelte nur ungeduldig den Kopf. »Nee, lass. Hast du einen Moment Zeit? Ich möchte dir etwas erzählen.«

»Wo? Hier im Türrahmen?«

»Natürlich nicht. Können wir auf einen Sprung zu mir gehen? Ich möchte mit dir alleine sprechen.« Sie schaute Lisbeth bittend an.

»Na, das muss ja ein großes Geheimnis sein. Aber gut. Ich sage nur eben Peter Bescheid, dass ich fortgehe und er den Abwasch zu erledigen hat.«

»Ist er denn zu Hause?«

»Ja. Er hat Urlaub. Noch bis übermorgen.«

Kurz darauf schlenderten die beiden Frauen zu Marianne Bergers Wohnung. Schon auf dem Weg dorthin versuchte Lisbeth, die Freundin auszuquetschen, biss jedoch auf Granit.

»Warte, bis wir bei mir sind. Dort erfährst du alles.«

In ihrem Haus angekommen, gingen sie direkt in das Wohnzimmer, wo ein bereits gedeckter Tisch sie empfing, mit Kuchen, Gebäck und einer Flasche Likör. Herbstblumen schmückten das Ensemble.

»Du hast dir ja richtig Mühe gegeben. Jetzt bin ich aber wirklich gespannt wie ein Flitzebogen.«

»Ich setze eben den Kaffee auf«, antwortete Marianne. »Dann quatschen wir.«

Kurz darauf saßen sich die beiden gegenüber.

»Ich weiß gar nicht, wie ich anfangen soll. Also …« Unvermittelt platzte es aus ihr heraus. »Ich glaube, ich habe mich verliebt.« Sie sah ihre Freundin mit strahlenden Augen an.

»Das ist ja toll!« Lisbeth stand auf und nahm Marianne in den Arm. »In diesen Manfred, mit dem du tanzen warst?« Sie setzte sich wieder.

Marianne machte eine abwertende Handbewegung. »Hör mir bloß mit dem Blödmann auf. Versetzt hat er mich. Nein, ich habe jemanden kennengelernt. Paul heißt er. Als ich auf Manfred gewartet habe, ist er mit Freunden ins *Central* gekommen. Er ist mir sofort aufgefallen. Später hat er mich zum Tanzen aufgefordert. Lisbeth, Paul bewegt sich so elegant, so leicht … Einfach traumhaft. Das glaubst du nicht«, begeisterte sie sich.

»Und wie sieht er aus?«

Marianne beschrieb ihren neuen Verehrer in allen Einzelheiten.

»Was macht er beruflich?«

»Er ist Kaufmann. Arbeitet als freier Handelsvertreter. Genau weiß ich das nicht. Ich will ihn ja nicht vom Fleck weg heiraten.«

»Und? Hat er dich nach Hause gebracht?«

»Ja. Mit seinem eigenen Wagen. Stell dir das vor.«

Lisbeth griff die Hände ihrer Freundin. »Hast du ihn in deine Wohnung gebeten?«

Mit gespielter Empörung erwiderte Marianne: »Was hältst du von mir? Doch nicht am ersten Abend.«

»Warum eigentlich nicht?«

Beide Frauen kicherten.

»Darf man den Likör auch trinken oder ist der nur für deinen Paul?« Lisbeth zeigte auf die Flasche.

»Entschuldige.« Marianne schenkte ein und sie prosteten sich zu. »Ich habe eine Bitte an dich.«

»Ja?«

»Ich möchte, dass du und Peter ihn euch anseht.«

»Nichts lieber als das. Nur …« Lisbeth stockte. »Ich glaube nicht, dass Peter davon so begeistert sein wird.«

»Das kann ich mir vorstellen. Paul soll auch nicht den Eindruck haben, ich würde ihn vorführen.«

»Verstehe.«

»Deshalb müssen wir uns zufällig treffen. Am besten in einer Kneipe. Ihr trinkt ein Bier, wir kommen unerwartet herein, begrüßen uns überrascht und setzen uns zu euch.«

»Guter Plan. Kann ich noch einen haben? Das Zeug ist lecker.«

»Sanddornlikör. Hat eine Arbeitskollegin aus ihrem Urlaub mitgebracht. Sie war an der Nordseeküste, weil ihre Eltern dort leben.«

»Nobles Geschenk.«

»Nicht wahr?« Sie schenkte nach. »Dafür habe ich, während sie fort war, auch für zwei gearbeitet. Also, wo laufen wir uns über den Weg?«

»Es müsste hier in der Gegend stattfinden. Sonst kriege ich Peter nicht aus dem Haus. Das wird so oder so nicht einfach werden.«

»Du schaffst das schon.« Mariannes Augen blitzten.

»Was hältst du vom Restaurant *Karl der Große?*«

»Das an der Bladenhorster Straße?«

»Genau.«

»Und wann?«

Lisbeth überlegte. »Wie wäre es mit übermorgen? So gegen acht Uhr?«

»Das passt gut. Paul und ich wollten uns an dem Abend ohnehin treffen. Ich lotse ihn dann zum Treffpunkt. Wir sind um viertel nach acht da.«

»Prima. Dann werde ich deinen Paul in Augenschein nehmen. Aber wenn nur die Hälfte von dem stimmt, was du mir eben vorgeschwärmt hast, muss das ja ein richtig toller Hecht sein.«

51

Kriminalrat Saborski starrte seit einigen Minuten auf die Visitenkarte, die er zwischen seinen Fingern drehte. Sollte er Ministerialdirektor Olsberg anrufen oder nicht?

Gestern Nachmittag hatte ihn Goldstein darüber informiert, dass es einen Informanten in der Sache Müller gäbe und er mit ihm verabredet sei.

Verdammt! Saborski ärgerte sich über sich selbst. Er hätte wissen müssen, dass der Hauptkommissar sich nicht so ohne Weiteres mit der Suizidthese zufriedengeben würde. Und untersagen konnte er dieses Treffen erst recht nicht. Mit welcher Begründung?

Er konnte Olsberg diese neue Entwicklung nicht verschweigen, also gab er sich einen Ruck und wählte die Nummer. Es dauerte etwas, bis er bis zu Olsberg durchgedrungen war.

»Olsberg«, meldete sich der Beamte knapp.

»Kriminalrat Saborski. Kripo Bochum.«

»Ich weiß, wo sie beschäftigt sind, Herr Kriminalrat. Was gibt es?«

»Einer meiner Mitarbeiter meint, einen neuen Anhaltspunkt in der Mordsache Müller gefunden zu haben.«

»Haben Sie die Ermittlungen nicht für abgeschlossen erklärt?«

»Ja.«

»Und Ihre Untergebenen halten sich nicht an Ihre Verfügungen?«

Saborski biss sich auf die Lippe, blieb aber stumm.

»Sie haben Ihren Laden anscheinend nicht richtig im Griff, Saborski.«

Die Höflichkeitsfloskeln waren vorbei, jetzt redete Olsberg Klartext. »Wer ist es denn, der meint, diese Spur ausgegraben zu haben?«

»Hauptkommissar Goldstein.«

»Ich denke, der Beamte ist beurlaubt?«

Woher wusste Olsberg das? »Sie sind ausgezeichnet informiert.«

»Das gehört zu meinen Aufgaben. Also, was hat Ihr Mann entdeckt?«

»Goldstein hat einen Zeugen gefunden, der nicht nur den Mord an Lahmer beobachtet, sondern auch verdächtige Personen vor dem Hotel in Gelsenkirchen ausgemacht haben will.«

Olsberg schwieg für lange Sekunden.

Dann erkundigte er sich: »Hat der Zeuge Einzelheiten genannt?«

»Nein. Goldstein trifft den Informanten am Freitag.«

»Wo und wann?«

»Warum interessiert Sie das?«

Olsbergs Stimme wurde leise. »Ich habe Ihnen eine Frage gestellt«, zischte er. »Und Sie täten gut daran, sie zu beantworten. Also?«

Saborski wusste, dass er mit seiner Neugier den Bogen überspannt hatte. Mit Olsberg war nicht zu spaßen. Er musste kooperieren, sonst fand er sich schneller im Ruhestand wieder, als ihm lieb war.

»Um elf Uhr am Wasserschloss Strünkede in Herne«, erwiderte er deshalb beflissen.

»Haben Sie einen weiteren Beamten für diese Begegnung abgestellt?«

»Nein.«

»Dann belassen Sie es dabei.«

»In Ordnung.«

»Noch etwas. Wurde dieses Telefonat durch Ihre Sekretärin durchgestellt?«

Saborski wunderte sich. Was spielte das für eine Rolle?

»Nein.«

»Halten Sie es auch zukünftig so.«

»Ich könnte Goldstein untersagen, den Zeugen zu treffen.«

»Sind Sie wahnsinnig? Rufen Sie mich an, sobald Ihnen der Bericht dieses Kommissars vorliegt. Unverzüglich.«

»Selbstverständlich.«

»Gut.«

Es knackte. Olsberg hatte aufgelegt.

Saborski ließ sich eine Tasse Kaffee bringen und überlegte. Ein seltsames Gespräch. Sein erster Eindruck war, dass es der Ministerialdirektor gern gesehen hätte, wenn diese vermaledeite Begegnung nicht stattfände. Andererseits wollte Olsberg, dass Goldstein weiter ermittelte und er auf dem Laufenden gehalten wurde. Und warum hatte er Ort und Zeitpunkt der Zusammenkunft wissen wollen?

Der Kriminalrat rührte ein weiteres Stück Zucker in sein

Getränk. Egal. Was sollte er sich den Kopf dieses Beamten aus dem Kanzleramt zerbrechen. Olsberg hatte ihm einen klaren Auftrag erteilt und fertig. Alles andere ging ihn nichts an. Manchmal war es eben schlauer, sich einfach wegzuducken.

52

Mittwoch, 18. Oktober 1950

Sie hatten sich in einer Bierkneipe in der Herner Innenstadt verabredet. Als Goldstein die Pinte betrat, saß sein Kollege Markowsky bereits auf einem Hocker am Tresen, ein Bier vor sich.

»Sollen wir uns nicht dahinten an den Tisch setzen?«, schlug Goldstein vor, nachdem sie sich begrüßt hatten. »Da sind wir ungestörter.«

»Meinetwegen.« Horst Markowsky schnappte sich sein Glas und folgte ihm.

Als auch Goldstein bestellt hatte, platzte Markowsky heraus: »So, und nun erzähl schon. Was hat dein Fall mit dem alten Raubüberfall zu tun? Du hast dich doch mit mir getroffen, um darüber zu sprechen, oder?«

»Stimmt.« Goldstein erklärte ihm in groben Zügen die Zusammenhänge. »Es ist seltsam. Der Geldbote des Kaufhauses Trasse, dieser Allemeyer, wird ausgeraubt. Bezeugt hat das Paul Krönert, der wiederum mit dem polizeibekannten Johann Bos herumhängt. Zu dessen Freunden zählt anscheinend auch unser Kollege Schönberger. Schönberger ist es auch, der Zweifel an dem von

249

Allemeyer und Krönert geschilderten Ablauf der Tat unterdrückt, sodass die Ermittlungen im Sande verlaufen. Es geht noch weiter: Der Gelegenheitsarbeiter Breitschneider liefert ausgerechnet dem Kaufhausbesitzer Trasse einen Persilschein, der – glaubt man der Frau des Unfallopfers – von einem Polizisten vermittelt wurde.«

»Schönberger?«

»Das vermute ich. Wie kommst du darauf?«

Markowsky lachte auf. »Erzähl erst mal fertig.«

»Na gut. Und schließlich wird Knut Lahmer von Wolfgang Müller ermordet. Du hast bestimmt davon gehört.«

»Ja.«

»Als ich Müller verhaften will, rauscht Schönberger mit Blaulicht und Martinshorn vor dessen Wohnung, der Täter ist gewarnt und hat Zeit zu türmen. Müller, ebenfalls ein Angestellter Trasses, bringt sich einige Tage später unter mysteriösen Umständen selbst um.« Goldstein hielt es für klüger, seine Zweifel am Selbstmord Müllers für sich zu behalten. Denn beweisen konnte er eigentlich immer noch nichts. »Alles nur Zufall? Glaube ich nicht. Völlig schleierhaft ist mir die Rolle, die unser Chef Saborski in dieser ganzen Angelegenheit spielt. Er ordnet an, Trasse in Ruhe zu lassen, ignoriert die Unklarheiten bei dem Raubüberfall und schlägt sich auf die Seite Schönbergers. Man könnte fast den Eindruck haben, Saborski und Trasse stecken unter einer Decke und wollen nicht, dass jemand diese anhebt und darunter nachsieht. So weit der Sachverhalt. Was hältst du von Schönberger? Du brachtest seinen Namen eben ins Spiel.«

»Du hast doch vor Jahren auch häufiger mit ihm zusammengearbeitet«, gab Markowsky Antwort.

»Ja. Aber in letzter Zeit weniger, wenn ich von der Ermordung Lahmers absehe.«

»Schönberger saß, wie du weißt, lange mit mir im selben Büro.«

»Deshalb kannst du ihn ja auch am besten einschätzen.«

»Um ganz offen zu sein: Ich halte ihn für einen karrieresüchtigen Opportunisten. Außerdem glaube ich, dass er die Hand aufhält.«

»Du glaubst?«

»Beweisen kann ich natürlich nichts. Ich war mit ihm einmal auf der Trabrennbahn in Gelsenkirchen. Dort hat er Hunderte verzockt. Auf meine Frage, wie er zu so viel Geld komme, hat er nur gelacht. Und dann ist da noch ein Informant, der vor der Währungsreform als Schieber und Schwarzhändler aktiv war. Er schwört Stein und Bein, dass Schönberger geschmiert wurde, damit er sie über geplanten Razzien der Militärpolizei informiert. Nur eine offizielle Aussage wollte der Tippgeber damals nicht machen.«

»Warum?«

»Angst. Er glaubt, dass Schönberger einflussreiche Freunde hat.«

Die Kellnerin trat an ihren Tisch. Goldstein orderte zwei weitere Bier. Schließlich erkundigte er sich: »Könnte ich mit dem Mann sprechen?«

»Leider nein. Er ist seit einigen Monaten verschwunden, hatte womöglich Ärger mit seinen früheren Kumpanen. Vielleicht haben sie spitzgekriegt, dass er sich bei mir als Vögelchen betätigt hat. Wie dem auch sei. Ich habe keinen Kontakt mehr zu ihm.«

»Was ist mit Saborski? Glaubst du, er macht gemeinsame Sache mit Trasse?«

Markowsky überlegte lange. »Du kennst ihn viel länger als ich«, antwortete er ausweichend.

»Das schon. Aber ich möchte deine Meinung hören.«

»Peter«, druckste Markowsky herum. »Er ist unser Vorgesetzter. Ich möchte keine Probleme bekommen.«

Goldstein verstand. Markowsky fürchtete ebenfalls um sein Ruhegeld und wollte sich nicht in die Nesseln setzen.

»Alles klar«, sagte er deshalb. »Belassen wir es dabei.«

»Peter, es tut mir leid.«

»Du brauchst dich nicht zu entschuldigen. Das geht in Ordnung. Lass uns noch etwas trinken, ja?«

Den Rest des Abends verbrachten die beiden Polizisten damit, sich über Gott und die Welt auszutauschen.

Den Namen Saborski nahm keiner von ihnen mehr in den Mund.

53

Donnerstag, 19. Oktober 1950

Lisbeth servierte das Abendessen ungewöhnlich früh. Nach dem Mahl verzog sich Hermann Treppmann wie gewöhnlich ins Wohnzimmer, um zu rauchen, die Zeitung zu lesen oder Radio zu hören. Goldstein blieb bei seiner Frau in der Küche.

»Wir sollten mal wieder ausgehen«, begann Lisbeth ihren Plan in die Tat umzusetzen. »Auf ein Bier. Was meinst du?« Sie sagte das wie beiläufig und beschäftigte sich weiter mit dem Trockentuch.

Ihr Mann, der seinen Gedanken nachhing, brummte. »Was hast du gesagt?«

»Ja. Gute Idee.«

Sie stellte die Teller in den Küchenschrank. »Prima. Ich beeile mich und mache mich dann fertig.«

Goldstein hörte immer noch nicht richtig zu. »Mach das«, gab er zur Antwort.

»Willst du dich auch noch umziehen?«

»Umziehen? Warum?«

»Wir wollten doch ausgehen.«

»Ja, irgendwann.«

»Nein, heute. Du hast es gerade versprochen.«

»Entschuldige, da war ich nicht bei der Sache. Heute nicht. Ich muss mich ausruhen. Der erste Arbeitstag. Unerledigter Formalkram, Berichte.«

Diesen Einwand hatte Lisbeth erwartet und sich eine entsprechende Strategie zurechtgelegt. »Einmal möchte ich unter Leute. Und mein liebender Gatte will auf das Sofa und die Füße hochlegen. Aber wenn er sich abends mit Freunden zum Bier trifft, geht er, ohne mich zu fragen, ob ich vielleicht mitkommen möchte.«

»Du sagst doch immer, diese Abende mit meinen Kollegen würden dich langweilen. Nur Gespräche über die Arbeit und so.«

»Mag sein. Gestern zum Beispiel wäre ich gerne mitgekommen.«

»Gestern ging es nicht. Außerdem hast du kein Wort darüber verlauten lassen.«

»Wir sind verheiratet.« Ihre Stimme begann, weinerlich zu klingen. »Da versteht man einander auch ohne große Erklärungen. Gut. Wenn dir nichts an meiner Gegenwart liegt, dann ...« Lisbeth quetschte sich eine Träne aus dem Augenwinkel und wischte sie mit dem Zipfel ihrer Schürze ab.

»So habe ich das doch nicht gemeint.« Goldstein erhob sich, kam zu ihr und nahm sie in die Arme.

Lisbeth wusste, dass sie gewonnen hatte. »Dann gehen wir jetzt?«

»Na gut. Aber nur kurz. Ich habe morgen früh ein wichtiges Treffen.«

Sie drückte ihre Stirn an seine Schulter, sodass er ihren triumphierenden Gesichtsausdruck nicht sehen konnte. Schließlich löste sie sich von ihm. »Ich ziehe nur kurz den Kittel aus.«

Eine Dreiviertelstunde später stand Lisbeth endlich im Flur vor ihrem Mann. »Wie sehe ich aus?«

»Toll.«

Sie lächelte ihn an und reichte ihm den Arm. »Komm.«

»Und wohin?«

»Ins *Karl der Große*. Das ist nicht weit und man kann da auch etwas essen.«

»Aber wir haben doch gerade erst ...«

»Es könnte ja sein, dass du noch einmal hungrig wirst«, unterbrach sie ihren Mann liebevoll.

Das Restaurant war fast leer. Das Ehepaar Goldstein suchte einen Tisch an einem der Fenster aus. Lisbeth setzte sich so, dass sie die Tür im Auge behalten konnte, während sie ihren Mann auf den Stuhl gegenüber dirigierte. Er sollte Marianne und ihren Verehrer erst zu Gesicht bekommen, wenn beide quasi vor ihnen standen. Lisbeth bestellte sich auch ein Bier, was Goldstein etwas überraschte. Normalerweise zog sie süße Weine vor.

Ihre Unterhaltung plätscherte dahin und Lisbeth sah immer wieder zur großen Standuhr, die neben dem Tresen aufgestellt war.

»Gefällt es dir hier nicht?«, fragte Peter Goldstein und zündete sich eine Zigarette an.

»Warum?«

»Du schaust ständig auf die Uhr. Möchtest du gehen?«

»O nein«, winkte sie ab. »Nur eine Marotte.« Sie wirkte seltsam angespannt.

Goldstein begann, misstrauisch zu werden. »Ist mir bisher noch nie aufgefallen.«

»Siehst du. Nach so vielen Ehejahren entdeckst du an mir etwas Neues. Ist das nicht herrlich?« Erneut der fahrige Blick Richtung Tresen.

Die Eingangstür wurde geöffnet. Ein frischer Windstoß vertrieb den Rauch.

Schlagartig erhellten sich Lisbeths Züge. Und Goldstein hörte hinter sich eine Stimme, die er nur zu gut kannte.

»Lisbeth! Peter! Was für eine Überraschung. Schön, dass wir uns gerade heute zufällig treffen.«

Goldstein entging der Verschwörerblick nicht, den die beiden Frauen sich zuwarfen. Von wegen Zufall.

»Darf ich euch meinen Bekannten vorstellen?«

Goldstein erhob sich, um Marianne und ihren Begleiter zu begrüßen.

»Peter, das ist Paul Krönert. Paul, Peter Goldstein. Und seine Frau Lisbeth.«

Goldsteins ausgestreckte Hand fror in der Bewegung ein. Auch Krönert war sichtlich überrascht. Fieberhaft dachte der Hauptkommissar nach. Er konnte nicht mit einem vermeintlichen Kriminellen an einem Tisch sitzen. Unmöglich! Was, wenn ihn jemand sah! Ein Gedanke drängte sich ihm auf. War Schönberger auch in einer solchen Situation gewesen? War er so an Bos geraten? Hatte er vielleicht doch die Wahrheit gesagt?

Der Polizist beschloss, gute Miene zum bösen Spiel zu machen. »Angenehm«, sagte er deshalb und schüttelte die Hand Krönerts. Dann setzte er sich wieder und sah seine Ehefrau wütend an. In was für eine Lage hatten sie und ihre Busenfreundin ihn hier gebracht? Sie beachtete seinen Unmut nicht, in diesem Moment galt ihre ungeteilte Aufmerksamkeit Lisbeths Begleiter. Er kannte Lisbeth und diesen Blick: Sie taxierte diesen Krönert in Sekundenschnelle und wog ab, ob er zu ihrer Freundin passte. Ihre nächste Reaktion würde zeigen, welche Entscheidung sie getroffen hatte.

Lisbeth hielt Krönert ihre Hand hin und lächelte. »Nett, Sie kennenzulernen, Herr Krönert.«

Auch das noch. Sie akzeptierte diesen Mistkerl!

Ihr Zusammentreffen verlief in angespannter Atmosphäre. Das lag nicht zuletzt an den beiden Männern, die jegliche Versuche der Frauen, ein Gespräch in Gang zu halten und die Situation zu entkrampfen, unterliefen. Vor allem Goldstein sagte kaum etwas, antwortete nur einsilbig und stierte den Rest der Zeit in sein Bierglas.

Nach dem zweiten Bier flüsterte Marianne Paul Krönert etwas ins Ohr. Der nickte erleichtert. »Wir müssen leider gehen«, entschuldigte er sich. »Ich habe morgen früh einen wichtigen Geschäftstermin. Vielleicht sehen wir uns einmal wieder.« Worauf du dich verlassen kannst, dachte Goldstein und schickte Marianne ein gequältes Lächeln.

Kaum war das Paar gegangen, legte Lisbeth los. »Was bist du nur für ein Stoffel! Man könnte meinen, jemand hätte dir den Mund zugenäht. Sagst den ganzen Abend kein Wort. Was ist bloß in dich gefahren?«

»Von einem Abend kann ja nicht die Rede sein«, murmelte Goldstein und griff in seine Jacke, um das saubere Taschentuch, mit dem Lisbeth ihn immer versorgte, hervorzuholen. »Die beiden waren höchstens eine Stunde hier.«

»Kein Wunder, so wie du dich benommen hast«, giftete sie. »Was machst du da eigentlich?« Mit wachsender Verwunderung beobachtete sie ihren Mann, wie er das Glas, aus dem Paul Krönert getrunken hatte, sorgfältig in das Tuch einschlug.

»Ich sichere ein Beweisstück«, erwiderte Goldstein trocken. Er stand auf und ging zur Theke, um dem Wirt eine Entschädigung zu bezahlen.

»Bist du jetzt völlig verrückt geworden?«, blaffte ihn Lisbeth an, als er wieder zum Tisch zurückgekehrt war. »Leidest du unter Paranoia? Die Berufskrankheit eines Kriminalpolizisten?«

»Ich glaube, dass dieser Krönert Dreck am Stecken hat«, erwiderte Goldstein ungerührt.

»Wie meinst du das?«

»Ich darf noch nicht darüber sprechen, solange der Fall nicht abgeschlossen ist. Vielleicht irre ich mich ja auch.«

Lisbeth sah ihn entgeistert an. »Du kannst mit deiner Frau nicht darüber sprechen? Denkst du etwa, ich bin nicht vertrauenswürdig?«

Goldstein verzichtete auf eine Antwort und sagte stattdessen: »Ich habe schon gezahlt. Sollen wir dann?«

Auf dem Heimweg wechselte das Ehepaar kein Wort.

54

Freitag, 20. Oktober 1950

Bevor Hauptkommissar Goldstein zu seinem Treffen mit Hinterhuber und dem Zeugen aufbrach, lieferte er das Glas mit den Fingerabdrücken Krönerts bei Markowsky ab.

Eine Viertelstunde zu früh erreichte er den wuchtigen Bau mit seinem Wassergraben. Goldstein sah sich um. Von Hinterhuber keine Spur. Und wie der Informant aussah, war ihm unbekannt. Also nahm er auf einer Bank zwischen Schlosskapelle und Bahnhofstraße Platz und steckte sich eine Zigarette an. Entspannt lehnte er sich zurück und genoss die immer noch milde Herbstsonne. Von seinem Sitzplatz konnte er den Weg, der am Schlosseingang vorbei zum Fußballstadion führte, gut überblicken. Und auch Richtung Norden hatte er freie Sicht. Nur hinter ihm lag eine kleine Brache, die er nicht einsehen konnte, mit mannshohen Bäumen und Büschen. Hohes Gras. Dichtes Unterholz. Wildwuchs. Aus diesem kämen Hinterhuber oder der Zeuge bestimmt nicht.

Lange musste der Hauptkommissar nicht warten. Von der Bahnhofsstraße näherte sich der Journalist. Ihm folgte in geringem Abstand ein junger Mann, der sich häufig suchend umblickte. Das musste der Zeuge sein.

Der Polizist ging Hinterhuber einige Schritte entgegen.

»Guten Morgen, Herr Goldstein«, grüßte der Reporter und hielt dem Kommissar die Hand hin.

Der schlug ein. »Den Grund für unser Treffen haben Sie auch mitgebracht.«

Hinterhuber drehte sich um und musterte den Mann neugierig. Der Informant war jung, schlaksig und groß gewachsen. Er trug einen an den Ärmeln leicht verschlissenen, etwas zu weiten Mantel. Die Schuhe waren abgewetzt und auch die braune Hose schien schon lange getragen.

»Ich bin Franz Hinterhuber«, sprach der Journalist ihn an. »Haben wir miteinander telefoniert?«

Konrad Müller wirkte schüchtern. »Ja.«

»Prima.« Hinterhuber zeigte auf Goldstein. »Das ist der Polizist, von dem wir sprachen. Er heißt Peter Goldstein. Sie sollten ihm vertrauen.«

Müller nickte nur.

Goldstein trat näher. »Vielleicht setzen wir uns auf die Bank da vorne«, schlug er vor. »Da können wir uns in Ruhe unterhalten. Einverstanden?«

Erneut das zögerliche Nicken.

Der Hauptkommissar führte die kleine Gruppe an. Als sie die Bank erreichten, sorgte er dafür, dass Müller zwischen ihm und Hinterhuber saß.

»Sagen Sie mir zunächst bitte Ihren Namen und Adresse«, begann Goldstein das Gespräch und zückte seinen Notizblock. Als er den verunsicherten Blick Müllers bemerkte, setzte er schnell hinzu: »Keine Angst. Was ich mir hier aufschreibe, dient lediglich zur Gedächtnisstütze. Niemand bekommt diese Notizen zu sehen.« Er griff wieder zur Zigarettenschachtel und hielt sie Müller hin. »Rauchen Sie auch?«

Der bejahte. Hinterhuber dagegen lehnte das Angebot mit einem Kopfschütteln ab.

Als die Zigaretten glimmten, bat Goldstein um den Vornamen des Mannes. Dieses Mal kam Müller der Aufforderung nach. »Und Sie werden mir nichts anhängen?«

»Warum sollten wir? Oder haben Sie etwas ausgefressen?«

Müller schaute hilfesuchend zu dem Journalisten. Jetzt hat er mich doch am Wickel, schien dieser Blick zu sagen. »Na ja. Schließlich habe ich den Mord mit angesehen und nicht die Polizei verständigt.«

»Hätten Sie die Tat denn verhindern können?«, wollte Goldstein wissen.

»Nein. Das ging alles so schnell. Erst haben die beiden …«

»Lahmer und Müller?«, unterbrach ihn der Polizist.

»Ja. Mein Onkel hat auf irgendetwas in der Dunkelheit gezeigt. Lahmer hat sich umgedreht und quasi im selben Augenblick hat ihm mein Onkel die Kehle durchgeschnitten.«

»Weshalb sind Sie am Tatort gewesen?«

»Ich bin meinem Onkel gefolgt.«

»Und wieso?«

Müller stand auf. Unsicher trat er von einem Fuß auf den anderen. »Also, das war so. Mein Vater war …« Ein Knall ertönte und wie von einem heftigen Schlag getroffen, riss es Müller von den Füßen. Er fiel auf den Rücken, versuchte, sich zu erheben und stützte sich dabei mit einer Hand auf dem Boden ab. Verwundert schaute der junge Mann auf seine Brust. Eine Sandfontäne spritzte neben seinem Kopf hoch. Direkt danach ein Knall. Jemand schoss auf sie.

»Runter!«, brüllte Goldstein und zog Hinterhuber mit in den vermeintlichen Schutz der Bank. Mit dem ausgestreckten linken Arm gelang es ihm, Müllers Bein zu fassen, ohne seine Deckung vollständig aufzugeben. Mit einem Ruck zog er den jungen Mann näher zur Sitzbank, bis er mit der rechten Hand nachfassen konnte. Das Stöhnen Müllers ignorierte er. Erneut ein Schuss. Hinterhuber schrie auf, auch ihn hatte es erwischt. Goldstein zog Müller so nahe an sich heran wie möglich. Dann tastete er nach seinem Halfter. Doch er griff ins Leere. Wie üblich lag seine Waffe im Büro.

Müllers Blick wurde glasig. Goldstein überlegte nur kurz. »Sie bleiben hier«, rief er dem Reporter zu, der dabei war, sich mit einem Taschentuch eine Blessur am

Unterarm zu verbinden. Hinterhuber machte einen angeschlagenen Eindruck, seine Verwundung schien aber nicht so schwerwiegend zu sein wie die Müllers. »Legen Sie sich flach auf den Boden. Bleiben Sie unten, verstanden?«

Hinterhuber nickte nur.

Der Kommissar schob sich vorsichtig in Position und lugte durch den Spalt zwischen zwei Bankbrettern. Der Schütze musste sich in dem kleinen Waldstück hinter ihnen verborgen haben. Und Goldstein war unbewaffnet. Zum Teufel! Nur konnte das der Attentäter nicht wissen.

Der Polizist sprang auf und rannte so schnell es ging im Zickzack zu einem Baum, dessen mächtiger Stamm erneute Deckung bot. Warum war er nicht beschossen worden? Er atmete tief ein und spurtete dann Richtung Kapelle. Auch ihren Schutz erreichte er, ohne dass ein weiterer Schuss fiel. Hatte der Attentäter aufgegeben oder wartete er nur darauf, einen tödlichen Treffer zu setzen?

Goldstein schlich zur westlichen Ecke des Gebäudes. Von hier konnte er einen Teil der Brache einsehen. Aber so sehr er sich auch anstrengte, er konnte niemanden ausmachen.

Der Hauptkommissar entschloss sich, alles auf eine Karte zu setzen. Schließlich war Freitagmorgen. Eine belebte Straße und zwei Fußballplätze in unmittelbarer Nähe. Die Schüsse konnten nicht unbemerkt bleiben. Das Risiko entdeckt zu werden, stieg für denjenigen, der auf sie gefeuert hatte, mit jeder Sekunde, die er sich länger am Tatort aufhielt.

Goldstein rannte in das Wäldchen. Er brach krachend durch das Unterholz, bahnte sich seinen Weg. Zweige schlugen ihm ins Gesicht. Jeden Moment erwartete er, getroffen zu werden. Nichts dergleichen geschah.

Dann erreichte er eine kleine, kaum bewachsene Stelle. Niedergetretenes Gras und Laub. Und eine in den Boden gerammte Astgabel. Diente sie als Stativ? Er sah sich kurz um. Hier war niemand mehr. Goldstein atmete erleichtert aus. Die Gefahr war vorüber. Von diesem Platz war die Bank trotz der Zweige und des Gestrüpps gut auszumachen. Hier hatte der Täter gelauert, ohne Frage. An seine Verfolgung war jedoch nicht zu denken, erst musste er sich um die Verletzten kümmern.

Hinterhuber lag immer noch flach auf dem Boden. Als er Goldstein bemerkte, hob er den Kopf und deutete mit der unverletzten Hand auf Müller. »Schnell. Es scheint ihm nicht besonders gut zu gehen.«

Der Polizist half dem Journalisten auf die Beine, er war leichenblass. Das Taschentuch auf seiner Wunde war blutrot. »Geht es?«, erkundigte sich Goldstein.

»Ja. Unser junger Freund da ist schlimmer dran.«

»Können Sie laufen? Dann alarmieren Sie einen Krankenwagen und die Polizei. Ich bleibe bei ihm.«

Hinterhuber schaute besorgt in Richtung Wäldchen.

»Keine Angst. Wenn der Schütze noch da wäre, läge zumindest einer von uns schon tot auf dem Boden. Und jetzt hauen Sie endlich ab.«

Hinterhuber hastete los.

Der Hauptkommissar beugte sich über den Schwerverletzten. Dessen Atem rasselte. Seine Stirn war schweißnass, aber eiskalt. Vorsichtig knöpfte Goldstein

den Mantel auf. Der Pullover war bereits blutdurch-
tränkt. Langsam schob der Polizist ihn hoch, öffnete das
Hemd. Das Einschussloch in der Brustmitte war deutlich zu erkennen. Müller begann zu hecheln. Goldstein
streifte eilig seine Jacke ab, riss sich sein Hemd und
Unterhemd vom Körper. Hastig formte er daraus ein
Rolle und presste sie heftig auf die Wunde, um die
Blutung zu stillen. Müller stöhnte auf. Unvermittelt
schlug er die Augen auf, schaute den Polizisten an und
flüsterte: »Pauly.«

Dann fiel er zurück in eine gnädige Ohnmacht.

So verharrte Goldstein, den Druck auf die Wunde auf-
rechterhaltend. Was konnte er auch sonst tun? Auf Hilfe
warten und hoffen, dass Müller nicht unter seinen Händen verreckte.

Das Attentat galt Müller, das stand fest. Ihm fiel kein
Grund ein, warum jemand auf Hinterhuber oder ihn
schießen sollte. Irgendwer wollte verhindern, dass Müller eine Aussage machte. Aber wer? Und wie hatte der
Attentäter von dem Termin erfahren? Er selbst hatte Saborski davon in Kenntnis gesetzt. Der Kriminalrat
mochte mit Trasse unsaubere Geschäfte machen und
war ein Opportunist – einen Mordanschlag traute er ihm
jedoch nicht zu. Hatten Hinterhuber oder Müller noch
andere eingeweiht? Wer war dieser Pauly, dessen Name
Müller noch gemurmelt hatte? Und vor allem: Was
wusste Müller?

Aus der Ferne erklang ein Martinshorn. Dann sah
Goldstein Hinterhuber, der auf ihn zukam. Völlig außer
Atem erreichte er den Kommissar und beugte sich zu

ihm herunter. Dabei stützte er die Hände auf den Oberschenkeln ab, die eigene Verletzung ignorierend.

»Alles erledigt«, keuchte er. »Der Krankenwagen muss jeden Augenblick eintreffen.«

Wie zur Bestätigung bog prompt ein Rettungswagen in den Weg ein, der zum Schloss führte. Hinterhuber hob winkend beide Arme über den Kopf.

Sekunden später versorgten Mediziner den schwer verletzten Müller und auch Hinterhuber ließ seinen Arm verarzten.

Als Müller auf der Trage in den Wagen geschoben wurde, fragte Goldstein: »Wohin bringen Sie ihn?«

»Marienhospital an der Schulstraße«, antwortete der Arzt. Dann schloss er die Tür.

Mittlerweile waren zwei Streifenwagen der Herner Polizei eingetroffen. Goldstein zeigte seinen Ausweis und klärte die Uniformierten kurz auf. Danach veranlasste er eine Großfahndung nach dem oder den Schützen, obwohl er sich keine großen Hoffnungen machte. Wenn auf den Täter in der Nähe ein Fahrzeug gewartet hatte, war er bereits über alle Berge. Aber der Hauptkommissar wollte nichts unversucht lassen.

»Informieren Sie die Spurensicherung«, wies er einen seiner Kollegen an. »Und zwei von Ihnen folgen mir bitte.«

Er führte die Männer an die Stelle, an der wahrscheinlich der Attentäter auf sie gelauert hatte. »Sperren Sie großräumig ab«, befahl er. »Niemand betritt diese Fläche, bevor sie nicht gründlich untersucht wurde.«

Als er zu Hinterhuber zurückkehrte, war der damit beschäftigt, die Ereignisse in Kurzform in seinem Notizbuch festzuhalten. »Was für eine Geschichte«, wiederholte er mehrmals fasziniert, als Goldstein an seiner Seite stand. »Und ich habe sie exklusiv. Wunderbar. Eine Schießerei in Herne.«

Der Hauptkommissar unterbrach den Reporter in seinem Schreibfluss. »Haben Sie jemanden über unser Treffen informiert?«

Der Journalist sah überrascht auf, er hatte Goldsteins Anwesenheit offenbar nicht registriert. »Wie? Ach so. Ja, den Redaktionsleiter selbstverständlich.«

»Sie haben sonst keine Bemerkung fallen lassen? Unter Journalisten anderer Zeitungen beispielsweise?«

»Mit dem Ergebnis, dass uns einer von denen die Reportage wegschnappt? Ich bin doch nicht blöd.«

Diese Erklärung erschien plausibel. Blieb also nur noch Müller übrig, der mit jemandem über das Treffen gesprochen hatte. Er würde ihn fragen müssen. Ganz ausschließen durfte er die Möglichkeit, dass nicht Müller, sondern er das Ziel des Anschlags gewesen sein könnte, jedoch nicht. Er hatte viele Feinde. Aber das galt für fast jeden Kriminalpolizisten. Und niemand von ihnen war in den letzten Jahren das Opfer eines Mordanschlages geworden.

Ein Wagen bremste. Türen schlugen. Markowsky und seine Kollegen nahmen ihre Arbeit auf. Goldstein ging ein paar Schritte und setzte sich auf eine Bank, fünfzig Meter vom Tatort entfernt. Für ihn gab es im Moment nichts mehr zu tun.

Als er sich eine Zigarette anzünden wollte, bemerkte er, dass seine Hände zitterten. Vielleicht war er schon zu alt für solche Aufregungen.

Einige Stunden später saß Hauptkommissar Goldstein in seinem Büro Horst Markowsky gegenüber. Die Großfahndung war wie befürchtet ohne Ergebnis geblieben, ebenso die sofortige Befragung Dutzender Anwohner. Auch Zeugen gab es keine. Blieben vorläufig nur Indizien.

»Du hattest mit deiner Vermutung recht. Von der Stelle im Unterholz, die du entdeckt hast, wurden die Schüsse abgegeben. Wir haben zwei Patronenhülsen gefunden. Es waren doch zwei Schüsse, oder?«

Goldstein bestätigte diese Aussage.

»Hier, sieh selbst.« Der Spurensicherer hielt dem Hauptkommissar eine der Hülsen hin. »Kaliber 7,92. Eine Patrone vom Typ 8x57I.«

Goldstein nahm die Hülse zwischen zwei Finger und führte sie vor seine Augen.

»Siehst du den schwarzen Lackrest?«

»Ja.«

»Wir haben diese Markierungen auch auf dem Projektil entdeckt, das Müller verfehlt hat. Und ich bin mir sicher, dass diese Reste auch auf demjenigen sind, das in Müllers Brustkorb steckt. Wie geht es ihm eigentlich?«, wechselte er das Thema.

»Noch lebt er. Der linke Lungenflügel ist zerfetzt. Zwei Rippen sind zersplittert. Das Schlimmste ist, dass eine Arterie getroffen wurde. Er hat ziemlich viel Blut verloren. Sie haben ihn operiert, aber er ist bisher nicht wieder aus der Narkose erwacht und die Ärzte wissen nicht, ob er durchkommt. Wenn er die kommende Nacht überlebt, hat er gute Chancen. Ansonsten …« Er sprach den Satz nicht zu Ende. »Also, was hat es mit der ominösen Farbe auf sich?«

»Solche Munition wurde immer mit schwarzem Lack markiert. Das I steht für Infanterie. Die Waffe war ein Mauser Scharfschützenkarabiner 98 K, vermutlich mit einem Zielfernrohr ausgestattet. Das einzige Gewehr, mit dem diese Patronen verschossen wurden. Der Platz, den sich der Schütze für seinen Anschlag ausgesucht hatte, war gut gewählt. Freie Sicht und vor allem freies Schussfeld in alle Richtungen, auf die es ankam, gleichzeitig hervorragende Deckung durch das Unterholz und das hohe Gras. Die Entfernung zum Ziel betrug nur wenig mehr als einhundert Meter. Kein Problem für einen geübten Schützen.«

Das Schrillen des Telefons unterbrach ihn. Goldstein hob ab, meldete sich und signalisierte seinem Gegenüber, dass er bleiben solle.

Am Apparat war Kriminalrat Saborski. »Was höre ich da? Auf sie wurde geschossen?«

»Nicht auf mich. Vermutlich auf unseren Zeugen.«

»Wurden Sie verletzt?« In seiner Stimme schwang ehrliche Besorgnis mit.

»Nein. Aber der Informant und ein Journalist.«

»Was hatte die Presse bei Ihrem Treffen verloren?«

»Sie hat es vermittelt.«

»Dann dürfte morgen alles in der Zeitung stehen?«

»Davon müssen wir ausgehen.«

»Verdammt! Ließ sich das nicht vermeiden?«

»Leider nein.«

»Und das Opfer?«

»Schwebt in Lebensgefahr. Es ist nicht klar, ob der Mann durchkommt.«

»Kann er eine Aussage machen?«

»Ausgeschlossen.«

»Ich möchte unverzüglich Ihren Bericht auf meinem Schreibtisch.« Saborski legte auf.

Goldstein konnte ein Grinsen nicht unterdrücken. »Unser Chef. Hat sich über meine Gesundheit Sorgen gemacht. Und die Reaktion der Presse. Müller kam an letzter Stelle. Na ja. Wo waren wir stehen geblieben?«

»Bei dem Schützen. Er ist mit Sicherheit kein ausgebildeter Scharfschütze.«

»Woher willst du das wissen?«

»Peter, bei der kurzen Distanz und einem Zielfernrohr hätte ein Scharfschütze einer Fliege ein Auge ausgeschossen. Müller wäre schon beim ersten Schuss tödlich getroffen worden.«

»Und wenn nun kein Zielfernrohr benutzt worden ist?«

»Auch dann. Dieser Karabiner hat eine effektive Reichweite von sechshundert Metern. Der Krieg ist erst fünf Jahre her. Bei der Entfernung wie im Schlosspark trifft fast jeder, der einmal an einer solchen Waffe ausgebildet wurde. Schießen verlernt man nicht.«

»Leider.«

»Von dieser Mauser wurden rund hundertdreißigtausend Stück gebaut. Da kann eines dieser Gewehre das Kriegsende durchaus gut eingeölt in einem Keller überstanden und mit einer Schachtel Munition auf eine spätere Verwendung gewartet haben.«

»Wurde die Waffe schon bei einem weiteren Verbrechen verwendet?«

Markowsky schüttelte den Kopf. »Nicht in unserem Bereich. Ob allerdings irgendwo anders ...« Er zuckte mit den Schultern.

»Habt ihr Fingerabdrücke gefunden?«

»Ja. Auf der Astgabel. Aber die Auswertung läuft. Und Faserspuren haben wir an einem Strauch entdeckt, der Täter muss auf dem Boden gelegen haben. Bring mir ein Kleidungsstück und ich sage dir, ob es der Schütze getragen hat.« Er stand auf. »Mehr haben wir nicht. Noch nicht«, fügte er hinzu. »Ich halte dich auf dem Laufenden.«

»Das wäre nett.«

»Und ein freundschaftlicher Rat: Zieh den Kopf ein. Dieser Fall scheint ungesund zu sein.«

»Ich werde es beherzigen.«

»Hoffentlich.«

55

Freitag, 20. Oktober 1950

Du musst mit Marianne sprechen«, sagte Lisbeth mit einer Stimme, die keinen Widerspruch zuließ. »Bevor sie sich ernsthaft in diesen Mann verliebt.«

Goldstein hatte ihr am Abend um des lieben Friedens willen doch noch erzählt, woher er Krönert kannte und

270

dass er ihn verdächtigte, mit Johann Bos gemeinsame Sache zu machen. Verschwiegen hatte er ihr allerdings die Ereignisse des Tages. Er wollte nicht, dass sie vor Sorgen verging, sobald er das Haus verließ.

»Am besten sofort.« Sie stand vom Küchentisch auf. »Wir gehen jetzt zu ihr. Komm, zieh dir etwas über«, ordnete sie an.

»Muss das sein?« Goldstein hatte gehofft, dass seine Frau ihm dieses Gespräch abnehmen würde.

»Ja«, antwortete sie knapp. »Und wenn du denkst, du kannst das auf mich abwälzen, hast du dich gründlich geirrt.«

Goldstein seufzte. Wie immer kannte sie seine Gedanken. Weibliche Intuition. Er ergab sich seinem Schicksal und schlüpfte gehorsam in die Jacke, die Lisbeth ihm hinhielt.

Marianne war überrascht, dass das Ehepaar Goldstein zu später Stunde an ihrer Haustür schellte. »Kommt herein. Was treibt euch um diese Zeit zu mir?«

»Es ist wegen gestern Abend. Peter möchte dir etwas sagen.«

Goldstein machte ein hilfloses Gesicht.

»Wir gehen in die Stube. Ich wollte gerade einen Tee trinken. Kann ich euch auch einen anbieten?«

»Einen Schnaps würde ich vorziehen«, entgegnete Goldstein. Er ahnte, wie dieses Gespräch verlaufen würde und fühlte sich schon jetzt hundeelend. Wie sagt man der besten Freundin seiner Frau, dass der Kerl, der um sie wirbt, ein Ganove ist?

Kurz darauf saßen sie im Wohnzimmer. Die beiden Frauen tranken Tee, vor dem Polizisten stand der gewünschte Hochprozentige.

»Also, schießt los. Ihr kommt doch nicht an einem Freitagabend bei mir vorbei, nur um mir eine gute Nacht zu wünschen. Was gibt es?«

Lisbeth stieß ihren Mann drängend in die Seite.

»Es ist so ... Ich meine, du solltest ... Verdammt. Ich weiß nicht, wie ich anfangen soll.«

»Es geht um Paul Krönert«, fiel Lisbeth mit der Tür ins Haus. »Peter kennt ihn. Er meint, dass er ein Verbrecher ist.«

Sehr rücksichtsvoll, dachte Goldstein. So hätte er das auch gekonnt.

»Was?« Marianne Berger saß plötzlich kerzengerade. »Was redet ihr da für ein dummes Zeug?«

»Es stimmt.« Goldstein seufzte. »Paul Krönert gehört zu Johann Bos, einem stadtbekannten Schieber und Hehler. Außerdem war er vermutlich an der Vortäuschung eines Raubüberfalls beteiligt, bei dem in betrügerischer Absicht die Versicherungssumme kassiert wurde.« Goldstein suchte Zuflucht im Bürokratendeutsch. So fiel es ihm leichter, ihre Freundin mit unangenehmen Wahrheiten zu konfrontieren.

»Ihr spinnt doch.« Marianne war blass geworden. »Ich glaube euch kein Wort. Paul ist Kaufmann, kein Verbrecher! Du musst ihn verwechseln, Peter.«

»Nein. Ein Irrtum ist ausgeschlossen.«

Lisbeth stand auf, setzte sich neben ihre Vertraute auf das Sofa und legte ihr den Arm um die Schulter. »Es tut mir so leid.«

»Lass mich.« Marianne wehrte die tröstende Geste ab.

»Marianne, ich …«

»Es ist besser, wenn ihr jetzt geht.« Marianne Bergers Augen wurden feucht.

»Wir sind deine Freunde, Marianne«, sagte Peter Goldstein leise. »Deswegen dachten wir, dass du wissen musst, mit wem du dich einlässt.«

»Deine Wortwahl ist nicht gerade charmant, Peter«, stieß Marianne Berger hervor. »Aber trotzdem danke ich euch für den Hinweis. Wenn das auch nicht gerade das war, was ich von euch hören wollte.« Tränen flossen über ihr Gesicht.

Lisbeth erhob sich. »Wir hatten nur vor, dir zu helfen.« Und zu ihrem Gatten gewandt meinte sie nur: »Komm.«

Als die Goldsteins die Wohnung verlassen hatten und auf der Straße standen, griff Peter die Hände seiner Frau. »Denkst du, es ist richtig gewesen, dass wir uns eingemischt haben?«

»Natürlich«, antwortete sie mit Bestimmtheit. »Die kriegt sich schon wieder ein.«

Marianne Berger beobachtete die beiden durch die Gardine der dunklen Küche.

Sie kannte Peter Goldstein seit Jahren. Er war manchmal ein Stoffel, selbstherrlich und ungerecht. Wie fast alle Männer. Aber belogen hatte er sie nie. Oder hintergangen. So wenig wie ihre Freundin. Wenn also Peter der festen Überzeugung war, dass Paul Krönert krumme Geschäfte machte, bestand zumindest die Möglichkeit, dass nicht er, sondern sie sich irrte. Sie wischte sich die Tränen ab.

56

Kriminalrat Saborski war fassungslos. Einen Mord zu vertuschen, war die eine Sache. Einen zu begehen, eine andere. Er hatte nicht den geringsten Zweifel, dass Olsberg hinter dem Attentat steckte. Und er hatte ihm Goldstein und seine Quelle quasi auf dem Silbertablett geliefert!

Kurz entschlossen griff er zum Telefonhörer. Dieses Mal war Olsberg sofort zu sprechen.

»Auf einen meiner Polizisten und dessen Informanten wurde ein Mordanschlag verübt«, begann er das Gespräch.

»Bedauerlich. Ist dem Beamten etwas passiert?«

»Nein. Ihm nicht. Aber der Tippgeber ist schwer verletzt.«

»Wird er es überleben?«

»Das ist noch nicht klar. Er liegt im Koma.«

»Danke für die Information.«

Saborski zögerte einen Moment. Dann setzte er sein Vorhaben in die Tat um und fragte: »Was wissen Sie über diesen Anschlag?«

Olsberg antwortete nicht.

»Sind Sie noch da?«, fragte Saborski in den Hörer.

»Selbstverständlich. Habe ich mich gerade verhört oder gehen Sie tatsächlich davon aus, dass ich an einem Mordversuch beteiligt gewesen bin?« Olsberg war die Ruhe selbst.

»Das meinte ich nicht.« Saborski ging die Blasiertheit dieses Fatzkes mehr und mehr auf die Nerven. »Einer meiner Mitarbeiter trifft sich mit einem Informanten und wird attackiert. Sie wussten von diesem Treffen.«

Olsberg unterbrach ihn. »Sie nicht?«

»Haben Sie diese Information weitergegeben?«

»Herr Kriminalrat«, erwiderte der Ministerialdirektor mit eisiger Stimme. »Ich weise die Unterstellung, die Sie mir an den Kopf werfen, mit Nachdruck zurück und behalte mir vor, über Ihren Vorgesetzten disziplinarrechtliche Schritte gegen Sie einzuleiten. Einfach ungeheuerlich, was Sie sich erlauben! Es hatten schließlich nicht nur wir beide Kenntnis von dieser Zusammenkunft. Dieser Kommissar Goldstein war im Bilde, sein Informant und der andere Mann, der am Tatort war, ebenfalls. Jeder von ihnen könnte sein Wissen ausposaunt haben.«

Langsam beschlich Saborski das ungute Gefühl, über das Ziel hinausgeschossen zu sein. Was hatte er eigentlich gegen Olsberg in der Hand? Nichts. Hätte er doch bloß die Klappe gehalten. Eine zu späte Erkenntnis.

»Ich führe Ihren Ausbruch darauf zurück, dass Sie sich Sorgen bezüglich der Sicherheit der Ihnen unterstellten Polizisten machen. Wirklich löblich. Nur lassen Sie mich aus dem Spiel. Haben Sie verstanden?«

Saborski betrat erleichtert die Brücke, die der Bonner ihm baute. »Ja, Sie liegen natürlich richtig. Entschuldigen Sie. Ich bin der, der sich vergaloppiert hat.«

»Schon vergessen. Was können Sie mir noch über dieses Attentat berichten?«

»Nichts. Ich warte selbst auf die Darstellung des Beamten.«

»Der Verletzte ist in ein Krankenhaus eingeliefert worden?«

»Selbstverständlich.«

»Halten Sie mich bitte informiert. Ich möchte wissen, ob es der arme Kerl schafft. Wie heißt er eigentlich?«

»Konrad Müller.«

»Aus Herne?«

»Da muss ich passen.«

»Ist auch nicht so wichtig. Haben Sie sonst etwas auf dem Herzen?«

Saborski musste sich eingestehen, dass ihm der Ministerialdirektor überlegen war. Olsberg hatte das Gespräch ohne jede Mühe gedreht, war vom Beschuldigten zum Angreifer geworden und bot ihm nun generös seine Unterstützung an. Verdammter Hurensohn!

»Nein. Ich danke Ihnen für Ihr Verständnis.«

»Bitte sehr. Auf Wiederhören, Herr Kriminalrat.«

Saborski lehnte sich in seinem Sessel zurück und versuchte, die eben geführte Unterhaltung zu verarbeiten. Irgendetwas störte ihn daran. Und dann fiel es ihm ein. Bei ihrem letzten Gespräch hatte er Olsberg nur von einem Informanten erzählt – woher wusste er jetzt, dass sich Goldstein mit zwei Männern getroffen hatte?

Saborskis Nackenhaare richteten sich auf. Olsberg hatte einen Informanten. Und das konnte nach Lage der Dinge nur der Attentäter selbst sein.

57

Samstag, 21. Oktober 1950

Marianne Berger betrat das *Central Café*. Sie hatte sich mit Paul Krönert verabredet, um ihn zur Rede zu stellen, sie musste Gewissheit erlangen. War er wirklich derjenige, für den ihn Peter Goldstein hielt?

Sie waren für sieben Uhr verabredet gewesen. Jetzt war es halb acht. Die Straßenbahn, mit der sie von Sodingen gekommen war, musste wegen einer blockierten Weiche einen außerplanmäßigen Halt einlegen. Sie hatte ihre Fahrt erst fortsetzen können, nachdem der Schaden am Gleis behoben war. Deshalb ihre Verspätung.

Sie sah sich um. Ihr Verehrer war nicht zu sehen. Vermutlich hatte er angenommen, dass sie nicht mehr kommen würde und war bereits gegangen. Sie war enttäuscht, ein wenig länger hätte er schon auf sie warten können.

Marianne Berger ging zurück zur zweiflügeligen Schwenktür, die das Café vom Treppenhaus trennte. Einer der Kellner folgte ihr und hielt die Tür auf. Sie dankte mit einem Nicken und trat hindurch.

Aus der ersten Etage drangen Stimmen herab. Zwei Männer unterhielten sich – war nicht einer von ihnen Paul?

Zögernd betrat sie die Treppe, die zum Tanzsaal im oberen Stockwerk und den Separees führte. Die Stimmen wurden leiser. Eine Tür schlug.

Als Marianne Berger den ersten Stock erreicht hatte, war niemand zu sehen. Wo sich sonst an einem Samstagabend die Menschen drängten, war heute alles ruhig. Sie war allein. Heute fand keine Tanzveranstaltung statt, ein Schaden der Elektrik, hieß es auf Plakaten, die sie neben dem Eingang und im Treppenaufgang gesehen hatte. Und tatsächlich brannte im Flur auch die Deckenbeleuchtung nicht. Nur durch die schweren Gardinen eines großen Fensters an der Stirnseite fiel diffuses Licht. Das ganze Geschoss lag im Halbdunkel.

Ihr schien, als ob weiter hinten eine Tür offen stand. War Paul in diesem Raum? Der dicke Teppich, mit dem der Gang ausgelegt war, dämpfte ihre Schritte.

Marianne Berger hatte das Gefühl, etwas Verbotenes zu tun. Sie kam sich wie ein Eindringling vor. Jemand, der die Stille störte. Eine seltsame Unruhe beschlich sie.

Sie blieb einige Meter vor der Tür stehen. Wortfetzen waren zu vernehmen. Sie konnte nicht verstehen, um was es dort ging. Noch ein paar Schritte, dann wurden die Stimmen deutlicher. Ja, das war Paul.

»Warum ich?«, fragte er.

»Du hast es ja schließlich vermasselt.«

Marianne Berger stand nun vor der Tür und wollte die Klinke greifen, anklopfen, eintreten. Dann zögerte sie. Plötzlich kamen Schritte aus dem Raum näher. Reflexartig drückten sie sich hinter das Türblatt an die Wand. Keine Sekunde zu spät, denn die Tür wurde weit aufgestoßen, fast bis an ihren Körper.

»Und wie soll ich das anstellen? In einem Krankenhaus? Da sind jede Menge Zeugen.« Wieder Pauls Stimme.

»Dein Problem. Bring die Sache zu Ende. Dieser Müller kennt Pauly. Vielleicht auch andere von uns. Das ist gefährlich.«

»In welche Klinik haben sie ihn gebracht?«

»Das weiß ich nicht. Saborski wird es mir sagen. Schließlich bekommt er Goldsteins Bericht.«

»Und wenn nicht?«

Der Fremde lachte auf. »Mach dir keine Sorgen. Der Chef hat Saborski in der Hand. Im Zweifel erinnern wir den Herrn Kriminalrat daran, womit er im Krieg sein Vermögen gemacht hat. Er wird reden, ganz sicher. Ansonsten werde ich mich darum kümmern, so viele Notfallkrankenhäuser haben wir ja nicht in Herne. Aber ich möchte nur sehr ungern dort anrufen. Jemand könnte sich später an mein Interesse erinnern.«

»Und wann soll ich es tun?«

Marianne Bergers Herz schlug bis zum Hals.

»Anfang der Woche. Zurzeit liegt Müller im Koma und ist nicht vernehmungsfähig. Vielleicht segnet er ja auch das Zeitliche. Dann hättest du deinen Auftrag doch noch erfüllt. Nur wenn er redet …«

Marianne Berger erstarrte. Von was sprachen die beiden da? Sie presste eine Handfläche auf den Mund, um sich nicht durch ihre heftigen Atemzüge zu verraten.

Einige Sekunden herrschte Schweigen. Dann meldete sich wieder Paul zu Wort: »Bos will aber am Montag auf Tour. Er meint, das könne bis Freitag dauern.«

»Vergiss Bos. Soll er sich um seine Fotoapparate und Goldkettchen selber kümmern. Ein kleiner Hehler und Hochstapler ist er, mehr nicht. Macht einen auf dicken

Max und ist nur eine winzige Nummer. Du tust, was ich dir sage. Verstanden?«

»Klar.« Paul klang eingeschüchtert.

»Dann ist ja alles in Ordnung. Ach, was ich dich noch fragen wollte: Hat dich Goldstein erkannt?«

»Ich glaube nicht.«

»Sicher?«

»Gesagt hat er jedenfalls nichts.«

»Gut. Trotzdem solltest du, wenn die Sache mit Müller erledigt ist, abtauchen. Achte nur darauf, dass deine Wohnung sauber ist.«

»Mach ich.«

Der Unbekannte amüsierte sich hörbar. »Lacht der Kerl sich eine Perle an, die mit einem Polizisten befreundet ist. Das kann auch nur dir passieren.«

»Kommt nicht wieder vor.«

»Das darf es auch nicht. Und jetzt verschwinde.«

Die Tür wurde von innen zugezogen. Ohne jede Deckung stand Marianne Berger im Flur, Paul Krönert nur wenige Meter von ihr entfernt. Allerdings wandte er ihr den Rücken zu, als er sich Richtung Treppenhaus bewegte. Wenn er sich umdrehen würde, um zurückzugehen, musste er sie unweigerlich entdecken. Aber das tat er nicht.

Als seine Schritte nicht mehr zu hören waren, floh Marianne Berger aus dem *Central Café*. Auf der Straße holte sie ihr Taschentuch hervor und schnäuzte sich kräftig. Voller Wut stampfte sie mit dem linken Fuß mehrmals auf den Boden, sodass andere Passanten sie verwundert anschauten. Das war ihr egal. Peters Einschätzung stimmte. Sie hatte sich in Krönert getäuscht. Jetzt würde sie ihm das Handwerk legen.

Warum nur geriet sie immer wieder an die falschen Männer?

Eine Stunde nach ihrem Besuch im *Central* stand sie vor dem Haus der Goldsteins in der Teutoburgia-Siedlung und schellte.

Ihre Freundin Lisbeth öffnete. »Marianne!«

»Ist Peter zu sprechen?«

»Nein. Es könnte heute später werden, hat er mir gesagt.«

»Kann ich ihn im Büro anrufen?«

»Was ist denn los?«

Marianne sprudelte los: »Er hatte recht. Krönert ist ein Krimineller. Ich muss dringend mit Peter reden.«

»Jetzt komm erst mal rein.«

Lisbeth ging zu der Kommode neben der Wohnzimmertür, auf der das Telefon stand. Sie nahm ab und drehte die Wählscheibe. Nachdem sie einige Male dem Rufzeichen gelauscht hatte, legte sie den Hörer wieder auf die Gabel und schüttelte den Kopf. »Er wird sicher auf dem Weg nach Hause sein. Willst du auf ihn warten? Ich mache uns einen Kaffee. Und dann erzählst du mir, was los ist.«

58

Samstag, 21. Oktober 1950

Als Hauptkommissar Goldstein die Tür seines Büros zuzog, um sich bei Markowsky nach dessen Ergebnissen zu erkundigen, klingelte sein Telefon. Kurz erwog er, zurückzugehen, ließ es aber doch. Er wollte so schnell wie möglich nach Hause und ins Bett. Ein anstrengender Tag lag hinter ihm.

Gemeinsam mit seinen Kollegen hatte er an unzählige Wohnungstüren rund um das Schloss Strünkede geklopft und immer wieder dieselben Fragen gestellt:

»Ist Ihnen gestern Morgen im Schlosspark jemand aufgefallen? Vielleicht ein Mann mit einer länglichen Tasche oder etwas Ähnlichem? Haben Sie nach den Schüssen jemanden fortlaufen sehen? Hat sich in den Tagen vor dem Freitag ein Fremder in dem kleinen Waldstück aufgehalten?«

Nach Stunden erfolgloser Befragungen gab es einen ersten Erfolg. Ein Anwohner in der Nähe des Stadions von Westfalia Herne gab an, die Schüsse gehört zu haben. Er habe den Knall für Fehlzündungen eines Automotors gehalten. Kurz darauf habe er zwei Männer aus dem Schlosspark laufen sehen, die in einen an der Germanenstraße geparkten, dunklen Wagen eingestiegen und fortgefahren seien. Dummerweise hatte der Zeuge weder das Nummernschild noch das Fabrikat des Wagens erkannt. Zum Aussehen der Männer konnte er nichts sagen, geschweige denn, sie wiedererkennen. Aber einen länglichen Gegenstand hatte er bemerkt. Ein

Gewehr? Es hätte ebenfalls eine Angelrute sein können. Aus der Entfernung ...

Die Tür zu Markowskys Büro stand offen. Goldstein klopfte und trat, ohne eine Antwort abzuwarten, ein.

Sein Kollege sah sich im Licht einer Schreibtischleuchte Bilder an, die am Tatort gemacht worden waren. Jetzt blickte er auf.

»Ah, da bist du ja. Setzt dich. Willst du einen Kaffee? Er ist zwar nur lauwarm, schmeichelt auch nicht gerade dem Gaumen, ist aber stark. Genau das Richtige am späten Abend.«

»Ein Bier wäre mir jetzt lieber«, maulte Goldstein.

»Macht nur müde. Was ist nun mit dem Kaffee?«

Goldstein nickte.

Kurz darauf nippte er an dem, was Markowsky Kaffee nannte. Das Gebräu schmeckte noch schlechter, als er es sich vorgestellt hatte. »Brr.« Angewidert schob er die Tasse von sich. »Also, was hast du?«

Markowsky zeigte Goldstein die Bilder. »Hier unten, neben dem tief hängenden Ast. An dem haben wir übrigens die Fasern gefunden. Was siehst du da?«

»Eine Fußspur.«

»Genau. Und weiter rechts?«

»Eine weitere.«

»Richtig. Beide sind nicht identisch. Größe vierundvierzig und sechsundvierzig. Es waren also zwei Männer am Tatort. Der Zeuge hatte recht.«

»Könnten die Spuren zu verschiedenen Zeiten entstanden sein?«

»Nein. Das Gras ist bei beiden gleich stark niedergedrückt. Wäre die Spuren nacheinander entstanden, hätten sich die Halme unterschiedlich schnell aufgerichtet.«

»Tatsächlich zwei Täter.«

»Geschossen hat nur einer. Auf jeden Fall aber waren zwei am Tatort.«

»Interessant.«

»Das war erst der Anfang. An der Astgabel, die als Stativ gedient hat, war in der Tat ein verwertbarer Fingerabdruck. Der Verbrecher hat keine Handschuhe getragen. Unvorsichtig. Schlecht für ihn, gut für uns.«

»Haben wir die Abdrücke in unserer Kartei?«

»Besser: Sie waren auf der Kassette aus der Bank und auf dem Glas, welches du mir gestern Morgen gegeben hast.«

Goldstein atmete tief durch. Paul Krönert! Er hatte es geahnt.

»Guter Riecher.« Markowsky grinste schief. »Dumm nur, dass wir die Anschrift dieses Krönert nicht haben. Heute Abend jemanden vom Einwohnermeldeamt aus dem Bett zu klingeln, dürfte nicht einfach werden.«

Goldstein schnappte sein Notizbuch und blätterte darin. Da. Sein erstes Zusammentreffen mit Krönert und Bos vor fast einem Monat im *Central Café*. Da stand es schwarz auf weiß. *Hochstraße 5*. Goldstein kannte die Ecke. Eine Zechensiedlung an der Stadtgrenze zu Bochum.

»Den schnappe ich mir. Gefahr im Verzuge. Auf einen richterlichen Beschluss können wir verzichten.« Goldstein stand auf. »Begleitest du mich? Mir ist klar, dass das eigentlich nicht zu deinen Aufgaben gehört.«

Markowsky nickte nur, griff in die Schreibtischschublade und holte seine Dienstwaffe heraus. Als er sich das Halfter anlegte, meinte er nur: »Du solltest das auch tun. Sicher ist sicher.«

»Hast recht«, brummte Goldstein und marschierte zurück in sein Büro, um seine Pistole zu holen und weitere Polizisten für die Verhaftung Krönerts zusammenzutrommeln.

Der Hauptkommissar hatte den beteiligten Beamten eingeschärft, sich Krönerts Wohnung möglichst unauffällig zu nähern. Unter keinen Umständen dürfe an den Fahrzeugen das Martinshorn eingesetzt werden. Goldstein wollte eine Pleite wie bei der misslungenen Festnahme Müllers auf jeden Fall vermeiden.

Die Polizisten stellten ihre Autos jeweils hundert Meter vor und hinter dem Haus mit der Nummer fünf ab. Um die Lage zu sondieren, schickte Goldstein einen Beamten in Zivil zu der Adresse.

»Es ist alles ruhig«, erklärte dieser bei seiner Rückkehr. »Die Zimmer im Erdgeschoss sind dunkel. Nur in einem Raum im Obergeschoss brennt Licht. Die Gardinen waren nicht zugezogen. Ich konnte einen Mann ausmachen, auf den die Beschreibung Krönerts passt. Er hantierte mit einem Karton. Scheint irgendetwas zu verpacken.«

»Hinterausgang?«, fragte Goldstein.

»Vermutlich. Ein Weg führt am Gebäude vorbei in den Garten. Aber ich wollte das Grundstück nicht betreten. Die Entdeckungsgefahr erschien mir zu groß.«

»Wir machen Folgendes: Zwei Kollegen nähern sich durch einen der angrenzenden Gärten und beziehen am Hinterausgang Stellung. Vier weitere sichern die Straßenseite. Und zwei von Ihnen begleiten Kommissar Markowsky und mich hinein. Alles klar?«

Die Männer murmelten Zustimmung.

»Gut. Dann los.«

Die Beamten schlichen zum Haus und postierten sich neben der Eingangstür. Vorsichtig drückte Goldstein dagegen. Wie erwartet, war sie verschlossen. Er winkte einen der Polizisten zu sich. »Ein simples Buntbartschloss«, flüsterte er. »Das öffnen Sie mit links.«

Der Mann holte einen Dietrich heraus. Als er ihn ansetzen wollte, wurde es plötzlich im Hausflur hell. Schlurfende Schritte waren zu hören. Im Türschloss drehte sich ein Schlüssel. Zu spät, um an anderer Stelle Deckung zu suchen.

Der Hauptkommissar gab seinen Kollegen ein Zeichen. Sie drückten sich eng an die Hauswand.

Ein Lichtstrahl fiel durch die Türöffnung und Goldstein erkannte eine vielleicht siebzigjährige Frau, die mit einem Mülleimer ins Freie trat. Schnell sprang Goldstein an ihre Seite und presste, als sie verschreckt aufschreien wollte, seine Hand auf ihren Mund. »Polizei«, wisperte er ihr ins Ohr. »Bitte bleiben Sie ruhig.« Die Frau zitterte am ganzen Körper. Erst als sie die uniformierten Polizisten im Dunkeln ausmachen konnte, beruhigte sie sich.

»Kann ich meine Hand jetzt wegnehmen?«, erkundigte sich Goldstein.

Sie signalisierte Zustimmung.

»Bitte gehen Sie zurück in Ihre Wohnung. Wir müssen in diesem Haus eine polizeiliche Aktion durchführen«, erklärte Goldstein leise. »Schließen Sie die Tür hinter sich und warten Sie. Ich komme später zu Ihnen. Haben Sie mich verstanden?«

Die Alte nickte mit vor Angst und Überraschung geweiteten Augen, verschwand aber wieder im Gebäudeinnern, den Griff des Eimers immer noch fest umklammernd.

Goldstein und seine Kollegen folgten ihr. Die Holzstufen knarrten, als die Ermittler in den ersten Stock huschten. Goldstein warf einen Blick auf das Türschild. Er hob den rechten Daumen, zog seine Dienstwaffe aus dem Holster und entsicherte sie. Dann gab er einem kräftigen Polizisten ein Zeichen und trat beiseite.

Der Uniformierte brachte sich in Position und hob seine Linke so, dass alle sie sehen konnten. Danach zählte er mit den Fingern ab: drei, zwei, eins.

Bei null nahm der Beamte Anlauf und warf seinen wuchtigen Körper gegen die Eingangstür. Mit einem Krachen sprang sie auf. Das Kommando stürmte in die Wohnung.

Goldstein rannte, unmittelbar gefolgt von Markowsky, zu dem Zimmer, in dem er Krönert vermutete. Er drückte die Tür auf. Und tatsächlich: Paul Krönert stand mit dem Rücken zu ihm am Fenster und war im Begriff hindurchzuklettern. Ein Bein hatte er bereits über die Brüstung geschoben. Mit einer Hand hielt er sich am Fensterrahmen fest, um nicht das Gleichgewicht zu verlieren.

»Halt! Polizei! Stehen bleiben!«, befahl der Kommissar. Für einen Moment sah es so aus, als ob Krönert der Aufforderung nicht folgen wollte. Dann besann er sich eines Besseren. Er zog das Bein zurück, drehte sich halb zu dem Hauptkommissar hin und ließ den Rahmen los. Schweiß perlte auf seiner Stirn, seine Gesichtszüge wirkten verkrampft. »Tja, das war es dann wohl«, meinte er mit gepresster Stimme.

Goldstein senkte die Schusswaffe. Es schien, als habe Krönert nur darauf gewartet. Mit seiner nicht sichtbaren Rechten zog er eine Pistole aus der Tasche, wirbelte blitzschnell nach links, riss den Schussarm hoch und feuerte noch aus der Drehung.

Noch ehe Goldstein reagieren konnte, fiel nur den Bruchteil einer Sekunde später ein zweiter Schuss.

Krönert stürzte gegen das Fenster, Glas klirrte. Die Waffe rutschte ihm aus den Fingern und polterte zu Boden. Langsam glitt Krönert tiefer, stürzte dann, ohne einen Laut von sich zu geben, nach vorne auf das Gesicht und blieb regungslos liegen.

Goldstein wandte sich mit bleichem Antlitz nach hinten. Dort stand Horst Markowsky in der Türöffnung, die Pistole immer noch auf Krönert gerichtet. »Ich habe dir doch geraten, den Kopf einzuziehen«, meinte der Kollege lapidar.

»Danke«, murmelte Goldstein. »Ich glaube, du hast mir das Leben gerettet.«

Zwei weitere Polizisten stürmten das Zimmer. Einer lief zu Krönert, beugte sich herunter und untersuchte, gesichert durch Markowsky, den Mann, der am Fußboden mittlerweile in einer Blutlache lag. Der Polizist erhob er sich wieder und schüttelte den Kopf. Erleichtert verstauten die Beamten ihre Dienstwaffen.

Goldstein nestelte nervös an seiner Zigarettenschachtel. Endlich brachte er es fertig, einen Glimmstängel herauszukramen und anzustecken. Er inhalierte tief und verließ den Raum.

Der Morgen graute bereits, als das Einsatzkommando zurück ins Präsidium fuhr. In der Wohnung Krönerts hatten sie zwar nicht die Schusswaffe gefunden, mit der das Attentat verübt worden war, aber einen Karton, der Interessantes enthielt. Anscheinend hatte Krönert vorgehabt, diese Indizien verschwinden zu lassen: einen Schlüssel, vermutlich für ein Bankschließfach, und einen Ausweis mit Krönerts Foto, aber mit den Personalien von Uwe Schmidt, dem Alias von Knut Lahmer. Erst der Fingerabdruck auf der Kassette, jetzt Schlüssel und Ausweis. Alles sprach dafür, dass Krönert das Schließfach leer geräumt hatte.

Dann fand sich ein Notizbuch, welches allerdings nur vier Ziffernfolgen enthielt. Telefonnummern? Goldstein würde sie am nächsten Tag überprüfen.

In einem Briefumschlag hatte Krönert größere Mengen Bargeld in der Pappschachtel deponiert – es handelte sich um etwa zehntausend Mark. Des Weiteren entdeckten die Ermittler in einem Schrank Zeitungsausschnitte über verschiedene lateinamerikanische Länder.

Aufschlussreich war die Aussage der alten Dame, die im Erdgeschoss wohnte. Krönert sei, sagte sie aus, sehr wortkarg gewesen. Auch Besuch habe er nur selten empfangen. Sie könne sich nur an zwei, drei Situationen erinnern, in denen sie einen Gast Krönerts im Treppenhaus getroffen habe. Einen Mann mit Wintermantel und Hut, der ihren Gruß nicht erwidert habe. Er hatte sein Bein auffällig nachgezogen.

Als sich Peter Goldstein hundemüde von einem Fahrer zu seinem Wohnhaus bringen ließ, fiel ihm auf, dass im Wohnzimmer noch Licht brannte.

Seine Frau und Marianne Berger schlummerten mehr liegend als sitzend nebeneinander auf der Couch.

Er griff Lisbeth an der Schulter und strich sanft über ihre Wange. »Habt ihr auf mich gewartete?«, fragte er, als sie die Augen aufschlug.

»Peter! Gut, dass du endlich kommst.« Sie sah auf die Wanduhr. »Schon fast fünf. Was ist denn passiert?«

Auch Marianne Berger war mittlerweile erwacht. »Ich muss mit dir reden.«

Goldstein seufzte. »Und ich mit dir.«

»Krönert ist ein Verbrecher.« Sie erzählte, was sie zufällig im *Central* aufgeschnappt hatte. »Kannst du dir einen Reim darauf machen?«

»Ich befürchte ja.« Er atmete tief ein. »Krönert ist tot.«

Wenn Marianne Berger diese Nachricht schockierte, war es ihr zumindest nicht anzumerken. Nur ihre Stimme klang ein wenig belegt. »Wie ist das passiert?«

»Er hat auf mich geschossen.«

Lisbeth blickte ihren Mann entsetzt an. »Bist du unverletzt? Musstest du etwa …?«

»Mir ist nichts passiert. Es war Horst Markowsky. Er hat mir das Leben gerettet.«

»Mein Gott, Peter.« Lisbeth fiel ihrem Mann um den Hals.

Marianne Berger fühlte sich nicht wohl in ihrer Haut. Auch wenn Krönert ein Verbrecher war, war er doch ein Mensch gewesen, dem sie nahegestanden hatte. Und jetzt war er tot. Sie wollte allein sein, um die Ereignisse des Tages verarbeiten zu können. Deshalb stand sie auf und entschuldigte sich unter einem Vorwand: »Ich glaube, es wird Zeit, dass ich gehe. Schließlich muss ich gleich zur Arbeit.«

Eine halbe Stunde später lauschte Goldstein den regelmäßigen Atemzügen seiner Frau, die neben ihm im Ehebett schlief. Wenn Marianne sich nicht verhört hatte, sollte Krönert das vollenden, was ihm am Freitag vor dem Schloss misslungen war. Krönert war tot, aber wer auch immer der Auftraggeber gewesen war, den Marianne gehört, leider nicht gesehen hatte, würde sich dadurch nicht von seinen Absichten abbringen lassen. Also schwebte Müller, selbst wenn er die Schussverletzung überstand, in der Klinik weiter in Lebensgefahr. Und das Schlimmste war: Der Unbekannte schien über Mittel zu verfügen, Saborski unter Druck zu setzen. Außerdem hatte er davon gesprochen, nach Müller zu fahnden. Es war nicht schwer für Goldstein, daraus die richtigen Schlüsse zu ziehen. Auskünfte in Krankenhäusern erhielten nur Angehörige. Und Polizisten. Als er sich die Tragweite seiner Überlegungen verdeutlichte, war er schlagartig hellwach. Schönberger! Diese Ratte!

Polizeischutz vor Müllers Krankenzimmer schied damit aus. Zu leicht konnte Schönberger eine solche Maßnahme torpedieren. Nein, er musste sich etwas anderes einfallen lassen.

59

Sonntag, 22. Oktober 1950

Johann Bos genoss bei strahlender Herbstsonne Kaffee mit einem Schuss Cognac auf seinem Stammplatz an einem der hohen Fenster im *Central Café*. Er überdachte seine Situation. Die Sache mit Lahmer und Müller entwickelte sich immer mehr zum Problem. Die Polente schnüffelte überall herum und erschwerte seine Geschäfte zusätzlich. Möglicherweise musste er sich von der Organisation trennen und unabhängig von ihr operieren.

Obwohl: Bislang hatte er von dieser Zusammenarbeit profitiert. Lahmer und Müller hatten ihm wertvolle Tipps gegeben, wo etwas zu holen war. Und sie nahmen ihm besonders heiße Ware ab und zahlten einen anständigen Preis dafür. Zwar waren ihre Provisionen nicht gerade gering gewesen, aber der Kuchen groß genug für alle. Nun waren beiden tot. Was also hielt ihn noch?

Jemand trat an seinen Tisch und Bos sah hoch. Schönberger. Ausgerechnet.

»Darf ich?« Ohne eine Antwort abzuwarten, zog der Kriminalpolizist einen Stuhl heran und setzte sich. Mit einer Handbewegung gab er dem Kellner zu verstehen, dass er im Moment keine Wünsche habe. Dann beugte er sich zu Bos herüber. »Krönert wurde erschossen«, sagte er kalt. »Von der Polizei«.

Bos wurde blass. Sein engster Mitarbeiter. »Woher weißt du das?«, fragte er mit stockender Stimme.

Schönberger war das Erschrecken seines Gegenübers nicht entgangen. Diese Situation wollte er auskosten. »Dumme Frage. Ich bin die Polizei. Wenn ich es nicht weiß, wer dann?«

»Ja, aber wie …«

»Heute am frühen Morgen. In seiner Wohnung. Er hat versucht, sich den Weg freizuschießen. Tja, hat nicht geklappt. Einer meiner Kollegen war schneller. Ach, irgendwie würde ich jetzt gern einen Sekt trinken. Du lädst mich doch ein, oder?« Er winkte den Kellner zu sich und bestellte. »Und der Herr hier«, er zeigte auf Bos, »benötigt einen Cognac.«

Als die Getränke kamen, hob Schönberger sein Glas. »Prost, Johann«, sagte er nur.

»Was noch?«, presste Bos hervor.

»Meine Kollegen haben das Geld gefunden. Und einen gefälschten Ausweis auf den Namen Schmidt. Hast du den nicht besorgt?«

»Du weißt genau, dass ich im Auftrag gehandelt habe.«

»Das ist mir bekannt. Ich meinte damit, dass du ihn bestimmt persönlich beim Fälscher abgeholt hast. Sicher hast du nicht vergessen, Handschuhe anzuziehen? Wegen der Fingerabdrücke.«

Bos wurde auf seinem Stuhl immer kleiner. »Was willst du von mir?«, fragt er endlich.

»Der Chef hat eine Aufgabe für dich. Weil Krönert die Sache nicht zu Ende bringen konnte, ist es jetzt an dir, seinen Fehler auszubügeln.«

»Um was geht es?«

»Nichts Besonderes für einen Mann deines Kalibers.« Der Spott in seiner Stimme war unüberhörbar. »Krönert sollte jemanden für den Chef aus dem Weg räumen. Das ist bedauerlicherweise schiefgegangen. Krönert war dein Mitarbeiter und du bist für ihn verantwortlich.«

Bos war aschfahl im Gesicht. »Das, das ist unmöglich. Ich … Bitte«, stammelte er. »Ich habe noch nie …« Er schüttelte den Kopf. »Nein, ohne mich.«

»Wie du meinst«, erwiderte Schönberger ungerührt. »Ich werde es dem Chef ausrichten. Ahnst du eigentlich, warum Lahmer dran glauben musste?«

»Nein.«

Schönberger trank das Sektglas in einem Zug aus. Dann beugte er sich zu Bos und flüsterte ihm ins Ohr: »Ungehorsam.« Er stand auf. »Wenn du es dir anders überlegst: Mein Gespräch mit dem Chef ist morgen Abend um Punkt sieben Uhr. Du weißt ja, wo du mich erreichen kannst. Einen schönen Tag. Und danke für den Sekt.« Mit diesen Worten verließ er den Tisch.

Johann Bos griff mit schweißnassen Händen zum Cognacschwenker und kippte den Inhalt herunter. Der Schnaps brannte in seiner Kehle.

Er sollte einen Mord verüben. Unmöglich! Aber wenn er sich dem Chef widersetzte … Ihm war klar, welches Schicksal Lahmer und Müller getroffen hatte. Er musste verschwinden. Möglichst schnell. Möglichst weit weg. Nur wohin? Sicher war er nirgends, der Einfluss der Organisation war nicht zu unterschätzen. Sie würde ihn überall aufspüren, Mitleid konnte er dann nicht erwarten. Nein, das war keine Lösung. Fieberhaft dachte er nach.

Er hatte er nur eine Chance: Die Polizei musste ihm helfen. Seine Aussage gegen ihren Schutz. Er hatte nur dafür zu sorgen, dass dieser Mistkerl Schönberger nichts von seinen Absichten erfuhr. Das bedeutete, sich einem Polizisten zu offenbaren, der nicht mit Schönberger zusammenarbeitete. Bos wusste, dass sich Schönberger in der Vergangenheit immer wieder abfällig über einen seiner Kollegen geäußert hatte. Hauptkommissar Goldstein.

Den würde er kontaktieren.

60

Sonntag, 22. Oktober 1950

Obwohl Arbeit auf ihn wartete, schlief Goldstein länger und frühstückte ausgiebig mit Lisbeth. Ein seltenes Vergnügen. Gegen Mittag machte er sich auf, sein Vorhaben von letzter Nacht in die Tat umzusetzen.

Doktor Gerber sah besser aus als bei Goldsteins letztem Besuch. Keine Alkoholfahne, frisch rasiert, nur leichte Ringe unter den Augen. Mit der Entscheidung, in den Ruhestand zu gehen, schien eine Last von ihm abgefallen zu sein.

Gerber schien ehrlich erfreut, ihn zu sehen. »Hauptkommissar Goldstein. Was für eine Überraschung!«

»Ich muss mit Ihnen reden.«

Die Züge des Mediziners verfinsterten sich. »Worüber? Mein Gutachten werde ich nicht zurücknehmen, das wissen Sie hoffentlich.«

»Darum geht es mir nicht. Ich brauche Ihre Hilfe.«

Gerber bat ihn in die Wohnung. Das Wohnzimmer war aufgeräumt. Nichts deutete mehr auf seine Alkoholexzesse hin.

»Um was geht es?«, fragte Gerber, nachdem sie am Tisch Platz genommen hatten.

»Sicher haben Sie von dem Mordversuch am Wasserschloss gehört.«

»Nicht nur das. Ich bin sogar befragt worden.«

»Und?«

»Leider konnte ich nichts zur Aufklärung beitragen. Ich war zu der Zeit nicht in meinen eigenen vier Wänden, sondern zum Einkaufen in der Stadt.«

»Es wurde auf meinen Informanten, auf einen Journalisten und auch auf mich geschossen.«

»Sie scheinen ja unverletzt davongekommen zu sein.«

»Ja. Nur mein Tippgeber nicht.« Er schilderte kurz den Sachverhalt. »Ich habe Informationen, nach denen der oder die Täter Konrad Müller immer noch nach dem Leben trachten.«

»Warum lassen Sie ihn nicht bewachen? Ein Polizist vor seinem Krankenzimmer müsste doch reichen.«

»Daran habe ich natürlich auch schon gedacht. Jedoch erscheint mir ein solches Vorgehen zum gegenwärtigen Zeitpunkt nicht opportun.«

»Weshalb nicht?«

Goldstein sah Gerber scharf an. »Gerade von Ihnen hätte ich diese Frage nicht erwartet.«

Gerber schwieg betreten. Dann sagte er: »Und was kann ich in dieser Sache für Sie tun?«

»Ich will Müller ohne großes Aufsehen in ein anderes Krankenhaus verlegen und ihn dort unter falschem Namen anmelden. Dafür brauche ich aber einen Arzt und einen Krankenwagen. Beides habe ich nicht.«

»Und Sie meinen, ich könnte das für Sie erledigen?«

»Das hatte ich gehofft.«

»Vergessen Sie es, Herr Hauptkommissar. Ich war in der Gerichtsmedizin, nicht in einer Klinik tätig. Außerdem wird mir niemand so ohne Weiteres eine Ambulanz leihen.«

»Sie wollen mir also nicht helfen«, erwiderte Goldstein verärgert. »Muss ich Sie erst daran erinnern, dass Sie ein Gutachten manipuliert haben? Sie unterlagen Ihrem Amtseid, Herr Doktor.«

»Letzteres stimmt. Das mit der angeblich falschen Stellungnahme können Sie nicht beweisen. Aber Sie brauchen nicht zu drohen. Ich habe mit keinem Wort gesagt, dass ich Sie nicht unterstützen werde. Wahrscheinlich bin ich Ihnen das sogar schuldig.«

Goldstein sah ihn fragend an.

»Ich versuche, jemanden zu finden, der Ihnen hilft, Müller zu verlegen. Wo liegt er derzeit?«

Der Hauptkommissar sagte es ihm.

Gerber stand auf. »Ich hoffe, der Mann ist transportfähig?«

»Keine Ahnung«, antwortete Goldstein wahrheitsgemäß.

»Ich kläre das. Dazu muss ich einige Telefonate führen und es wäre mir lieber, wenn Sie mich dabei alleine ließen. Sie brauchen keine Bedenken zu haben«, ergänzte er, denn er sah Goldstein an, dass dieser darüber alles andere als erfreut war. »Weder Sie noch diesen Müller werde ich ans Messer liefern.« Mit diesen Worten verließ er den Raum.

Aus dem Nebenzimmer hörte Goldstein Gerber leise sprechen. Nach einigen Minuten kam der Mediziner wieder zurück. »Müller ist transportfähig. Doktor Mantrop hilft Ihnen«, berichtete er.

»Wer ist das?«

»Ein Oberarzt im St. Anna Hospital in Wanne-Eickel. Der Kollege ist mir einen Gefallen schuldig. Ich habe ihm vor zwei Jahren einen Persilschein ausgestellt.«

»Weswegen?«, fragte Goldstein.

»Er hat 1938 als frisch approbierter Mediziner die gut laufende Praxis eines jüdischen Arztes gekauft.«

»Wenn er sie erworben hat, dürfte das doch kein Problem darstellen.«

»Das hängt vom Kaufpreis ab, oder?«

Goldstein wusste, was Gerber meinte. Viele jüdische Eigentümer waren damals gezwungen worden, ihren Besitz für einen Spottpreis an sogenannte Arier zu verkaufen. Der Wohlstand eines Teils der deutschen Industriellen, Unternehmer oder eben auch Mediziner gründete auf dieser Zwangsarisierung.

»Und er hat sich mit Ihrer eidesstaatlichen Versicherung von weiteren Nachforschungen freigekauft?«

»So könnte man es bezeichnen.«

»Warum hat er seine Praxis aufgegeben?«

»Schlechtes Gewissen. Nach dem Krieg hat er erfahren, dass der Arzt, der ihm seine Praxis verkauft hat, nicht – wie er annahm – nach Amerika emigriert ist, sondern nach Auschwitz verschleppt und ermordet wurde.«

»Verstehe. Wie gehen wir jetzt vor?«

»Ich bringe Sie mit meinem Wagen zum St. Anna Hospital. Von dort fahren Sie nach Herne und holen Müller ab.«

»Einfach so?«, wunderte sich Goldstein.

»Nein. Sie werden wohl oder übel Ihre Autorität als Polizeibeamter einbringen müssen.«

Da dem Hauptkommissar dieser Gedanke nicht behagte, sagte er dies.

»Sie sollen nicht Ihren Namen und Adresse hinterlassen. Wedeln Sie mit Ihrem Ausweis, setzen Sie die Stationsschwester wenn nötig etwas unter Druck – den Rest erledigt mein Kollege. So, und jetzt gehen wir.«

Wider Erwarten gestaltete sich die Aktion nicht sehr schwierig. Doktor Mantrop hatte einen Krankenwagen nebst Fahrer organisiert, mit dem sie zum Marienhospital in Herne fuhren. Dort erkundigte sich der Mediziner, ob der Chefarzt im Hause sei.

Auf der Station betrat Mantrop, gekleidet in seinen Arztkittel, das Schwesternzimmer und verlangte mit befehlsgewohnter Stimme, den Chefarzt zu sprechen. Erwartungsgemäß war dieser nicht anwesend. Mantrop zog ein von ihm mit falschem Namen unterschriebenes Verlegungsformular aus der Tasche und händigte es der

Oberschwester aus. Dann ordnete er an, den Patienten für den Transport vorzubereiten.

Die Krankenschwester, obwohl vom forschen Auftreten des Mediziners beeindruckt, wagte trotzdem einen Widerspruch.

Mantrop blaffte sie an: »Wenn Sie auch nur den geringsten Zweifel an der Rechtmäßigkeit meines Handelns haben, verlange ich, dass Sie auf der Stelle den Herrn Chefarzt anrufen und ihn konsultierten.«

»Aber heute ist sein freier Tag«, erwiderte die Schwester sichtlich eingeschüchtert.

»Das ist Ihre Verantwortung. Entweder Sie machen den Patienten transportfähig oder Sie stören Ihren Vorgesetzten in seiner wohlverdienten Sonntagsruhe.«

Kurz darauf lag Konrad Müller im Krankenwagen. Während der Fahrt nach Wanne-Eickel studierte Mantrop dessen Krankenakte und gab Goldstein eine Zusammenfassung von Müllers Zustand. »Er hat ziemliches Glück gehabt. Einige Zentimeter weiter nach rechts und die Herzkammer wäre getroffen worden. Das hätte er nicht überlebt. Der starke Blutverlust konnte durch Transfusionen ausgeglichen werden. Jetzt steht er ohnehin unter Beruhigungsmitteln und schläft fest.«

»Wann ist er vernehmungsfähig?«

»Vermutlich sobald er aufwacht.«

»Und wann wird das sein?«

»Morgen.«

»Ich denke, ich bin Ihnen eine Erklärung schuldig«, begann Goldstein.

Der Oberarzt winkte ab. »Ich möchte nicht mehr als nötig mit dieser Angelegenheit zu tun haben. Behalten

Sie also Ihr Wissen für sich. Er ist lediglich ein weiterer Patient in meiner Verantwortung.«

Dreißig Minuten später schob eine Krankenschwester das Bett eines Klaus Parker in sein Zimmer auf der Station für Innere Medizin des St. Anna Hospitals in Wanne-Eickel.

61

Montag, 23. Oktober 1950

Hauptkommissar Peter Goldstein stierte schon seit geraumer Zeit auf die Ziffernfolgen in Krönerts Notizblock.

11 1341-15 13
20-2-17 135-13 -113
19 1-15 138-17 5-7
11-6909-832

Handelte es sich um Telefonnummern?

Er griff zum Hörer und wählte die Rufnummer der Vermittlung. Eine Frauenstimme informierte ihn auf seine Frage hin, dass die Zahlen der ersten Reihe keine ihr bekannte Telefonnummer darstellten. Fehlanzeige auch bei den anderen Zeilen.

Was bedeuteten die Bindestriche? Warum hatte Krönert diese Zahlen notiert? Es musste einen Grund geben.

Goldstein spekulierte weiter. Bankkonten? Irgendein Code? Er ordnete der Folge 1113411513 die Buchstaben des Alphabets zu. A für 1, B für 2 und so fort.

Schließlich las er: AAACDAAEAC. Das ergab keinen Sinn.

Dann sortierte er die Zahlen in Zweierkombinationen: 11 13 41 15 13. Bei der dritten Zweiergruppe sah er ein, dass auch dieser Lösungsansatz in die Irre führte. Das Alphabet hatte keine 41 Buchstaben.

Möglicherweise handelte es sich ja um eine mathematische Addition: Die Ziffer 1 steht für A und die nächste Zahl zeigt an, um wie viele Stellen weitergesprungen wird. Also: A plus 1 ergibt B plus 1 ergibt C ... ABCFJKLQRU. Nein, Blödsinn.

Was aber, wenn die erste der Kombinationen der Ausgangspunkt ist, überlegte er. 11 stand für das K. Plus 1 führte zu L. Drei Buchstaben weiterspringen. Das O. Nun vier weiter. S. Plus 1 – T. KLOST ... Einen hinzu. U. Und fünf. Z. Ende.

Das konnte nicht der Code sein.

Er schaute erneut auf die Zahlenfolge und sein bisheriges Ergebnis. Welche Worte begannen mit ›Klost‹? Goldstein sprang auf und suchte im Schrank nach einem Wörterbuch. Da! Er schlug es auf und blätterte. Klopfen, Klöppel, Kloß, Kloster. Klosterschwester – zu lang. Nur wie leitete sich das E aus der Ziffernfolge ab? Murmelnd rasselte er das Alphabet herunter, vor- und rückwärts. Dabei zählte er mit. Und schließlich hatte er es. Natürlich! Es wurde bis zum Bindestrich addiert. Der Strich bedeutet aber ein Minus. Und die Leerstelle hinter den nächsten zwei Zahlen hieß, dass zweistellig subtrahiert oder addiert werden musste. Minus 15. Das E. Dann ging es wie gehabt weiter. Plus 13. R. Ergab: Kloster.

Der Hauptkommissar wandte diese Methode auf die anderen Reihen an, wobei die Null schlicht signalisierte, dass der Buchstabe wiederholt wurde.

Das Ergebnis lautete:

Kloster

Transfer

Sterzing

Kennwort

Was, zum Teufel, hatte das zu bedeuten? Und warum hatte sich Krönert die Mühe gemacht, so leicht zu merkende Wörter zu verschlüsseln? Seltsam.

Sein Telefon schellte.

»Hansmeier. Sie wollten mich sprechen?«

Für einen Moment wusste Goldstein nicht, wer da in der Leitung war. Aber dann fiel es ihm wieder ein. Der Mitarbeiter der Bank, bei der Lahmer sein Schließfach unterhalten hatte. »Wie war Ihr Urlaub in Norditalien?«, fragte er.

»Schön«, antwortete Hansmeier verwundert.

»Ich möchte mit Ihnen reden.«

»Natürlich. Wann und wo?«

»Am besten sofort. Können Sie ins Präsidium kommen?«

»Nur ungern. Bitte verstehen Sie mich nicht falsch, aber heute ist mein erster Arbeitstag nach der langen Auszeit. Da wäre es mir …«

»In Ordnung«, unterbrach ihn der Kommissar. »Ich suche Sie in der Bank auf.«

Hansmeier identifizierte Krönert anhand eines Fotos. »Ja, das ist der Mann, der kurz vor meinen Ferien das Schließfach geöffnet hat.«

»Ohne Zweifel?«

»Ja.«

»War er schon einmal vorher hier?«

»Nicht bei mir.«

»Hat er etwas aus der Kassette mitgenommen?«

»Herr Kommissar«, erklärte Hansmeier. »Wir öffnen den Zugang zum Tresor. Der Behälter bleibt für uns verschlossen. Bevor der Kunde ihn öffnet, verlassen wir den Raum und kehren erst zurück, wenn wir dazu aufgefordert werden.«

»Führte dieser Klient eine Tasche mit sich?«

»Ich kann mich nicht erinnern. Aber natürlich ist es möglich, den Inhalt, sofern er nicht zu groß ist, in einer Jackentasche zu transportieren. Wir durchsuchen niemanden.«

Das hatte Goldstein auch nicht erwartet. Auf jeden Fall stand fest, dass Krönert sich als Uwe Schmidt ausgegeben hatte und in der Bank gewesen war. Ob dieser jedoch die Box ausgeräumt hatte oder sie bei dessen Bankbesuch bereits leer gewesen war, wusste Goldstein immer noch nicht.

»Danke, Herr Hansmeier. Sie haben mir sehr geholfen.«

62

Trasse griff zum Telefon und wählte die geheime Nummer. Als sich jemand meldete, antwortete Trasse mit dem Code, der nur den Mitgliedern der Organisation bekannt war. »Ist Alfred zu sprechen?«

»Warum?«

»Ich habe ihm Karten für ein Mozart-Konzert besorgt. Sie spielen den *Ring der Nibelungen.*«

»Das ist von Wagner.«

»Da habe ich mich wohl geirrt.«

»Sie sollten mich nicht anrufen.«

»Ich weiß«, erwiderte Trasse. »Aber es ist dringend. Bos macht Schwierigkeiten. Ich glaube nicht, dass er den Mumm hat, Müller auszuschalten. Soll ich Schönberger damit beauftragen?«

»Nein.«

»Wieso nicht?« Trasse war verwundert.

»Müller ist nicht mehr in diesem Krankenhaus.«

Der Kaufhausbesitzer war immer wieder verblüfft, wie gut informiert die Organisation war. »Sind Sie sicher?«

»Selbstverständlich. Schönberger hat im Präsidium gehört, in welche Klinik Müller eingeliefert worden ist und dann dort nachgefragt, wie es um dessen Gesundheitszustand stehe. Man hat ihm die Auskunft gegeben, dass Müller verlegt wurde.«

»Und wohin?«

»Darüber konnte wir nichts in Erfahrung bringen. Schönberger wird sich darum kümmern. Möglicherweise machen wir uns unberechtigte Sorgen. Aber solange wir nicht wissen, was Müller alles weiß, müssen wir vom Schlimmsten ausgehen. Er darf unter keinen Umständen reden. Sind Ihre Reisewünsche noch aktuell?«

»Natürlich.«

»Gut. Ich habe eben deswegen mit unseren Freunden gesprochen. Sie werden Sie in den nächsten dreißig Minuten anrufen. Ich hoffe, das ist so in Ihrem Sinne.«

»Danke.«

»Keine Ursache. Wir bleiben in Kontakt.« Er legte auf.

Wieland Trasse schenkte sich Tee nach und übte sich in Geduld. Das Warten auf den avisierten Anruf erschien ihm endlos.

Endlich klingelte das Telefon. Er meldete sich. Wieder der Austausch des Codes. Nur dass die Stimme am anderen Ende der Leitung mit deutlichem, amerikanischem Akzent sprach.

»Wir haben zwei Visa. Eines für Sie, eines für Pauly.«

»Was ist mit Walter Stirner?«

»Er hat keinen Wert für uns. Außerdem ist es in unserem Land nur schwer zu vermitteln, ausgerechnet einem zur Fahndung ausgeschriebenen früheren Mitarbeiter Eichmanns zu helfen.«

»Pauly wird ebenfalls gesucht.«

»Das ist etwas anderes. Er war Richter sowohl am Volksgerichtshof als auch bei einem Militärgericht. In beiden Fällen zuständig für gegnerische Spionageorganisationen. Er kennt deren Strukturen, Hintermänner, Auftraggeber in der Sowjetunion. Solche Leute brauchen wir. Stirner hat lediglich Juden gejagt. Uninteressant. Gute Fahnder haben wir selber.«

»Aber Stirner und Pauly sind befreundet.«

»Ich weiß.«

»Es muss noch ein Platz frei sein. Ursprünglich sollte doch Krönert ...«

»Krönert? Daran war nie gedacht.«

»Er kannte Teile des Reiseverlaufs.«

»Das mag sein. Aber von unserer Seite bestand kein Interesse an Krönert.«

»Er hat es geglaubt.«

»Sein Problem. Ein nützlicher Idiot, mehr nicht.«

»Ich meine nur ...«

»Lassen Sie es, Mister Trasse. Die Entscheidung ist endgültig. Nur zwei Visa. Wenn Sie jedoch darauf bestehen, dass Stirner in den Genuss unserer Unterstützung kommt – Ihre Kenntnisse über die Geschäfte der Schweiz mit Nazideutschland sind zwar ebenfalls interessant, aber zur Not können wir auf Ihre Anwesenheit in unserem Land durchaus verzichten.«

»Nein, so habe ich das nicht gemeint«, versicherte Trasse eilig.

»Dachte ich mir.«

»Wer sagt es Stirner?«

»Sagen? Niemand.«

»Was ist, wenn er redet?«

»Das müssen Sie verhindern. Sie haben doch Erfahrung in solchen Dingen. Pauly kann sich darum kümmern. Regeln Sie das.«

»Wie soll ich das verstehen?«

»So, wie ich es sagte. Ziehen Sie Stirner aus dem Verkehr. Für immer. Ach ja, Reisebeginn ist in wenigen Tagen. Sie werden getrennt fahren. Sie nehmen die Nord-,

Pauly die Südroute. Die Details teile ich Ihnen kurzfristig mit. Sie sind reisefertig?«

»Ja. Meine Angelegenheiten sind geordnet.«

»Dann eine gute Fahrt.«

63

Montag, 23. Oktober 1950

Der Beamte an der Pforte teilte Hauptkommissar Goldstein telefonisch mit, dass ein gewisser Johann Bos vorstellig geworden sei, um mit ihm zu sprechen.

»Schicken Sie ihn hoch«, ordnete Goldstein an.

Wenig später saß ihm Bos gegenüber. »Ich muss ehrlich sagen, dass mich Ihr Besuch überrascht«, erklärte der Kommissar.

»Das kann ich mir denken«, meinte Bos. »Ich weiß nur nicht, wie ich anfangen soll …«

»Haben Sie sich das nicht überlegt, bevor Sie in mein Büro kamen?«

»Doch, schon.«

»Dann legen Sie einfach los.«

»Ich möchte reinen Tisch machen. Nur nicht ohne Gegenleistung.«

»Wie soll ich das verstehen?«

»Ich packe aus und Sie beschützen mich.«

Goldstein hatte davon gehört, dass es in den Vereinigten Staaten solche Zeugenschutzprogramme gab, nicht aber in der Bundesrepublik.

»Jetzt mal langsam«, bremste er daher. »In welcher Sache wollen Sie denn überhaupt aussagen?«

»Na ja, die Geschichte, in der Sie ermitteln.«

»Geht es etwas konkreter?«

Bos atmete tief ein. »Ich habe Informationen, wer Lahmer umgebracht hat.«

»Die haben wir auch. Wir kennen sogar den Namen des Mörders. Ist das alles, was Sie anbieten können?«

»Können sie mir meine Sicherheit garantieren?«, wich Bos aus.

»Es gibt in Deutschland keine Vorschrift in der Strafprozessordnung, die einen solchen Handel rechtfertigen würde. Außerdem weiß ich nicht genau, was Sie sich unter Sicherheit vorstellen. Straffreiheit?«

»So was in der Art.«

»Haben Sie denn Straftaten begangen?«

Bos rutschte unruhig auf seinem Stuhl herum. »Nein, ich meine ...«

»Haben Sie?«

»Es könnte ja sein, dass ich von der einen oder anderen Sache gehört habe.«

»Davon bin ich überzeugt.« Langsam ging der Kerl Goldstein auf die Nerven. »Was wollen Sie denn nun konkret? Entweder Sie rücken mit der Sprache heraus oder verschwinden auf der Stelle.«

Bos schien es zu bereuen, Goldstein aufgesucht zu haben. Doch er machte keinen Rückzieher. »Ich habe da was gehört.«

Jetzt wurde der Polizist laut. »Das sagten Sie bereits! Ich sollte Sie vorläufig festnehmen und für vierundzwanzig Stunden in eine Zelle sperren. Nun sprechen Sie endlich, Mann!«

Bos überlegte. Es war ihm anzusehen, wie es in ihm arbeitete. Schließlich platzte es aus ihm hervor: »Ich weiß, wer Müllers Selbstmord inszeniert hat und warum.« Schweißtropfen glitzerten auf seiner Stirn.

Goldstein glaubte, sich verhört zu haben. »Sie kennen Müllers Mörder?«

Bos nickte heftig. »Wenn ich rede, beschützen Sie mich? Die setzen mich unter Druck.«

Goldstein dachte einen Moment nach. Bos schien wirklich Angst zu haben. »Ich kann Ihnen keine Zusagen machen. Der beste Schutz für Sie ist Ihre Aussage. Sofern Sie uns helfen, den oder die Täter zu überführen, werden diese festgenommen und verurteilt. Dann haben Sie Ruhe. Ich kann Ihnen nur versprechen, Sie bis zu dem Prozess an einem sicheren Ort unterzubringen.« Goldstein wusste, dass er dieses Versprechen nicht würde einhalten können. Doch das war ihm egal. Im Moment wollte er um jeden Preis, dass Bos auspackte, und fühlte sich einem Kriminellen gegenüber nicht zur Ehrlichkeit verpflichtet.

»Diese Leute gehen über Leichen«, presste Bos hervor. »Die haben ausgezeichnete Beziehungen.«

Der Hauptkommissar wurde neugierig. »Wen meinen Sie?«

»Zum Beispiel Schönberger.« Jetzt war es heraus.

Goldstein lehnte sich zurück, er zwang sich zur Ruhe. »Alles von vorne. Was wissen Sie von dem Raubüberfall vor einem Jahr auf den Geldboten Trasses?«

Bos legte los: »Es war Lahmers Idee. Er hat Allemeyer und Krönert so lange vollgequatscht, bis sie mitgemacht haben. Lahmer sollte in das Pflaster neben Allemeyer feuern und dann verschwinden. Krönert den Überfall bezeugen.« Bos schob die Mundwinkel hoch. »Leider hat Lahmer danebengeschossen und Allemeyers Fuß getroffen. Das war vielleicht ein Theater. Allemeyer hat ihn beschuldigt, ihn mit Absicht verletzt zu haben.«

»Und nur diese drei haben den fingierten Raub ausgeheckt?«

»Ja.«

»Kein anderer Auftraggeber?«

»Wenn Sie damit Trasse meinen, nein. Der war stinksauer, als ihm Allemeyer, um sich an Lahmer zu rächen, erzählte, wer das Ding geplant hatte. Obwohl die Versicherung den Schaden ja vollständig ersetzt hat.«

»Welche Rolle hat Schönberger gespielt?«

Bos wurde in seinem Stuhl immer kleiner.

»Na, wird's bald!«, befahl Goldstein. »Steht Schönberger auf Trasses Gehaltsliste?«

»Sie wissen es ja ohnehin schon.«

»Aber ich möchte es aus Ihrem Mund hören.«

»Ehrlich, ich weiß nicht, ob Trasse ihn schmiert. Auf jeden Fall arbeitet Ihr Kollege eng mit Trasse zusammen. Er ist so eine Art Unteroffizier, verstehen Sie?«

»Hat Trasse den Auftrag zur Ermordung Lahmers gegeben?«

»Keine Ahnung. Wer soll es denn sonst gewesen sein? Müller war ein Mann Trasses. Und es gab Spannungen zwischen Trasse und Lahmer.«

»Wegen des vorgetäuschten Raubüberfalls?«

»Auch. Ich denke, der Grund für deren Zerwürfnis liegt in der Vergangenheit.«

»Inwiefern?«

»Ich kenne keine Details. Während des Krieges hatten Lahmer, Müller und Trasse geschäftlich miteinander zu tun. Lahmer und Müller haben Waren aus den besetzten Gebieten geliefert, Trasse hat sie weiterverkauft.«

»Was für Waren?«

»Kunstgegenstände, Schmuck, Gold, Diamanten – alles, was einen gewissen Wert hat. Müller hat mir erzählt, dass Lahmer nicht mit den Konditionen der Zusammenarbeit zufrieden war und schon während des Russlandfeldzuges auf eigene Faust mit Trasses Kunden verhandelt hat. Das war, glaube ich, der Anlass für die Wohnung, die er unter seinem richtigen Namen angemietet hat. Er konnte ja seine Geschäftspartner schlecht in einer Bruchbude bewirten, an deren Türschild Uwe Schmidt steht, oder?«

»Hat Lahmer Trasse erpresst?«

Bos schüttelte den Kopf. »Kann ich nicht sagen. Aber möglich wäre es.«

»Wer ist bei Lahmer eingebrochen?«

»In der Feldstraße?«

»Ja.«

»Krönert.«

»Was hat er gesucht?«

»Unterlagen. Lahmer hat irgendwelche Papiere beiseitegeschafft, die Trasse belasteten. Deshalb wollte er sie wiederhaben.«

»Welche Art von Papieren?«

Schulterzucken.

»Und? Ist er fündig geworden?«

»Nein.«

Goldstein dachte einen Moment nach. »Wenn Trasse den Auftrag für den Mord und den Einbruch erteilt hat, müsste er doch auch über den Schlüssel verfügen, denn Lahmer hatte ihn ja nicht mehr. Warum hat Krönert dann die Tür zu Lahmers Wohnung aufgebrochen?«

»Er hat den Schlüssel vergessen.«

Wie banal. »Warum hat Krönert ihn nicht noch geholt? Er musste doch wegen des Einbruchlärms riskieren, erwischt zu werden?«

Bos zuckte nur mit den Schultern.

»Na gut lassen wir das. Wir haben bei Krönert ein Notizbuch gefunden.« Goldstein zog es aus seiner Schublade, blätterte die Seite mit dem Zahlencode auf und zeigte sie Bos. »Haben Sie das schon einmal gesehen?«

Bos lachte auf. »Haben Sie den Code geknackt? Eine Marotte von Krönert. Er konnte sich schlecht Namen und Orte merken. Dafür war er aber bei Zahlen ganz groß. Er hat manche Wette gewonnen, dreißig- oder auch vierzigstellige Ziffernfolgen nach nur einmaligem Hören korrekt wiederzugeben. Um nichts zu vergessen, war er ständig damit beschäftigt, irgendwelche Geheimzeichen zu erfinden. Die Worte vergaß er, die Zahlencodes nicht.«

»Sagt Ihnen der Name Sterzing etwas?«

Bos überlegte. »Ist das nicht ein Ort am Brennerpass? Warum?«

»Spielt keine Rolle. Sie haben mir eben erzählt, dass Sie den Mörder Müllers kennen. Sagen Sie mir den Namen.«

Bos schaute den Polizisten an. Hätte er doch nur den Mund gehalten. Jetzt war es zu spät. Er hatte angefangen zu singen und musste das Lied vollenden. Goldstein dachte mit Sicherheit nicht im Traum daran, ihn ohne weitere Aussage wieder laufen zu lassen. Was soll's, beruhigte er sich. Es wusste ja keiner, dass er gerade im Begriff war, seine früheren Freunde zu verraten. Und es brauchte auch niemand erfahren. Bis zum Gerichtsprozess. Saßen jedoch alle Beteiligten erst hinter schwedischen Gardinen, konnte ihm niemand mehr gefährlich werden. Er würde dann ungestört seinen eigentlichen Geschäften nachgehen, mit polizeilicher Unterstützung gewissermaßen. Der Gedanken amüsierte ihn.

»Sie finden meine Frage komisch?« Goldstein klang ungehalten.

»Nein«, versicherte Bos. »Mir kam da nur eine Idee.«

»Hoffentlich ist Ihnen der Name des Täters eingefallen.«

»Ja. Es war Allemeyer.«

Goldstein beugte sich nach vorn. Das kam nicht wirklich überraschend. Trotzdem fragte er nach: »Kein Irrtum möglich?«

»So hat es mir Krönert jedenfalls erzählt. Und warum sollte er mich belügen?«

»Weshalb wurde Müller ermordet?«

»Ich kenne keine Einzelheiten. Aber soweit ich weiß, befürchtete die Organisation, dass Sie, also die Polizei, Müller schnappen und er reden würde. Er wusste zu viel.«

Goldstein überlegte. Schon eben hatte es sich so angehört, als ob Bos nicht von Schönberger oder Trasse als Einzelpersonen, sondern als Mitglieder irgendeiner Vereinigung sprach. Was meinte er damit? »Was für eine Organisation?«

Bos schüttelte nur den Kopf.

»Nun kommen Sie, Mann. Etwas müssen Sie doch aufgeschnappt haben.«

»Nein, ehrlich. Mir ist nur bekannt, dass Allemeyer, Schönberger, Glittner und leider auch Krönert für sie gearbeitet haben.«

»Wer ist Glittner?«

»Ein Bekannter Allemeyers. Ich habe ihn nur ein, zwei Mal gesehen.«

»Und Krönert? Welche Aufgaben hat er für die Organisation erledigt?«

Bos seufzte. »Er hat auf diesen Mann geschossen. Das ist der Grund, warum ich bei Ihnen sitze.«

»Das verstehe ich nicht.«

»Krönert hat anscheinend nicht richtig getroffen. Da er nicht tot ist, hat Schönberger von mir verlangt, dass ich den Mord vollende.« Er kramte in seiner Tasche. »Haben Sie etwas dagegen, wenn ich rauche?« Als Goldstein verneinte, entzündete er eine Zigarette, inhalierte tief und sah dem Qualm nach. Danach fuhr er fort: »Ich habe schon so einige Dinger gedreht, das wissen Sie ja. Aber ich bin kein Mörder! Ich habe noch nie irgendjemanden verletzt. Und nun sollte ich einen Menschen umbringen. Das konnte ich nicht. Als ich mich geweigert habe, bedrohte Schönberger mich mit dem Tod. Deshalb bin ich hier.«

Das konnte Goldstein nachvollziehen. »Es waren zwei Männer bei dem Attentat dabei. Einer davon war also Krönert. Wer war der andere?«

»Glittner. Krönert kannte den Mann nicht, auf den er schießen sollte.«

»Warum hat dann Glittner nicht selbst geschossen?«

»Soweit mir bekannt ist, hat er während des Krieges in der Verwaltung gearbeitet. Der hat nie eine militärische Ausbildung gehabt, geschweige denn, einen Schuss abgefeuert. Krönert war bei der Infanterie und daher mit Waffen vertraut.«

»Wo wohnt dieser Glittner?«

»Keine Ahnung.«

»Einen Moment.« Der Hauptkommissar griff zum Telefonhörer und beauftragte einen Kollegen mit einer Anfrage beim Herner Einwohnermeldeamt. Dann fragte er weiter: »Und Allemeyer?«

Kopfschütteln.

»Gibt es sonst noch etwas, was Sie mir sagen möchten?«

Erneutes Kopfschütteln.

»Gut. Wir machen Folgendes: Ich ziehe jetzt eine Stenotypistin hinzu und Sie wiederholen Ihre Aussage. Das Protokoll wird mit der Maschine geschrieben und von Ihnen unterzeichnet.«

Bos stöhnte auf. »Muss das sein?«

»Ja. Und sollten Sie nicht kooperieren, stecke ich Sie wegen Strafvereitelung in eine Zelle. Kapiert?«

Bos nickte eingeschüchtert. »Ich müsste aber vorher noch einmal … Sie verstehen schon.«

»Wenn Sie auf dem Flur Richtung Treppenhaus gehen, ist die Toilette direkt davor links. Sie können sie nicht verfehlen.«

Bos machte sich auf den Weg. Als er um die Ecke bog, wäre er fast mit Schönberger zusammengestoßen.

»Was suchst du hier?«, zischte dieser nach einer Schrecksekunde.

Bos spürte, wie er bis zu den Haarspitzen errötete. »Ich ... Welcher Zufall ... Ich wollte, also ich hatte eine Vorladung«, stotterte er. Bos wusste, dass ihm Schönberger diese Ausrede nicht abnahm. Und diese Gewissheit ließ seine Unsicherheit weiter wachsen. »Jemand will mir etwas anhängen. Ich soll einen nicht gedeckten Scheck unter...«

»Das Betrugsdezernat ist im Erdgeschoss«, blaffte Schönberger und musterte ihn misstrauisch.

»Ich habe mich verlaufen«, antwortete Bos.

»Tatsächlich?«, spottete Schönberger. »Das trifft sich ja gut. Komm mit in mein Büro. Ich muss ohnehin mit dir reden.« Er fasste Bos' Arm.

Von der Treppe näherten sich Stimmen, zwei Uniformierte rannten durch den Flur. Bos nutzte den Moment, machte sich frei und sprintete davon.

Schönberger zischte: »Wir sprechen uns noch.«

Als Bos das Polizeipräsidium verlassen hatte und auf der Straße stand, atmete er tief durch. Dieses Gebäude würde er freiwillig nie mehr betreten. Es war ein unverzeihlicher Fehler gewesen, sich diesem Polizisten anzuvertrauen. Man sprach nicht mit der Schmiere. Und erst recht verpfiff man keine Kollegen.

Nun blieb ihm nur ein Ausweg. Weg, so weit wie möglich. Noch heute. Herne war für ihn Vergangenheit.

Eine halbe Stunde später wurde Hauptkommissar Goldstein klar, dass er soeben einen wichtigen Zeugen verloren hatte.

64

Montag, 23. Oktober 1950

Die beiden Männer trafen sich wie so oft im Herner Stadtpark. Das milde Wetter der letzten Tage war von einem Sturmtief abgelöst worden, welches heftige Regenschauer aus dem Westen herantrieb.

Allemeyer schlug den Kragen seines Mantels höher. »Mein Onkel hat mir bestätigt, dass wir in den nächsten Tagen mit den Visa rechnen können. Dann sind wir weg.«

»Das wurde auch Zeit.« Glittner strich sich eine Haarsträhne aus der Stirn. »Langsam wird mir hier der Boden zu heiß.«

»Sehe ich auch so. Dieser Goldstein entwickelt sich zu einem echten Ärgernis. Aber ihn aus dem Weg zu räumen, bedeutet ein zu großes Risiko. Die Kripo des halben Ruhrgebiets wäre hinter uns her. Im Moment hat diese Sache mit diesem Müller oberste Priorität. Nur dazu müssen wir ihn erst einmal finden. Schönberger vermutet, dass Goldstein für sein Verschwinden aus dem Krankenhaus verantwortlich ist. Ich hätte auf dich hören und den Kerl gleich in der Laube erledigen sollen. Dann hätten wir jetzt ein Problem weniger.«

»Konnte dein Onkel mehr über ihn in Erfahrung bringen?«

»Leider nein. Wir haben immer noch keine Ahnung, wer er eigentlich ist, warum er uns beschattet hat und vor allem, was er weiß. Deshalb müssen wir auf Nummer sicher gehen und ihn beseitigen.«

»Ist die Namensgleichheit Zufall?«

»Sicher. Müller gibt es wie Sand am Meer.«

»Hat Schönberger in dieser Angelegenheit schon mit Bos gesprochen?«

»Ja. Ich bezweifle nur, dass er erfolgreich war. Bos ist nicht der Typ für solche Aufgaben. Ich hoffe, das wird der letzte Auftrag sein.«

»Nur ungern.«

»Kann ich verstehen. Nur kümmert deine Meinung niemanden. Wir müssen uns vor der Abreise auch um die Laube kümmern.«

Glittner schüttelte heftig den Kopf. »Ohne mich. Da wimmelt es vermutlich nur so von der Polente. Wenn Müller geredet hat ...«

Allemeyer schüttelte den Kopf und griff seinen Freund am Arm. »Denk nach. Die Organisation hat uns informiert, dass Müller noch nicht über den Berg ist. Der ist nicht vernehmungsfähig. Zwei, drei Tage bleiben uns hoffentlich noch.«

»Aber es gibt doch nichts in dem Gartenhaus, was die Polizei auf unsere Spur führen könnte.«

Allemeyer blieb skeptisch. »Wieso bist du dir da so sicher?«

Sie erreichten eine Weggabelung. Hier waren keine Büsche, die Schutz vor fremden Blicken boten. Auf einem kleinen Rasenstück links von ihnen, rund einhundert Meter entfernt, versuchten Jungen, einen Drachen steigen zu lassen. Der böige Wind jedoch ließ ihr Spielzeug unkontrolliert tanzen und drückte es immer wieder auf den Boden.

»Gehen wir dort entlang.« Allemeyer wies nach rechts. »Wir sollten die Bude abfackeln.«

»Warum? Damit machen wir doch auf uns aufmerksam.«

»Unsere Fingerabdrücke und Kleidungsfasern kleben buchstäblich auf jedem Quadratzentimeter der Bruchbude. Wenn aber alles abgebrannt ist …« Er wedelte mit der linken Hand durch die Luft. »Dann löst sich alles in Rauch auf. Wir müssen es nur intelligent anstellen. Etwas Benzin, eine Lunte, eine Kerze und wir haben einen Vorsprung von zwanzig, dreißig Minuten. Das dürfte reichen.«

Glittner sah nachdenklich aus. »Mag sein. Aber der Gedanke gefällt mir nicht. Was ist, wenn uns jemand bei der Flucht beobachtet?«

»Einer von uns steht Schmiere und der andere geht rein und bereitet den Brand vor.«

»Falls die Polizei doch plötzlich auftaucht, hat der, der in der Laube ist, die schlechteren Karten. Schließlich muss er ja aus der Bude wieder raus. Das kostet Zeit.«

Allemeyer seufzte. »Gut. Wir losen. Einverstanden?«

Glittner nickte wortlos.

Allemeyer bückte sich und hob einen nassen Ast auf, den er in zwei unterschiedlich lange Teile brach. »Wer

den kurzen zieht, legt das Feuer. Lang sichert von draußen. In Ordnung?«, wiederholte er seine Frage. Er
streckte seinem Kumpan die Stöckchen entgegen.

Wie in Zeitlupe griff Glittner nach den Hölzern. Er
überlegte einen Moment. Nimm rechts, dachte er. Aber
dann entschied er anders und packte das linke Holz.
Langsam zog er es aus Allemeyers Faust. Sein Komplize
öffnete die geballte Hand und hielt sein Stäbchen neben
das zweite.

Glittner stöhnte auf.

65

Montag, 23. Oktober 1950

Bereits kurz nach seinem Gespräch mit Bos erhielt
Goldstein Nachricht, dass Glittner nicht in Herne
gemeldet war. Der Kommissar bat darum, die Anfrage
auch an die Einwohnermeldeämter der umliegenden
Städte zu richten, war sich jedoch bewusst, dass es ein,
zwei Tage dauern könnte, bis er eine Antwort bekam.

Dann machte er sich auf den Weg zu Konrad Müller
ins Krankenhaus.

Doktor Mantrop empfing den Hauptkommissar im
Eingangsbereich der Klinik, um gemeinsam mit ihm auf
die Station zu gehen.

»Müller geht es den Umständen entsprechend gut.
Sein Heilungsprozess verläuft zufriedenstellend. Wenn
keine Infektion eintritt, wird er in acht bis zehn Tagen
über den Berg sein.«

»Ist er ansprechbar?«

»Ja. Reden Sie mit ihm. Nur nicht zu lange. Er darf sich nicht überanstrengen.«

»Natürlich.«

Sie erreichten eine breite Milchglastür, auf der in großen Lettern *Innere Medizin* geschrieben stand.

»Wir sind da. Ich habe ihn in ein Einzelzimmer gelegt. Dort können Sie sich ungestört unterhalten.«

»Vielen Dank.«

Der Arzt führte ihn zu einem Krankenzimmer ganz am Ende des Flures, öffnete und ließ Goldstein eintreten.

Der Raum war winzig. Das Bett stand so, dass der Patient durch das Fenster an der Stirnseite auf die Kronen einiger Bäume schauen konnte.

Müller schien zu schlafen. Er lag auf dem Rücken, den Kopf auf die Seite gedreht. Am Bett befand sich ein Tropf, dessen Kanüle in Müllers linkem Unterarm endete.

»Herr Müller?«, sprach Goldstein den jungen Mann leise an.

Langsam drehte sich der Kopf in Goldsteins Richtung. »Herr Kommissar«, krächzte er.

Goldstein zog einen Schemel näher ans Bett und nahm Platz. »Wie fühlen Sie sich?«

»Es geht. Ich habe Schmerzen beim Atmen. Das wäre normal, meinen die Mediziner. Und mein Hals tut mir weh. Kommt vom Intubieren. Deshalb kann ich auch nicht laut sprechen.«

»Sie erinnern sich an das, was vorgefallen ist?«

Müller nickte.

»Sie sind zu Ihrer Sicherheit in diesem Krankenhaus unter einem anderen Namen gemeldet.«

»Doktor Mantrop hat es mir gesagt.« Er machte ein ängstliches Gesicht. »Meinen Sie, dass Pauly noch einmal ...«

»Keine Sorge. Außer dem Arzt und mir weiß niemand, dass Sie hier sind.« Und dabei wird es bleiben, schwor er sich. »Fühlen Sie sich in der Lage, einige Fragen zu beantworten?«

»Ja, sicher.«

»Gut. Wer ist Pauly?«

»Ein Richter. Er heißt mit Vornamen Adolf und hat meinen Vater auf dem Gewissen.« Mit stockender Stimme, immer wieder unterbrochen durch einen trockenen Hustenanfall, erzählte Müller von seinem Onkel und wie er Pauly endlich auf die Spur gekommen war. Er schilderte seine Beobachtungen vor dem Gelsenkirchener Hotel, der Beschattung und schließlich seiner Gefangennahme und Flucht. Goldstein machte sich Notizen. Als Müller geendet hatte, wollte der Hauptkommissar wissen: »Wo steht diese Laube genau?«

»Wenn Sie von der Bochumer Straße den Schrebergarten betreten, ist es der fünfte Garten auf der linken Seite. Die Tür ist rot angestrichen. Sie erkennen sie auf den ersten Blick.«

»Und Pauly? Können Sie ihn mir beschreiben?«

Müller versuchte es. Dann setzte er hinzu: »Ach ja, er hinkt, das heißt, er zieht den rechten Fuß nach.«

Goldstein fiel es wie Schuppen von den Augen. Das konnte kein Zufall mehr sein. Der Zeuge, der ausgesagt hatte, einen hinkenden Mann vor dem Hotel gesehen zu haben. Müller, der Pauly ebenso schilderte. Der Attentäter Krönert, der mit Allemeyer zusammenarbeitete, der ebenfalls ein solches Gebrechen hatte. Eindeutig: Allemeyer und Pauly waren ein und dieselbe Person. Und da Pauly bereits im Nationalsozialismus unter diesem Namen ›Recht‹ gesprochen hatte, war davon auszugehen, dass er tatsächlich so hieß.

»Was wissen sie noch über diesen Mann?«

»Nichts. Ich habe Ihnen alles erzählt.« Müller standen Tränen in den Augen. »Werden Sie mir helfen?«

»Worauf Sie sich verlassen können«, versprach Goldstein.

Auf dem Weg zurück ins Präsidium dachte Goldstein über Pauly nach. Er hatte diesen Namen schon gehört oder gelesen, ohne Zweifel. Nur wo? Er würde Hinterhuber befragen. Aber das konnte warten, jetzt ging es erst einmal darum, diese Laube zu überprüfen.

Sein Plan war simpel. Ein Beamter in Zivil würde an die rote Tür klopfen und sich, sollte jemand öffnen, unter einem Vorwand wieder zurückziehen. Danach wollte Goldstein zugreifen. Wäre niemand in dem Gartenhaus, musste es observiert werden, notfalls rund um die Uhr.

Es dauerte keine Stunde, bis der Hauptkommissar gemeinsam mit anderen Beamten den Schrebergarten betrat und sein Vorhaben in die Tat umsetzte.

Nachdem der Zivilpolizist festgestellt hatte, dass sich keine Menschenseele in dem Objekt aufhielt, verteilte Goldstein seine Leute im Gelände und gab ihnen Anweisung, sich zu verbergen. Er würde Pauly schnappen.

Und sie brauchten nicht lange zu warten.

66

Montag, 23. Oktober 1950

Walter Stirner hatte sich in den letzten Kriegstagen die Identität und Papiere eines in Berlin gefallenen Soldaten namens Klaus Glittner angeeignet. Glittner, der ihm äußerlich sehr ähnelte, war Pionieroffizier gewesen und bei dem völlig sinnlosen Versuch ums Leben gekommen, eine Brücke über die Spree zu sprengen. Doch sein Tod hatte Stirner geholfen, sich in die amerikanisch besetzte Zone abzusetzen, um seine Dienste der Besatzungsmacht anzubieten. Wie andere SS-Angehörige hoffte er, nach Südamerika ausreisen zu können, um so dem Zugriff der Justiz zu entgehen.

Jetzt stand er gemeinsam mit Pauly am Rande der Schrebergartensiedlung und beobachtete das Areal.

»Scheint alles ruhig zu sein«, meinte Stirner. »Es sieht so aus, als ob du recht hattest. Keine Spur von der Polizei.«

»Hast du das Benzin?«

Stirner klopfte an seinen Rucksack. »Fünf Liter. Das müsste reichen.«

»Gut. Wir machen es so wie besprochen. Du bereitest in der Laube das Erforderliche vor. Dann zündest du die Kerze an und haust ab. Dir bleiben etwa sechs, sieben Minuten, bis sich die Benzindämpfe entzünden und die ganze Bude in Brand setzen. Das schaffst du locker. Ich warte hier. Wenn mir etwas Ungewöhnliches auffällt, benutze ich die Trillerpfeife und warne dich. Aber ich glaube nicht, dass das notwendig sein wird. Alles klar?«

»Natürlich.«

»Gut. Los.«

Hauptkommissar Goldstein nahm den Mann erst wahr, als er zwischen zwei Büschen in der Nähe des Gartenhauses auftauchte. Zunächst schien es, als ob er sich nicht für die Laube mit der roten Holztür interessierte. Er schlenderte an ihr vorbei, sah auf seine Uhr, blieb schließlich stehen, um sich eine Zigarette anzustecken. Danach ging er langsamen Schrittes weiter bis zur nächsten Wegkreuzung, harrte dort einen Moment aus und sah sich um. Dann kehrte zu dem Garten zurück.

Der Hauptkommissar signalisierte seinen Männern abzuwarten.

Der Unbekannte stoppte am Gartenzaun, bückte sich, so als ob er seine Schuhe zubinden wollte. Goldstein konnte aus seinem Versteck genau erkennen, dass der Mann die Lage sondierte. Endlich richtete sich der Fremde wieder auf, öffnete das Gartentor, eilte zur Laube, schloss auf und verschwand in ihrem Inneren.

Goldstein ließ nur Sekunden vergehen und gab seinen Kollegen das verabredete Zeichen. Aus vier Richtungen liefen seine Männer auf das Grundstück zu. Der schrille Ton einer Trillerpfeife erklang. Goldstein ignorierte das Geräusch, hechtete zum Tor und zog im Laufen seine Waffe.

Stirner hatte gerade den Rucksack abgestellt und ge-öffnet, als er das Warnsignal seines Freundes hörte.

»Scheiße!«, fluchte er. Seine Gedanken rasten. Sollte er versuchen, den Auftrag auszuführen oder zu fliehen? Er fällte seine Entscheidung.

Der Hauptkommissar riss die Tür auf und wäre fast mit Stirner zusammengestoßen, der ihn entgeistert ansah.

Goldstein reagierte schneller. »Hände über den Kopf. Polizei!«, herrschte er Stirner an und richtete seine Waffe auf ihn. »Zurück an die Wand.«

Als immer weitere Beamte in das Innere der Laube drängten, sah Stirner ein, dass jeder Widerstand zwecklos war. Resigniert tat er wie befohlen und ließ sich durchsuchen.

Ein Polizist reichte Goldstein den Ausweis, den Stirner bei sich trug.

»Klaus Glittner?«, fragte der Kommissar.

Stirner bejahte.

»Sie sind vorläufig festgenommen.«

»Weswegen?«, wagte Stirner zu fragen.

»Versuchter Mord.«

Stirner deutete ein Lachen an. »Ich soll was getan haben?«

Goldstein ignorierte die Frage. »Abführen!«, befahl er barsch. »Und jemand muss die Spurensicherung verständigen.«

Pauly hatte den Ansturm der Polizei aus sicherer Entfernung beobachtet und den vereinbarten Pfiff abgegeben. Dann hatte er eilig das Weite gesucht.

Glücklicherweise war ihm niemand gefolgt. Schräg gegenüber den Schrebergärten lag ein Restaurant. Pauly ging hinein, bestellte ein Bier und fragte den Inhaber, ob er telefonieren dürfe.

»Kostet zwanzig Pfennige«, knurrte der Wirt und zeigte in einen Flur, der zu den Toiletten führte. »Bezahlt wird vorher. Aber nur ein Ortsgespräch. Benötigen Sie die Vermittlung, wird es teurer.«

»Ortsgespräch«, erwiderte Pauly und legte das Kleingeld auf die Theke.

Am frühen Nachmittag, etwa eine Stunde nach der Verhaftung Glittners, betrat der Hauptkommissar die Zeitungsredaktion, in der Franz Hinterhuber arbeitete. Glittner saß in einer Zelle und Markowsky stellte die Laube auf den Kopf – für den Hauptkommissar gab es dort nichts mehr zu tun. Mit Glittner wollte er erst sprechen, wenn Markowsky ihm weitere Ergebnisse geliefert hatte. Also blieb ihm Zeit, seiner Ahnung auf den Grund zu gehen.

Der Name Pauly kam ihm bekannt vor, er wusste nur nicht, woher. Goldstein meinte sich zu erinnern, den Namen vor einiger Zeit in der Zeitung gelesen zu haben. Und bei der Suche nach dem Bericht konnte der Journalist ihm helfen.

»Haben Sie meinen Artikel über das Attentat zur Kenntnis genommen?«, begrüßte ihn Hinterhuber.

»Selbstverständlich. Er war ja nicht zu übersehen.«

»Und?« Der Journalist sah ihn gespannt an.

Die Reportage über die Ereignisse am letzten Freitag war nach Goldsteins Geschmack etwas reißerisch geraten. Natürlich hatte Hinterhuber, dem Wunsch des Kommissars folgend, keine Details über Müller preisgegeben, sondern nur den Anschlag selbst beschrieben und es als *Racheakt an einem verdienten Polizeibeamten* bezeichnet, bei dem ein zufällig anwesender Passant schwer verletzt worden war. Aber Goldstein behielt seine Meinung für sich. Er wollte den jungen Redakteur nicht kränken. »Hat mich beeindruckt«, antwortete er deshalb ausweichend. Was schließlich nicht gelogen war. »Aber ich komme wegen etwas anderem.«

»Hängt das mit Ihrem Fall zusammen?«

»Das weiß ich noch nicht.« Goldstein wollte nicht zu viel seines Wissens preisgeben. »Ich meine mich zu erinnern, vor Monaten – kann jedoch auch im letzten Jahr gewesen sein – in Ihrer Zeitung etwas über einen gewissen Pauly gelesen zu haben. Können Sie mir auf die Sprünge helfen?«

»Pauly? Nie gehört.« Er drehte sich um und rief seinen Kollegen in den hinteren Räumen zu: »Kennt jemand von euch einen Pauly?«

»Herner?«, brüllte einer der Journalisten zurück.

Hinterhuber schaute Goldstein an. Der nickte auf Verdacht.

»Ja«, rief Hinterhuber.

»November letzten Jahres. Lokalausgabe«, lautete die präzise Antwort.

»Woher weiß er das so genau?«, wunderte sich Goldstein.

»Vermutlich hat er den Artikel geschrieben«, entgegnete Hinterhuber auf dem Weg zu einem Regal, in dem
in großen Bänden die Zeitungen der vergangenen Jahre
archiviert wurden. Er zog eine der Schwarten hervor,
blätterte und zeigte mit dem Finger schließlich auf einen
Bericht.

Gespannt beugte sich Goldstein über das Presseer-
zeugnis. *Selbstmord im Gysenberger Wald,* laute die
Überschrift. *Witwe tot aufgefunden.* Goldstein überflog
den Beitrag. Eine sechzigjährige Frau, deren Name Ele-
nore Pauly war, hatte sich an einem Baum erhängt. Ein
Abschiedsbrief wurde nicht gefunden. Was die Frau zu
ihrer Tat getrieben hatte, blieb im Dunkeln. Sie hinterließ einen Sohn namens Adolf. Und dann las der Hauptkommissar den letzten Satz, der ihn fast umhaute. *Ele-
nore Pauly war eine gebürtige Trasse, die Schwester des
bekannten Herner Kaufhausbesitzers und Industriellen
Wieland Trasse.*

Adolf Pauly war also der Neffe Trasses!

67

Dienstag, 24. Oktober 1950

An dem Tisch im Verhörzimmer des Polizeipräsidiums saß Hauptkommissar Goldstein Klaus Glittner
gegenüber, der mit fahrigen Bewegungen erfolglos dagegen ankämpfte, dass ihm Haarsträhnen über die Augen
fielen. Die Nervosität war ihm anzusehen. Auf einem
Stuhl an der Stirnseite hatte eine Stenotypistin Platz ge-

nommen, die das Verhör wortgenau mitschrieb. Schließlich beobachteten zwei Beamte, die links und rechts hinter dem Verdächtigen postiert waren, jede seiner Aktivitäten. Glittner trug noch dieselbe Kleidung wie gestern. Unmittelbar nach seiner Verhaftung hatte Markowsky Proben des dunkelgrauen Pullovers sowie Glittners Fingerabdrücke genommen.

Der Hauptkommissar wartete händeringend auf die Ergebnisse. Es war jetzt neun Uhr. Ihr Zugriff war am Vortag kurz nach Mittag erfolgt. Der Verhaftete musste binnen vierundzwanzig Stunden, also spätestens um ein Uhr, einem Haftrichter vorgeführt oder entlassen werden. Ohne hieb- und stichfeste Beweise würde der Richter Glittner wieder laufen lassen, dachte Goldstein. Er brauchte Markowskys Resultate. Und zwar schnell.

Der Kommissar begann das Verhör mit der Nennung des Datums, der Uhrzeit und der anwesenden Personen. Dann sprach er den Verdächtigen direkt an. »Sie heißen Klaus Glittner?«

Der Häftling zog es vor, nicht auszusagen. Die Anrede zeigte ihm, dass die Polizei noch nichts von seiner Doppelexistenz ahnte. »Ich möchte einen Anwalt sprechen«, erwiderte er deshalb.

»Können Sie. Nennen Sie mir seine Rufnummer und wir verständigen ihn.«

Glittner schwieg. Er kannte keinen Juristen in Herne. Sein Bluff lief ins Leere.

»Also, wie heißen Sie?«

Keine Antwort.

»Wie Sie meinen.« Goldstein erhob sich und machte ein paar Schritte. »Wir haben Zeit.« Auch er bluffte.

Es klopfte. Der Kommissar atmete erleichtert aus.

Doch statt Markowsky betrat ein Uniformierter das Zimmer und übergab Goldstein einen Zettel. Er stammte von seinem Kollegen. Darauf stand, dass die Spurensicherung zwar bereits über Ergebnisse verfüge, der Bericht aber erst geschrieben werden müsse. Das könne sich etwa zwei Stunden hinziehen. Goldstein fluchte innerlich. Zwei Stunden! Aber es würde reichen. Sofern nichts anderes dazwischenkam.

Er setzte sich wieder, sah Glittner an und fragte: »Eine Zigarette?« Mit diesen Worten hielt er ihm die Packung entgegen. Der Häftling verzog keine Miene. Ein harter Brocken, dachte Goldstein und steckte sich selbst eine Kippe an. Er inhalierte und blies den Rauch über den Tisch. »Dann noch einmal von vorne. Ihr Name ist Klaus Glittner? Was wollten Sie in der Laube? Wir haben in Ihrem Rucksack Benzin, eine Kerze und ein Wollknäuel gefunden. Wollten Sie das Gartenhäuschen in Brand stecken, um Beweise zu vernichten?«

Die Tür wurde aufgerissen und Saborski betrat den Raum. »Herr Goldstein, bitte kommen Sie einen Moment mit mir auf den Flur.«

Vor dem Vernehmungszimmer wartete ein Mann im Anzug, der Goldstein unbekannt war.

»Rechtsanwalt Doktor Schwan«, stellte ihn der Kriminalrat vor. »Er vertritt die Interessen von Herrn Glittner.«

Woher wusste der Rechtsbeistand von der Festnahme? Glittner hatte ihn nicht informiert, das stand fest. Es musste jemand anderes gewesen sein. Saborski schied aus. Goldstein hatte seinen Vorgesetzten bis jetzt über die Verhaftung im Unklaren gelassen. Markowsky oder ein anderer Beamter? Ohne triftigen Grund würde sich niemand an Goldstein vorbei mit dem Kriminalrat in Verbindung setzen. Es blieb also nur die Möglichkeit, dass ein Komplize die Verhaftung beobachtet hatte. Pauly? Natürlich! Der Pfiff. Das war der Versuch, Glittner zu warnen.

Der Hauptkommissar musterte den Anwalt. »Sie sind bevollmächtigt?«

Schwan lächelte hintergründig. »Selbstverständlich. Ich habe mich gegenüber Ihrem Vorgesetzten hinreichend legitimiert. Dürfte ich erfahren, was Sie meinem Mandanten vorwerfen?«

»Versuchten Mord. Und versuchte Brandstiftung.«

»Und worauf gründen Sie Ihren Verdacht?«

Diese Frage hatte Goldstein befürchtet. Markowsky sollte die Beweise liefern. Er selbst hatte nichts in der Hand.

»Zeugenaussagen.« Er fühlte sich wie jemand, der im Skat einen Null ouvert mit zwei blanken Assen spielte. Nackt.

»Interessant. Natürlich liegt Ihnen das unterschriebene Protokoll der Aussagen vor?«

»Nein, noch nicht«, musste Goldstein einräumen. Er sah Saborski an und wusste, dass er verloren hatte. Wo blieb nur Markowsky?

»Ich denke, das reicht. Ich behalte mir weitere Schritte vor.« Der Anwalt sprach Saborski an. »Wenn Sie so freundlich wären ...«

Der Kriminalrat warf Goldstein einen vernichtenden Blick zu und öffnete die Tür zum Verhörzimmer. »Sie können gehen, Herr Glittner. Bitte entschuldigen Sie die Unannehmlichkeiten.«

Als Glittner an Goldstein vorbei in den Flur trat, lächelte er spöttisch.

»Ihre Zigarettenmarke ist mir zu billig. Aber danke für das Angebot.«

Eine Stunde danach stürmte Markowsky in Goldsteins Büro, einen Aktenordner in der Hand, den er auf den Schreibtisch schmiss.

»Volltreffer! Wir haben ihn.«

Goldstein hob müde den Kopf. »Schön. Nur leider zu spät.« Er berichtete vom Eintreffen des Anwalts und Glittners Freilassung.

»O nein!« Die Euphorie seines Kollegen war verflogen.

»Erzähl mir trotzdem, was mit diesem Glittner los ist.«

»Er heißt nicht Glittner, sondern Walter Stirner. Wir hatten seine Fingerabdrücke in der Bochumer Kartei. Stirner wird mit Haftbefehl gesucht. Er war Mitarbeiter im Referat Eichmann, soll die Erschießung polnischer Juden beaufsichtigt haben.«

»Um Gottes willen. Und ich musste ihn laufen lassen!«

»Außerdem sind beide Faserspuren identisch. Stirner war bei dem Attentat dabei. Dann die Fußspuren. Es waren zwei. Du erinnerst dich?«

»Ja.«

»Die mit der Größe vierundvierzig passt zu Krönert. Stirner hat sechsundvierzig, wie der andere Abdruck, den wir am Tatort gefunden haben. Ein zusätzliches Indiz.«

»Nur dass uns diese Beweise jetzt nicht mehr viel nützen werden. Glittner, äh, Stirner dürfte sich bereits abgesetzt haben. Der Kerl ist garantiert nicht so dämlich und bleibt weiter in Herne. Aber trotzdem.« Goldstein griff zum Hörer. »Ich werde ihn zur erneuten Fahndung ausschreiben. Vielleicht haben wir ja Glück.«

»Glaubst du daran?«

»Nein.«

68

Dienstag, 24. Oktober 1950

Goldstein hatte seine Niederlage noch nicht verkraftet, als sein Telefon schellte. »Ja«, blaffte er in den Hörer, unfreundlicher als beabsichtigt.

»Udo Bauer.«

Die Stimme kam dem Kommissar bekannt vor. »Ja?«

»Ich war vor etwa einem Monat bei Ihnen. Wegen meines Mieters. Knut Lahmer. Sie erinnern sich?«

»Ja. Natürlich.«

»Nun, meine Frau und ich sind heute Morgen aus dem Urlaub zurückgekommen. Bei uns ist eingebrochen worden.«

Das hatte ihm gerade noch gefehlt. Nur weil Bauer ihn kannte, wurde er jetzt zum Adressaten aller denkbaren Vorfälle. Wehre den Anfängen, dachte Goldstein und schnaubte in den Hörer: »Was habe ich damit zu tun? Wenden Sie sich an meine Kollegen vom Einbruchsdezernat. Die sind für so etwas zuständig.«

Bauer schwieg. Der Anpfiff wirkte. Trotzdem wagte der Vermieter einen erneuten Vorstoß: »Ich meine ja nur, der Täter hat die Wohnung Lahmers aufgebrochen, nicht unsere. Und gestohlen wurde ebenfalls nichts, soweit ich das feststellen konnte. Es wurde alles durchwühlt. Ist das nicht seltsam?«

Das fand Goldstein auch. Und ihm fiel die Aussage Bos' wieder ein, der auf seine Frage, wer in die Wohnung Lahmers eingestiegen sei, geantwortet hatte: *In der Feldstraße?* So, als ob es zwei Antwortmöglichkeiten gegeben hatte. Wieso war ihm das nicht sofort aufgefallen? Er schlug sich mit der flachen Hand vor die Stirn. Was war er doch für ein Idiot. Zwei Wohnungen. Zwei Einbrüche. Beide ausgeführt von Krönert, der sich als Schmidt ausgegeben hatte, um an Lahmers Schließfach zu kommen. Seine Gedanken überschlugen sich. Lahmer lebte mit zwei Identitäten. In der Bank war er aber nur unter dem Namen Schmidt bekannt gewesen. Was, wenn Lahmer noch ein anderes Schließfach gehabt hätte? Unter seinem richtigen Namen? Wenn er mit seiner Annahme richtig lag, hatte Lahmer dieses Depot vermutlich bei einem anderen Institut, denn sonst wäre seine Doppelexistenz schnell aufgeflogen und unangenehme Fragen wären die Folge gewesen. Nein, wenn es überhaupt ein zweites Schließfach gab, war dieses bei einer anderen Bank. Fragte sich nur, bei welcher.

»Ich komme«, sagte er zu Bauer.

Lahmers früheres Domizil war völlig auf den Kopf gestellt. Goldstein hatte die Wohnung ja selbst oberflächlich durchsucht und nichts gefunden. Krönert aber war gründlicher vorgegangen. Goldstein fahndete diesmal nach etwas Besonderem. Einem gefalteten Zettel mit einer Schließfachnummer beispielsweise. Oder einem Schlüssel. Vielleicht auch einem Schreiben wie in Lahmers anderer Bleibe.

Nach zweistündiger, intensiver Suche war Goldstein kein Stück weitergekommen. Er stellte einen Stuhl in die Mitte des Wohnzimmers, setzte sich und überlegte. Wo konnte ein Hinweis sein? Er sah sich um. Den Wohnzimmerschrank hatte er erfolglos auf Geheimfächer untersucht. Die Lampenschirme waren leer. Unter den Polstern hatte sich ebenfalls nichts gefunden. Den Teppich hatte bereits Krönert hochgenommen und beiseitegelegt. Dann fiel sein Blick auf den Boden. Holzdielen. Gehobelt und gewachst. Eine schmerzliche Erinnerung drängte sich ihm auf. Vor sieben Jahren hatte er gemeinsam mit Kollegen einen jungen Burschen verhaften müssen. Sein Kollege hatte das Versteck unter den Dielenbrettern entdeckt. Das hatte das Schicksal des Jungen besiegelt, woraufhin Goldstein ihn ausgeliefert hatte.

Der Polizist schüttelte sich, als ob er so die Verantwortung für das damalige Geschehen von sich abstreifen könnte. Die Dielenbretter waren einen Versuch wert.

Und tatsächlich musste er nicht lange suchen. Lahmer hatte sich noch nicht einmal besondere Mühe gegeben, sein Geheimfach zu tarnen. Krönert hatte dummerweise den hochgeschlagenen Teppich genau auf der Stelle platziert, an der eines der Bretter etwas höher stand als die restlichen. Hätte er auch dort unter dem

Teppich nachgesehen, wäre ihm das lockere Bodenbrett nicht verborgen geblieben.

Der Hauptkommissar ging in die Küche und fand ein Messer. Mit dessen Spitze löste er die zwei unscheinbaren Schrauben und hebelte das Brett auf. Und da lag der kleine Karton.

Goldstein hob ihn aus seinem Versteck, brachte ihn zum Tisch und klappte den Deckel auf. Ein Schlüssel. Und eine Karte mit der Schließfachnummer, ausgestellt von der *Bank AG* in Herne. Hatte er doch richtig vermutet. Nach all den Niederlagen der letzten Tage endlich ein kleiner Erfolg.

Der Widerstand des Bankangestellten war schnell gebrochen. Goldsteins Dienstausweis, die Hinzuziehung des Filialleiters, Karte, Schlüssel, ein Hinweis auf den Mord an Lahmer und eine freundliche Belehrung, dass die Behinderung der polizeilichen Ermittlungsarbeit strafbar sei, genügten.

Eine Viertelstunde nachdem er das Geldinstitut betreten hatte, stand vor ihm auf dem Tisch im Tresorraum eine Kassette, die der aus der anderen Bank glich.

Goldstein wartete, bis der Angestellte den Raum wieder verlassen hatte, holte tief Luft und öffnete das Metallbehältnis. Eine weitere Enttäuschung konnte er nur schwer verkraften. Aber seine Sorge war unbegründet – die Unterlagen waren darin.

Der Kommissar rief den Leiter der Filiale zu sich, zeigte ihm den Papierstapel und erklärte, dass er diesen mitnehmen werde. Der Mann war so eingeschüchtert, dass er es nicht wagte, nach dem eigentlich erforderlichen richterlichen Beschluss zu fragen. Goldstein war das nur recht. Voller Hochgefühl verließ er das Bankhaus.

Auf seinem Schreibtisch lag immer noch das Notizbuch Krönerts mit den seltsamen Codes und ihrer vermutlichen Bedeutung: Kloster, Transfer, Sterzing, Kennwort. Krönert war tot und Goldstein würde nie erfahren, was sich hinter diesen Worten verbarg. Er warf einen letzten Blick auf das Rätsel, dann klappte er die Kladde kurz entschlossen zu und verstaute sie in einer Schublade.

Dann machte er sich daran, die Unterlagen zu lesen. Mit wachsender Bestürzung wurde ihm klar, was er hier vor sich hatte: den schlüssigen Beweis dafür, dass das, was Bos angedeutet hatte, wahr war. Lahmer, Müller und vor allem Trasse waren während des Krieges als Hehler tätig gewesen. Das bewiesen die Frachtlisten, ausgestellt vom Materiallager des Nachschubstabs z.b.V. 365 und unterschrieben wechselseitig von SS-Sturmbannführer Wolfgang Müller oder Major Knut Lahmer. Adressiert an das Kaufhaus Trasse in Herne. Sogar das Gewicht war angegeben: dreißig Kilo. Inhalt der Lieferung: Kochtöpfe verschiedener Größen. Immer nur Kochtöpfe. An diese Listen war jeweils eine Dublette angeklebt. Selbes Datum, selbes Gewicht, dieselbe Liefernummer und identische Unterschriften. Doch diese Aufstellung offenbarte, was tatsächlich verschickt worden war: Schmuck, Diamanten, Gold und Gemälde alter Meister. Stück für Stück notiert. Goldstein schauderte. Selbst die Menge an Zahngold wurde detailliert aufgeführt, aufs Gramm genau. Wahrscheinlich herausgerissen aus den Mündern ermordeter Juden.

Mehrere Schreiben Trasses an Lahmer und Müller ließen den Schluss zu, dass der Warenhausbesitzer gezielt Bestellungen aufgegeben hatte. Entsprechende Antwortbriefe zeigten die Bemühungen der beiden Offiziere, diese Wünsche zu befriedigen.

Schließlich ein Briefwechsel Lahmers mit einer Bank in der Schweiz, die zusagte, auch von ihm direkt Lieferungen entgegenzunehmen.

Als Nächstes stieß Goldstein auf die Entwürfe der Erpresserbriefe. Lahmer hatte tatsächlich den Hals nicht voll bekommen. Sein Todesurteil.

Der Kommissar nickte befriedigt. Diese Unterlagen brachen Trasse das Genick und würden ihn für viele Jahre in Haft wandern lassen. Angesichts seines Alters wäre es mehr als fraglich, ob der Kaufhausbesitzer in seinem Leben jemals wieder etwas anderes als Gefängniskost erhielte.

Es gab nur ein Problem: Trasse würde nicht einfach dasitzen und auf seine Festnahme warten. Wahrscheinlich hatte er sich bereits abgesetzt.

Goldstein wollte keine Zeit verlieren und unverzüglich der Villa des Unternehmers in der Nähe des Herner Stadtgartens einen Besuch abstatten.

Es wurde bereits dunkel, als er das stattliche Gebäude an der Parkstraße erreichte. Kein Licht drang aus dem Haus nach draußen, die Rollos im Erdgeschoss waren heruntergezogen.

Goldstein öffnete das Eingangstor und betrat das Anwesen. Zwei steinerne Löwen rechts und links des Weges bewachten das Grundstück; Skulpturen, die Trasse von seinem früheren Wohnsitz Recklinghausen nach Herne hatte transportieren lassen, wie der Polizist aus der Tageszeitung wusste.

Der Kommissar betätigte die Klingel. Unmittelbar ertönte ein dumpfer Gong. Es machte niemand auf. Goldstein wartete einen Moment, ging dann um das Haus herum. Auch der Zugang zur Terrasse war fest verschlossen.

Goldsteins Blick fiel auf die Kellertreppe. Unten angekommen, drückte er die Klinke der Tür hinunter, ohne große Hoffnung auf Erfolg. Zu seiner Überraschung schwang sie auf.

Der Hauptkommissar zögerte. Er hatte keinen Durchsuchungsbeschluss. Er durfte das Anwesen nicht betreten, wenn er sich nicht dem Vorwurf des Hausfriedensbruchs oder gar Einbruchs aussetzen wollte. Auf Gefahr im Verzuge konnte er sich vermutlich nicht berufen. Aber als Ausrede taugte es allemal. Außerdem bezweifelte er mittlerweile, dass überhaupt irgendjemand sein unbefugtes Eindringen bemerkte. Wie hieß es doch so schön: Wo kein Kläger, da kein Richter. Er betrat den Keller.

Es war stockfinster. Seine Hand ertastete den Lichtschalter. Als es hell wurde, musste der Kommissar für einige Zeit die Augen schließen. Dann hatte er sich an die Helligkeit gewöhnt. Auf der Suche nach der Treppe ins Erdgeschoss warf er einen Blick in die Kellerräume, an denen er vorbeiging. Sie waren alle leer geräumt oder enthielten lediglich Gerümpel. Irgendwie sah das Haus aus, als ob seit Jahren niemand mehr in ihm gewohnt hatte.

Dieser Eindruck verstärkte sich, als er die Wohnräume erreichte. Keine Möbel, keine Teppiche. Nur helle Flecken an den Wänden, wo früher Gemälde gehangen hatten. Und nackte Glühbirnen, die aus ihren Fassungen strahlten.

Dieses Bild setzte sich in der ersten Etage fort. Im Haus fand sich buchstäblich nichts. Es war vollständig leer.

Kopfschüttelnd stieg Goldstein zurück ins Parterre. Erst jetzt bemerkte er im hinteren Bereich des Flurs eine Nische. Darin stand ein alter Stuhl, dessen Farbe abblätterte. Auf der Sitzfläche lag ein Briefumschlag, den der Hauptkommissar an sich nahm. In schnörkelloser Schrift fand sich als Adresse lediglich ein Name auf dem Kuvert: Kriminalrat Wilfried Saborski.

Goldstein zögerte keine Sekunde. Ohne an mögliche Folgen zu denken, riss er das Kuvert auf, faltete den Briefbogen auseinander und begann zu lesen:

Lieber Geschäftspartner Wilfried Saborski,

bestimmt wirst Du Dir diese Anrede verbitten, sobald Du diesen Brief gelesen hast. Das kann ich sogar verstehen. Und es amüsiert mich sehr. Denn dieses Mal hast nicht Du mich, sondern ich habe Dich über den Tisch gezogen. Was für ein Spaß!

Zunächst zu Deiner Information: Wenn Du dieses Schreiben erhältst, bin ich schon nicht mehr in Deutschland, sondern lasse es mir in der Ferne unter warmer Sonne gutgehen. Sicher kannst Du nachvoll-

ziehen, dass ich nicht das geringste Interesse daran habe, Dir den Namen dieses Landes mitzuteilen. Obwohl der Arm des deutschen Gesetzes nicht bis dort reichen dürfte, möchte ich nichts mehr mit Dir und Deinesgleichen zu tun haben. Nur so viel sei verraten: Hochrangige Persönlichkeiten dieses Landes sind mit mir einer Meinung, dass wir aktiver im Kampf gegen den Bolschewismus werden müssen. Ich werde mit meinem bescheidenen Wissen dazu beitragen, dass Europa und die Welt nicht unter das kommunistische Joch geraten. Aber bei dieser Zielsetzung dürften wir vermutlich keine Differenzen haben.

Das wird bei dem, was ich Dir jetzt berichten werde, sicher anders sein. Ach, was würde ich dafür geben, jetzt Deinen Gesichtsausdruck zu sehen.

Ich habe nämlich meine Firma, an der Du Dir immer mehr Anteile erpresst hast, aufgeteilt. Einen Teil für Dich, einen für mich.

Dummerweise musstest Du mit der Haushaltswarenfabrik vorliebnehmen. Die Warenhäuser blieben in meinem Besitz. Sie sind im Übrigen schon veräußert worden. Vielleicht kannst Du – das notwendige Kleingeld für Anwalts- und Gerichtskosten vorausgesetzt – diese Transaktion ja anfechten. Geld dürftest Du allerdings keines sehen. Wie auch.

Leider sah ich mich gezwungen, als Geschäftsführer kurz vor meiner Abreise noch einen größeren Kredit zulasten der Fabrik aufzunehmen und mir auszahlen zu lassen. Der Laden dürfte nun völlig überschuldet sein und es wird Dir als Eigentümer nichts anders *übrig bleiben, als Konkurs anzumelden. Es sei denn, Du schießt eigenes Kapital zu. Ein Hinweis: Werfe nie gutes Geld schlechtem hinterher.*

Auch hier kannst Du selbstverständlich ein Verfahren wegen Konkursverschleppung gegen mich anstrengen, welches Du vermutlich sogar gewinnen wirst. Dann hast Du einen Titel gegen mich. Aber was stellst Du damit an?

Meine Immobilien habe ich ebenfalls vollständig verkauft.

Um es in wenigen Worten zusammenzufassen: Dir bleibt nichts! Wie heißt es doch so schön: Wie gewonnen, so zerronnen. Tröste Dich damit, dass Du immerhin fast sieben Jahre eine satte Dividende kassieren konntest. Aus Geld, das Dir eigentlich nie gehört hat! Deine Erpressung hat sich letzten Endes nicht für Dich gelohnt. Und das freut mich am meisten.

Darunter stand in schwungvoller Handschrift:
Wieland Trasse

69

Dienstag, 24. Oktober 1950

Es war bereits Nacht geworden. Langsam näherte sich der Mann in dem zu weiten Wintermantel der Pforte des Pfarrhauses am Rand der Altstadt von Sterzing. Er hinkte. Der Mann schaute auf seine Armbanduhr. Er hatte eine lange Reise hinter sich und in den letzten Tagen kaum geschlafen. Vom Ruhrgebiet über Köln bis München. Dann ins Allgäu und von dort nach Innsbruck, immer auf der Hut und voller Angst, verhaftet zu werden. Schließlich über den Brenner. Und jetzt Sterzing in Südtirol.

Die nahe gelegene Pfarrkirche schlug neun. Pauly sah sich um. Niemand zu sehen. Er ging zur Eingangstür des Pfarrhauses und klopfte mit dem Metallschlägel, der die Form eines Fisches hatte, gegen die Tür. Dumpf schallten die Töne durch die Finsternis.

Schritte näherten sich. Die schwere Eichentür wurde aufgezogen. Im Licht der Flurbeleuchtung stand ein katholischer Priester in Soutane.

»Grüß Gott«, meinte er fragend und musterte den Fremden skeptisch.

»Das Kloster in Sterzing sichert den Transfer«, antwortete Pauly mit dem vereinbarten Kennwort.

Der Geistliche trat vor die Tür und starrte in die Dunkelheit. Als er sicher war, dass Pauly keine Verfolger im Schlepptau hatte, zog er ihn in das Hausinnere.

»Herzlich Willkommen«, sagte er, als die Tür fest verriegelt war. Dann umarmte er seinen Gast. »Dem Herrn sei Dank, dass Sie unbeschadet angekommen sind. Schon einigen Ihrer Freunde konnte ich mit Gottes Hilfe weiterhelfen.« Er bekreuzigte sich.

»Ich weiß«, erwiderte der Nazirichter. »Die Wege des Herrn sind unergründlich.«

Etwa zur gleichen Zeit verließ ein gut gekleideter, älterer Herr das *Hotel Atlantic* an der Hamburger Außenalster. Die Räumlichkeit, welche er in den letzten zwei

Tagen bewohnt hatte, war auf den Namen Doktor Erwin Landwehr reserviert worden. Doktor Landwehr hatte einige Telefonate geführt, ansonsten seine Suite jedoch nur zum Speisen verlassen. Jetzt reiste er ab. Er gab dem Pagen, der sein Gepäck im Kofferraum eines Taxis verstaute, ein fürstliches Trinkgeld. Dann ließ er sich zu den Landungsbrücken in St. Pauli bringen, um dort in ein Passagierschiff der HAPAG umzusteigen. Die Passformalitäten beim Einchecken dauerten nur Minuten. Seine Papiere waren von erstklassiger Qualität.

Das Ablegen des Schiffes erlebte der Doktor in seiner luxuriösen Kabine, in der er eine Flasche eisgekühlten Champagner vorfand.

Als der Dampfer auf der Elbe in Richtung Nordsee unterwegs war, klopfte es an seiner Tür.

Landwehr öffnete. Im Gang stand ein amerikanischer Offizier. »Herzlich Willkommen an Bord, Mister Trasse«, begrüßte er ihn. »Unser nächster Halt ist New York.«

In dem Schrebergarten an der Bochumer Straße waren zwei Laubenpieper trotz der Dunkelheit noch damit beschäftigt, Holz für den Winter einzulagern. Dazu stapelten sie Scheite, die hinter einem der nicht verpachteten Schuppen im Freien lagerten, in ihre Schubkarre, um sie zu ihren Gärten zu schaffen. Als sie das Holz bis auf eine Höhe von etwa einem halben Meter abgeräumt hatten, wurde dahinter ein Hohlraum sichtbar, in dem ein menschlicher Körper lag. Die Leiche hatte ein blutiges Loch in der Stirn.

Die Schrebergärtner hatten Walter Stirner, den früheren Mitarbeiter Adolf Eichmanns, gefunden.

70

Mittwoch, 25. Oktober 1950

Goldstein notierte zunächst handschriftlich, was er wusste. Lahmer hatte Trasse erpresst und wurde deshalb von Müller, wahrscheinlich im Auftrag Trasses, aus dem Weg geräumt. Müller hatte genaue Kenntnis von Trasses Geschäften, deshalb erschoss ihn Pauly, der Neffe des Kaufhausbesitzers. Konrad Müller war auf der Suche nach Pauly, der seinen Vater aufs Schafott geschickt hatte, der Bande unbeabsichtigt ins Gehege gekommen. Da die Kerle nicht ahnten, was Müller wollte und wer er war, stand auch der junge Mann auf ihrer Abschussliste. Krönert hatte das Attentat ausgeführt und die Einbrüche begangen. Obwohl ein Mann von Bos, hatte dieser nach Goldsteins Überzeugung mit den Vorfällen nichts zu tun. Und auch sein Vorgesetzter, Kriminalrat Saborski, war in die Morde mit Sicherheit nicht involviert. Allerdings hatte auch er Dreck am Stecken. Seine Geschäfte mit Trasse waren alles andere als astrein. Diese würden ihn ohne jeden Zweifel die Pension kosten.

Blieb nur noch die geheimnisvolle Organisation, von der Bos gesprochen hatte. Und die Rolle von Schönberger und dem Gelsenkirchener Beamten Schwarz. Goldstein war in ihrem Fall auf Vermutungen angewiesen, jedoch davon überzeugt, dass beide Trasse und möglicherweise die hinter ihm stehende Organisation mit Informationen versorgt hatten. Vielleicht hatten sie Trasse gewarnt, sodass er sich rechtzeitig absetzen konnte.

Das Schreiben des Kaufhausbesitzers an Saborski legte zumindest den Schluss nahe, dass er Helfer bei seiner Flucht gehabt haben könnte.

Als er seinen Bericht beendet hatte, ging er ihn erneut durch. Er enthielt zu viele Hypothesen und Indizien, nur wenige Beweise. Wie auch? Einer seiner Hauptzeugen, Johann Bos, war spurlos verschwunden, ein anderer lag schwer verletzt im Krankenhaus. Walter Stirner war tot, Adolf Pauly und Wieland Trasse auf der Flucht.

Goldstein wollte diesen Fall heute zu Ende bringen. Saborski, Schönberger und Schwarz waren fällig. Er durfte nicht mehr schweigen, das war er den Opfern dieser Verbrecher schuldig.

Er benötigte Stunden, um den Report mit Durchschlagpapier auf einer Schreibmaschine zu tippen. Als er endlich fertig war, zog er das letzte Blatt aus der Maschine und legte es vor sich hin. Er griff zum Füllfederhalter, um zu unterschreiben, legte ihn dann aber doch beiseite. Tausend Gedanken gingen ihm durch den Kopf. Was, wenn Saborski noch ein Ass im Ärmel hatte? Wenn sich Müller irrte? Wenn Schwarz alles abstritt? Für einige Minuten starrte er auf das Blatt. Dann setzte er kurz entschlossen seinen Namen und das Datum darunter. Zuletzt unterschrieb er.

Danach ließ er sich mit dem Büro seines Vorgesetzten verbinden.

»Der Herr Kriminalrat«, flötete seine Sekretärin, »ist heute bei Ihnen in Herne. Sie können jederzeit bei ihm hineinschauen.«

Goldstein erhob sich, um Kriminalrat Wilfried Saborski seine Erkenntnisse persönlich zu überbringen.

Saborski Gesichtsfarbe verlagerte sich von Rot zu Dunkelrot, je mehr er las. Als er den Brief Trasses in Händen hielt, vollzog sie den umgekehrten Prozess.

»Wo haben Sie diese Schreiben her?«, zischte er, mittlerweile kalkweiß.

»Es lag in Trasses Villa und war an Sie adressiert.«

»Wie sind Sie in das Haus gekommen.«

»Eine Kellertür. Sie war nicht verschlossen.«

»Hatten Sie einen Durchsuchungsbeschluss?«

»Nein. Es war Gefahr im Verzuge.«

Saborski lachte auf. »Das glauben Sie doch selbst nicht.«

»Ich wollte Trasse vorläufig festnehmen.«

Der Kriminalrat warf die Unterlagen auf die Tischplatte. »Vergessen Sie's. Nichts davon können Sie als Beweis anführen.«

Goldstein spürte, dass das Gespräch nicht den Verlauf nahm, den er sich erhofft hatte. Trotzdem kratzte er seinen ganzen Mut zusammen: »Sie leugnen also, mit Trasse Geschäfte gemacht zu haben?«

Saborski sprang auf und brüllte los: »Was erlauben Sie sich? Soll das hier ein Verhör sein? Ich muss Sie wohl daran erinnern, dass ich Ihr Vorgesetzter bin.«

Dann beruhigte er sich und sprach mit scharfem Tonfall weiter: »Ich vermisse die unterschriebene Zeugenaussage dieses Johann Bos.«

»Sie liegt mir noch nicht vor. Aber jedes Wort, was in meinem Bericht steht, entspricht der Wahrheit.« Goldsteins Stimme war unsicher.

Wieder das spöttische Lachen. »Wahrheit, Herr Hauptkommissar, ist das, was Sie beweisen können. Alles andere sind Vermutungen. Sie sollten das eigentlich wissen. Und die Aussage von Konrad Müller?«

»Er unterzeichnet in den nächsten Tagen.«

»Das wird schwerlich möglich sein.« Saborski sah ihm triumphierend ins Gesicht. »Ihr Zögling ist heute Morgen verstorben. Eine überraschende Infektion.«

Goldstein erstarrte. Ihm war, als ob ihm der Boden unter den Füßen weggezogen wurde. Konrad Müller war verstorben? Aber er war doch schon auf dem Weg der Besserung. Wie konnte das ...

»Ich entnehme Ihrem Gesichtsausdruck, dass Sie darüber nicht informiert waren.«

»Woher ...«, schluckte Goldstein.

»Woher ich das weiß? Doktor Mantrop hat mich in Kenntnis gesetzt. Er ist im Übrigen ein alter Freund von mir. Das ist Ihnen ebenfalls neu, wie ich sehe.«

Goldstein wurde schwindelig. Es schien, als ob Trasse über jeden seiner Schritte informiert gewesen war. Musste Konrad Müller sterben, weil er ihn quasi ans Messer geliefert hatte? Goldsteins Hände wurden feucht.

»Aber lassen wir das. Sie haben zwei Möglichkeiten«, sagte Saborski kalt. »Erstens: Sie vernichten diesen Bericht ...«

Goldstein wollte sich noch nicht geschlagen geben. »Das tue ich nicht.«

»Und Sie bitten darum, aus gesundheitlichen Gründen pensioniert zu werden. Ich werde Ihr Anliegen befürworten. Sie müssen keine finanziellen Einbußen hinnehmen.«

»Nein.«

»Zweitens«, fuhr Saborski ungerührt fort. »Sie bleiben bei Ihrer Aussage.«

»Selbstverständlich.« Das klang nicht sehr überzeugend.

»Ihre Entscheidung. Sie erinnern sich doch sicher an den Fall Erwin Bertelt?«

Goldstein Mund wurde noch trockener. Er hatte Bertelt damals verhaftet. In Gestapohaft war er von den Nazischergen gefoltert worden.

Auf dem offiziellen Totenschein jedoch hatte als Todesursache ›Kreislaufschwäche‹ gestanden. Goldstein wusste es besser, hatte aber immer geschwiegen. Musste er nun den Preis für seine Feigheit zahlen?

»Ja«, presste er hervor.

»Sie haben ihn nach seiner Verhaftung im Gefängnis verhört.«

Woher wusste Saborski davon? »Ja. Aber ich wollte nur …«

»Die Wachtmeister, die Ihnen den Jungen zugeführt haben, versichern an Eides statt, dass der junge Mann in körperlich unversehrtem Zustand zum Verhör gekommen war.« Er holte zwei eng beschriebene Blatt Papier aus seiner Schreibtischschublade und hob sie hoch. »Als die beiden Beamten Bertelt aus Ihrer Obhut abholten, war er auf das Brutalste zusammengeschlagen und mehrere seiner Finger gebrochen.«

Goldstein wurde blass. Ihm war, als ob eine eiskalte Hand sein Herz umklammerte. »Das ist eine unverschämte Lüge.«

»Sagen Sie. Mir liegen andere Aussagen vor.« Saborski wedelte mit den Unterlagen. »Ist dieser Fall eigentlich in Ihrem Entnazifizierungsverfahren angesprochen worden?« Er machte eine Pause. »Nein. Das sehe ich Ihnen an. Was meinen Sie passiert, wenn das bekannt wird? Zumindest werden Sie unehrenhaft aus dem Dienst entlassen. Und weg ist die Pension. Vielleicht finden Sie sich aber auch vor Gericht wieder. Und Ihre Freunde in der Teutoburgia-Siedlung sind sicher auch nicht gerade erfreut, wenn Sie hören, wie Sie mit dem armen Erwin umgesprungen sind. War er nicht ein Nachbarsjunge?«

»Das wagen Sie nicht«, versuchte er ein letztes Mal, die Situation zu seinen Gunsten zu wenden.

»Wollen Sie es darauf ankommen lassen?« Saborskis Blick war schneidend. »Seien Sie versichert, dass es nur einen geben wird, der auf der Strecke bleibt. Und das, Herr Hauptkommissar, werden Sie sein. Sie können nichts, aber auch gar nichts beweisen.«

Goldstein erfasste Panik. Saborski hatte recht. Die Geister der Vergangenheit in einer Mixtur aus Lügen und Halbwahrheiten hatten ihn eingeholt.

»Ich gebe Ihnen zehn Minuten. Und jetzt verschwinden Sie.« Er schob die Papiere zurück in den Umschlag und drückte ihn Goldstein in die Hand. »Vergessen Sie Ihren verdammten Bericht nicht.«

Wie betäubt kehrte der Hauptkommissar in sein Büro zurück. Er setzte sich an seinen Schreibtisch, stierte auf das Kuvert vor ihm. Was sollte er tun? Er dachte an

Lisbeth, an seinen Schwiegervater. Wie würden sie reagieren, wenn sie alle Details über Bertelt hörten? Würden wenigstens sie ihm glauben? Und: Reichten seine Beweise tatsächlich aus, Trasse und Saborski zu überführen? Was, wenn Saborski recht hatte? Wenn sich schlussendlich alle von ihm abwenden würden?

Goldstein öffnete die oberste Schublade seines Schreibtisches und nahm mit zitternder Hand seine Dienstwaffe heraus. Er entsicherte sie, platzierte sie vor sich auf der Tischplatte und vergrub das Gesicht in seinen Händen.

Hörte das eigentlich nie auf?

Schließlich blickte er zur Uhr an der Wand gegenüber. Langsam, aber unaufhaltsam kroch der Sekundenzeiger weiter. Ihm blieben noch sieben Minuten. Was, in Gottes Namen, sollte er nun tun? Was sollte er allein schon gegen diese Mauer aus Lug und Trug unternehmen?

Kurz vor Ablauf der gesetzten Zeit traf er seine Entscheidung. Goldstein sicherte die Waffe und legte sie zurück an ihren Platz. Er würde mit dem Wissen weiterleben müssen, erneut versagt zu haben.

Tränen liefen über sein Gesicht. Der Hauptkommissar griff zum Füller und formulierte sein Gesuch zur vorzeitigen Entlassung aus dem Polizeidienst.

Dann riss er ein Zündholz an und hielt es an eine Ecke des Umschlags, der seinen Bericht enthielt. Als die Flammen höherschlugen, ließ er ihn einfach auf den Boden fallen und sah versteinert zu, wie die Wahrheit verbrannte.

Nachbemerkung

Der Entnazifizierungs-Grundausschuss für die Stadt Herne, der erstmalig in *Kapitel 3* erwähnt ist, tagte zum letzten Mal am 8.4.1949. Generell wurde die Arbeit der Ausschüsse in NRW am 5. Februar 1952 beendet, als das Gesetz zum Abschluss der Entnazifizierung verkündet wurde. Ich habe den Ausschuss in Herne auch noch 1950 arbeiten lassen.

Johann Bos, alias »Baron von Hohenfeld«, der in einigen Kapiteln auftaucht, hat wie sein Partner Krönert 1947/48 in Herne gelebt, im *Central Café* residiert und auch einen Teil der beschriebenen Verbrechen begangen. Er trat allerdings nicht unter seinem richtigen Namen, sondern als Hans Hoffmann auf. Im Sommer/ Herbst 1950 wurde ihm vor dem Landgericht Arnsberg der Prozess gemacht. Das Landgericht verurteilte ihn Mitte Oktober 1950 zu fünf Jahren Zuchthaus und zu einer Geldstrafe von 10.000 DM. Artikel über Johann Bos sind in der *Westdeutschen Allgemeinen Zeitung (WAZ)* vom 4.10.1950 und diversen Ausgaben verschiedener Osnabrücker Zeitungen, dem Geburtsort von Bos, nachzulesen.

Die in *Kapitel 4* genannte Feldstraße in Herne heißt heute ›Am Hauptfriedhof‹.

Die in *Kapitel 8* und später erwähnte Fluchtroute für Nationalsozialisten gab es tatsächlich. Sie wurde bereits 1943 von dem faschistischen kroatischen Priester

Kruoslav vorbereitet. Unterstützt wurde er durch den österreichischen Bischof Alois Hudal. Bevor der Militärgeheimdienst CIC der USA diese Route ebenfalls nutzte und sie ›ratline‹ (Rattenlinie) nannte, wurde sie als ›Klosterroute‹ bezeichnet.

Die im *Kapitel 13* angeführte Denunziation unter den Brüdern Müller und der sich daraus ergebende Prozess vor dem Geschworenengericht in Duisburg wurde in der *WAZ* vom 26.9.1950 beschrieben. Allerdings habe ich den Nachnamen der Beteiligten geändert. Der Brief des zum Tode Verurteilten an seine Frau ist wörtlich aus der *WAZ* zitiert, das Schreiben der Mutter an ihren Sohn ist dagegen erfunden, ebenso einer der Vornamen. Einige Zitate in dem Brief der Mutter stammen aus dem o. g. Zeitungsartikel.

In *Kapitel 21* wird ein Streit zwischen Peter Goldstein und seinem Schwiegervater beschrieben, der sich an dem Verbot von FDJ-Versammlungen entzündet. Dieses Verbot wurde am 5. September 1950 im Rahmen eines Runderlasses durch den Innenminister NRW ausgesprochen. Einige der Bemerkungen, die ich Peter Goldstein in den Mund gelegt habe, wurden von mir aus diesem Erlass zitiert.

Die nicht farbechten Polizeiuniformen, von denen im *Kapitel 26* die Rede ist, gab es tatsächlich. Aus Materialmangel wurden in der Britischen Zone die ursprünglich hellgrünen Uniformen dunkelblau eingefärbt. Aber die

Farben waren nicht wasserfest. Und so hinterließen die Beamten im Regen in der Tat blaue Pfützen.

Wie im *Kapitel 35* angedeutet wird, gab es in den meisten westeuropäischen Staaten in der Nachkriegszeit bis zum Ende der Achtzigerjahre eine Gruppierung namens »Stay Behind Organisation«, die in Deutschland zunächst von der sogenannten Organisation Gehlen, später vom Bundesnachrichtendienst unterstützt und von amerikanischen Geheimdiensten finanziert wurde. Diese arbeiteten in den Nachkriegsjahren eng mit ehemaligen Mitgliedern der Wehrmacht, Waffen-SS und SS zusammen. Sie sollten für den Fall einer sowjetischen Invasion hinter den feindlichen Linien Sabotageakte ausführen. *Der Spiegel* befasste sich unter dem Titel *Das blutige Schwert der CIA* mit diesem Sachverhalt in seiner Ausgabe Nr. 47 vom 19.11.1990. Einige Journalisten bringen Mitglieder dieser Organisation mit Neonazis bzw. –faschisten und den Terroranschlägen in Bologna und München in Verbindung.

Die Hinweise auf die Damenmode der Fünfzigerjahre in *Kapitel 48* stammen von http://www.chroniknet.de

Die in *Kapitel 61* erwähnte südtiroler Gemeinde Sterzing diente tatsächlich in der Nachkriegszeit als Durchgangs- und Unterkunftsort auf der oben erwähnten ›Rattenlinie‹. Der damalige katholische Pfarrer der Gemeinde betätigte sich, ebenso wie andere Geistliche in Südtirol, als Fluchthelfer. So brachte er z. B. Adolf Eichmann im vierzig Kilometer entfernten Franziskanerkloster Bozen unter. (Quelle u. a.: *Der Spiegel*, Nr. 13, 28.3.2011, S. 40)

Mein Dank gilt Christa Berke, Margot Debny, Johannes Wilding, Rudy Lück, Peter Veckenstedt, dem Katasteramt der Stadt Herne und dem Stadtarchiv Herne für Hinweise und Unterstützung.